老成都 | 巴蜀胜地

景 灏 ◎ 编

泰山出版社·济南·

图书在版编目（CIP）数据

巴蜀胜地：老成都 / 景灏编 . -- 济南：泰山出版
社 , 2024.8
　（老城趣闻系列丛书）
　ISBN 978-7-5519-0755-2

　Ⅰ . ①巴… Ⅱ . ①景… Ⅲ . ①散文集—中国—当代
Ⅳ . ① I267

中国版本图书馆 CIP 数据核字（2022）第 258339 号

BASHU SHENGDI：LAO CHENGDU

巴蜀胜地：老成都

编　　者	景　灏
责任编辑	徐甲第
特约编辑	史俊南
装帧设计	蔡海东

出版发行　泰山出版社
　　社　　址　济南市泺源大街 2 号　邮编　250014
　　电　　话　综 合 部（0531）82023579　82022566
　　　　　　　市场营销部（0531）82025510　82020455
　　网　　址　www.tscbs.com
　　电子信箱　tscbs@sohu.com
印　　刷　山东华立印务有限公司
成品尺寸　160 毫米 ×235 毫米　16 开
印　　张　20
字　　数　250 千字
版　　次　2024 年 8 月第 1 版
印　　次　2024 年 8 月第 1 次印刷
标准书号　ISBN 978-7-5519-0755-2
定　　价　68.00 元

目 录

在成都

老　舍

成都的确有点像北平：街平，房老，人从容。

只在成都歇了五夜，白天忙着办事，夜晚必须早睡，简直可以说没看见什么。坐车子从街上过，见到街平，房老，人从容；久闻人言，成都像北平，遂亦相信；有无差别，则不敢说，知道的太少了。

学校只到了华西大学，四川大学，及华美女中。华大地旷，不如济南齐鲁大学之宽而不散。川大则在晚间去的，只觉静寂可喜，宜于读书，未见其他。华美女中亦系晚间去讲演，只见到略清洁严肃，未暇参观一切设备也。

名胜仅到武侯祠与望江楼。祠中的树好，园中的竹好。论建筑与气势，远不及北平的寺庙与公园。

街上茶馆很多，可惜无暇去坐坐。身上痒，故不能不入一浴室；浴室相当的干净，但远不及平津两地的宽敞暖和；招待更差，小伙计相骂不完，惜未听清为了何

武侯祠

望江楼

事，无从记下。

成都有许多有名的小食店，此以汤圆，彼以水饺，业专史远，各有美誉。因为事忙，一家也没去照顾；只吃了一次"不醉无归小酒家"，酒饭都好，而且不贵。假若别的比不上北平，吃食之精美与价廉则胜过之。

最使我喜欢的，是街上卖鲜花的，又多又好又便宜。红的茶花，黄的腊梅，白的水仙，配以金桔梅花，真使我看呆了。

有机会，必还到成都看看；那里一定还有许多可爱的东西与地方。希望成都人在抗战中，能更紧张一些，把人力财力尽量地拿出来，作为后方都市的模范；只是街平，房老，人从容，是没有多大用处的。北平的陷落，恐怕就是吃了"从容"的亏；成都，不要再以此自傲吧。

原载1939年1月31日《国民公报·文群》

可爱的成都

老　舍

到成都来，这是第四次。第一次是在四年前，住了五六天，参观全城的大概。第二次是在三年前，我随同西北慰劳团北征，路过此处，故仅留二日。第三次是慰劳归来，在此小住，留四日，见到不少的老朋友。这次——第四次——是受冯焕璋先生之约，去游灌县与青城山，由山上下来，顺便在成都玩几天。

成都是个可爱的地方。对于我，它特别的可爱，因为：

（一）我是北平人，而成都有许多与北平相似之处，稍稍使我减去些乡思。到抗战胜利后，我想，我总会再来一次，多住些时候，写一部以成都为背景的小说。在我的心中，地方好像也都像人似的，有个性格。我不喜上海，因为我抓不住它的性格，说不清它到底是怎么一回事。我不能与我所不明白的人交朋友，也不能描写我所不明白的地方。对成都，真的，我知道的事情太少了；但是，我相信会借它的光儿写出一点东西来。我似乎已看到了它的灵魂，因为它与北平相似。

（二）我有许多老友在成都。有朋友的地方就是好地方。这诚然是个人的偏见，可是恐怕谁也免不了这样去想吧。况且成都的本身已经是可爱的呢。八年前，我曾在齐鲁大学教过书。七七抗战后，我由青岛移回济南，仍住齐大。我由济南流亡出来，我的妻小还留在齐大，住了一年多。齐大在济南的校舍现在已被敌人完全占据，我的朋友们的一切书籍器物已被劫一空，那么，今天又能在成都会见其患难的老友，是何等的快乐呢！衣物，器具，书籍，丢失了有什么关系！我们还有命，还能各守岗位地去忍苦抗敌，这就值得共进一杯酒了！抗战前，我在山东大学也教过书。这次，在华西坝，无意中的也遇到几位山大的老友，"惊喜欲狂"一点也不是过火的形容。一个人的生命，我以为，是一半儿活在朋友中的。假若这句话没有什么错误，我便不能不"因人及地"地喜爱成都了。啊，这里还有几十位文艺界的友人呢！与我的年纪差不多的，如郭子杰，叶圣陶，陈翔鹤，诸先生，握手的时节，不知为何，不由地就彼此先看看头发——都有不少根白的了，比我年纪轻一点的呢，虽然头发不露痕迹，可是也显着削瘦，霜鬓瘦脸本是应该引起悲愁的事，但是，为了抗战而受苦，为了气节而不肯折腰，瘦弱衰老不是很自然的结果么？这真是悲喜俱来，另有一番滋味了！

（三）我爱成都，因为它有手有口。先说手，我不爱古玩，第一因为不懂，第二因为没有钱。我不爱洋玩艺，第一因为它们洋气十足，第二因为没有美金。虽不爱古玩与洋东西，但是我喜爱现代的手造的相当美好的小东西。假若我们今天还能制造一些美好的物件，便是表示了我们民族的爱美性与创造力仍然存在，并不逊于古人。中华民族在雕刻，图画，建筑，制铜，造瓷……上都有特殊的天才。这种天才在造几张纸，制两块墨砚，打一张桌子，漆一两个小盒上都随时地表现出来。美的心灵使他们的手巧。我们不应随便丢失了这颗心。因此，我爱现代的手造的美好的东西。北平有许多这样的好东西，如地毯，珐琅，玩具……但是北平还没有成都这样多。成都还存着我们民族的巧手。我绝对不是反对机械，而只是说，我们在大的工业上必须采取西洋方法，在小工业上则须保存我们的手。谁知道这二者有无调谐的可能呢？不过，我想，人类文化的明日，恐怕不是家家造大炮，户户有坦克车，而是要以真理代替武力，以善美代替横暴。果然如此，我们便应想一想是否该把我们的心灵也机械化了吧？次说口：成都人多数健谈。文化高的地方都如此，因为"有"话可讲。但是，这且不在话下。

这次，我听到了川剧，洋琴，与竹琴。川剧的复杂与细腻，在重庆时我已领略了一点。到成都，我才听到真好的川剧。很佩服贾佩之，萧楷成，周企何诸先生的口。我的耳朵不十分笨，连昆曲——听过几次之后——都能哼出一句半句来。可是，已经听过许多次川剧，我依然一句也哼不出。它太复杂，在牌子上，在音域上，恐怕它比任何中国的歌剧都复杂的好多。我希望能用心地去学几句。假若我能哼上几句川剧来，我想，大概就可以不怕学不会任何别的歌唱了。竹琴本很简单，但在贾树三的口中，它变成极难唱的东西。他不轻易放过一个字去，他用气控制着情，他用"抑"逼出"放"，他由细嗓转到粗嗓而没有痕迹。我很希望成都的口，也和它的手一样，能保存下来。我们不应拒绝新的音乐，可也不应把旧的扫灭。恐怕新旧相通，才能产生新的而又是民族的东西来吧。

还有许多话要说，但是很怕越说越没有道理，前边所说的那一点恐怕已经是糊涂话啊！且就这机会谢谢侯宝璋先生给我在他的客室里安了行军床，吴先忧先生领我去看戏与洋琴，文协分会会员的招待，与朋友们的赏酒饭吃！

原载1942年9月23日《中央日报》

青蓉略记

老　舍

今年八月初，陈家桥一带的土井已都干得滴水皆无。要水，须到小河沟里去"挖"。天既奇暑，又没水喝，不免有些着慌了。很想上缙云山去"避难"，可是据说山上也缺水。正在这样计无从出的时候，冯焕章先生来约同去灌县与青城。这真是福自天来了！

八月九日晨出发。同行者还有赖亚力与王冶秋二先生，都是老友，路上颇不寂寞。在来凤驿遇见一阵暴雨，把行李打湿了一点，临行买了一张席子遮在车上。打过尖，雨已晴，一路平安地到了内江。内江比二三年前热闹得多了，银行和饭馆都添增了许多家。傍晚，街上挤满了人和车。次晨七时又出发，在简阳吃午饭。下午四时便到了成都。天热，又因明晨即赴灌县，所以没有出去游玩，夜间下了一阵雨。

十一日早六时向灌县出发，车行甚缓，因为路上有许多小桥。路的两旁都有浅渠，流着清水；渠旁便是稻田；田埂上往往种着薏米，一穗穗地垂着绿珠。往西望，可以看见雪山。近处的山峰碧绿，远处的山峰雪白，在晨光下，绿的变为明翠，白的略带些玫瑰色，使人想一下子飞到那高远的地方去。还不到八时，便到了灌县。城不大，而处处是水，像一位身小而多乳的母亲，滋养着川西坝子的十好几县。住在任觉五先生的家

远望雪山

灌溉渠

中。孤零零的一所小洋房，两面都是雪浪激流的河，把房子围住，门前终日几乎没有一个行人，除了水声也没有别的声音。门外有些静静的稻田，稻子都有一人来高。远望便见到大面青城诸山，都是绿的。院中有一小盆兰花，时时放出香味。

青年团正在此举行夏令营，一共有千名以上的男女学生，所以街上特别地显着风光。学生和职员都穿汗衫短裤（女的穿短裙），赤脚着草鞋，背负大草帽，非常的精神。张文白将军与易君左先生都来看我们，也都是"短打扮"，也就都显着年轻了好多。夏令营本部在公园内，新盖的礼堂，新修的游泳池；原有一块不小的空场，即作为运动和练习骑马的地方。女学生也练习马术，结队穿过街市的时候，使居民们都吐吐舌头。

都江堰

灌县的水利是世界闻名的。在公园后面的一座大桥上，便可以看到滚滚的雪水从离堆流进来。在古代，山上的大量雪水流下来，非河身所能容纳，故时有水患。后来，李冰父子把小山硬凿开一块，水乃分流——离堆便在凿开的那个缝子的旁

都江堰的灌溉渠

都江堰上的竹筏

边。从此双江分灌，到处划渠，遂使川西平原的十四五县成为最富庶的区域——只要灌县的都江堰一放水，这十几县便都不下雨也有用不完的水了。城外小山上有二王庙，供养的便是李冰父子。在庙中高处可以看见都江堰的全景。在两江未分的地方，有驰名的竹索桥。距桥不远，设有鱼嘴，使流水分家，而后一江外行，一江入离堆，是为内外江。到冬天，在鱼嘴下设阻碍，把水截住，则内江干涸，可以淘滩。春来，撤去阻碍，又复成河。据说，每到春季开水的时候，有多少万人来看热闹。在二王庙的墙上，刻着古来治水的格言，如深淘滩，低作堰……等。细细玩味这些格言，再看着江堰上那些实际的设施，便可以看出来，治水的诀窍只有一个字——"软"。水本力猛，遇阻则激而决溃，所以应低作堰，使之轻轻漫过，不至出险。水本急流而下，波涛汹涌，故中设鱼嘴，使分为二，以减其力；分而又分，江乃成渠，力量分散，就有益而无损了。作堰的东西只是用竹编的筐子，盛上大石卵。竹有弹性，而石卵是活动的，都可以用"四两破千斤"的劲儿对付那惊涛骇浪。用分化与软化对付无情的急流，水便老实起来，乖乖地为人们灌田了。

竹索桥最有趣。两排木柱，柱上有四五道竹索子，形成一条窄胡同儿。下面再用竹索把木板编在一处，便成了一座悬空的，随风摇动的，大桥。我在桥上走了走，虽然桥身有点动摇，虽然木板没有编紧，还看得到下面的急流——看久了当然发晕——可是绝无危险，并不十分难走。

治水和修构竹索桥的方法，我想，不定是经过多少年代的试验与失败，而后才得到成功的。而所谓文明者，我想，也不过就是能用尽心智去解决切身的问题而已。假若不去下一番工夫，而任着水去泛滥，或任着某种自然势力兴灾作祸，则人类必始终是穴居野处，自生自灭，以至灭亡。看到都江堰的水利与竹索桥，我们知道我们的祖先确有不甘屈服而苦心焦虑地去克服困难的精神。可是，在今天，我们还时时听到看到各处不是闹旱便是闹水，甚至于一些蝗虫也能教我们去吃树皮草根。可怜，也可耻呀！我们连切身的衣食问题都不去设法解决，还谈什么文明与文化呢？

灌县城不大，可是东西很多。在街上，随处可以看到各种的水果，都好看好吃。在此处，我看到最大的鸡卵与大蒜大豆。鸡蛋虽然已卖到一元二角一个，可是这一个实在比别处的大着一倍呀。雪山的大豆要比胡豆还大。雪白发光，看着便可爱！药材很多，在随便的一家小药店里，便可以看到雷震子，贝母，虫草，熊胆，麝香，和多少说不上名儿来的药物。看到这些东西，使人想到西边的山地与草原里去看一看。啊，要能到山中去割几脐麝香，打几匹大熊，够多威武而有趣呀！

物产虽多，此地的物价可也很高。只有吃茶便宜，城里五角一碗，城外三角，再远一点就卖二角了。青城山出茶，而遍地是水，故应如此。等我练好辟谷的工夫，我一定要搬到这一带来住，不吃什么，只喝两碗茶，或者每天只写二百字就够生活的了。

在灌县住了十天，才到青城山去。山在县城西南，约四十里。一路上，渠溪很多，有的浑黄，有的清碧：浑黄的大概是上流刚下了大雨。溪岸上往往有些野花，在树荫下幽闲地开着。山口外有长生观，今为荫堂中学校舍；秋后，黄碧野先生即在此教书。入了山，头一座庙是建福宫，没有什么可看的。由此拾阶而前，行五里，为天师洞——我们即住于此。由天师洞再往上走，约三四里，即到上清宫。天师洞上清宫是山中两大寺院，都招待游客，食宿概有定价，且甚公道。

灌县南桥

灌县的庙宇

　　从我自己的一点点旅行经验中，我得到一个游山玩水的诀窍："风景好的地方，虽无古迹，也值得来，风景不好的地方，纵有古迹，大可以不去。"古迹，十之八九，是会使人失望的。以上清宫和天师洞两大道院来说吧，它们都有些古迹，而一无足观。上清宫里有鸳鸯井，也不过是一井而有二口，一方一圆，一干一湿；看它不看，毫无关系。还有麻姑池，不过是一小方池浊水而已。天师洞里也有这类的东西，比如洗心池吧，不过是很小的一个水池；降魔石呢，原是由山崖裂开的一块石头，而硬说是被张天师用剑劈开的。假若没有这些古迹，这两座庙子的优美正自一点也不减少。上清宫在山头，可以东望平原，青碧千顷；山是青的，地也是青的，好像山上的滴翠慢慢流到人间去了的样子。在此，早晨可以看日出，晚间可以看圣灯；就是白天没有什么特景可观的时候，登高远眺，也足以使人心旷神怡。天师洞，与上清宫相反，是藏在山腰里，四面都被青山拥抱着，掩护着，我想把它叫作"抱翠洞"，也许比原名更好一些。

　　不过，不管庙宇如何，假若山林无可观，就没有多大意思，因为庙以庄严整齐为主，成不了什么很好的景致。青城之值得一游，正在乎山的本身也好；即使它无一古迹，无一大寺，它还是值得一看的名山。山的东面倾斜，所以长满了树木，这占了一个"青"字。山的西面，全是峭壁千丈，如城垣，这占了一个"城"字。山不厚，由"青"的这一头转到"城"的那一面，只须走几里路便够了。山也不算高，由脚至顶不过十里路。既不厚，又不高，按说就必平平无奇了。但是不然。它"青"，青得出奇，它不像深山老峪中那种老松凝碧的深绿，也不像北方山上的那种东一块西一块的绿，它的青色是包住了全山，没有露着山骨的地方；而且，这个笼罩全山的青色是竹叶，楠叶的嫩绿，是一种要滴落的，有些光泽的，要浮动的，淡绿。这个青色使人心中轻快，可是不敢高声呼唤，仿佛怕他那似滴未滴，欲动未动的青翠惊坏了似的。这个青色是使人吸到心中去的，而不是只看一眼，夸赞一声便完事的。当这个青色在你周围，你便觉出一种恬静，一种说不出，也无须说出的舒适。假若你非去形容一下不可呢，你自然地只会找到一个字——幽。所以，吴稚晖先生说："青城天下幽"。幽得太厉害了，便使人生畏；青城山却正好不太高，不太深，而恰恰不大不小地使人既不畏其旷，也不嫌它窄；它令人能体会到"悠然见南山"的那个"悠然"。

山中有报更鸟，每到晚间，即梆梆地呼叫，和柝声极相似，据道人说，此鸟不多，且永不出山。那天，寺中来了一队人，拿着好几枝猎枪，我很为那几只会击柝的小鸟儿担心，这种鸟儿有个缺欠，即只能打三更——梆，梆梆——无论是傍晚还是深夜，它们老这么叫三下。假若能给它们一点训练，教它们能从一更报到五更，有多么好玩呢！

白日游山，夜晚听报更鸟，"悠悠"地就过了十几天。寺中的桂花开始放香，我们恋恋不舍地离别了道人们。

返灌县城，只留一夜，即回成都。过郫县，我们去看了看望丛祠；没有什么好看的，地方可是很清幽，王法勤委员即葬于此。

成都的地方大，人又多，若把半个多月的旅记都抄写下来，未免太麻烦了。拣几项来随便谈谈吧。

（一）成都"文协"分会：自从川大迁开，成都"文协"分会因短少了不少会员，会务曾经有过一个时期不大旺炽。此次过蓉，分会全体会员举行茶会招待，到会的也还有四十多人，并不太少。会刊——《笔阵》——也由几小页扩充到好十几页的月刊，虽然月间经费不过才有百元钱。这样的努力，不能不令人钦佩！可惜，开会时没有见到李劼人先生，他上了乐山。《笔阵》所用的纸张，据说，是李先生设法给捐来的；大家都很感激他；有了纸，别的就容易办得多了。会上，也没见到圣陶先生，可是过了两天，在开明分店见到。他的精神很好，只是白发已满了头。他的少爷们，他告诉我，已写了许多篇小品文，预备出个集子，想找我作序，多么有趣的事啊！郭子杰先生，陶雄先生都约我吃饭，牧野先生陪着我游看各处，还有陈翔鹤，车瘦舟诸先生约我聚餐——当然不准我出钱——都在此致谢。瞿冰森先生和《中央日报》的同仁约我吃真正成都味的酒席，更是感激不尽。

（二）看戏：吴先忧先生请我看了川剧，及贾瞎子的竹琴，德娃子的洋琴，这是此次过蓉最快意的事。成都的川剧比重庆的好得多，况且我们又看的是贾佩之，萧楷成，周慕莲，周企何几位名手，就更觉得出色了。不过，最使我满意的，倒还是贾瞎子的竹琴。乐器只有一鼓一板，腔调又是那么简单，可是他唱起来仿佛每一个字都有些魔力，他越收敛，听者越注意静听，及至他一放音，台下便没法不喝彩了。他的每一个字像一个轻打梨花的雨点，圆润轻柔；每一句是有声有色的一小单位；真是字字有力，句句含情。故事中有多少人，他要学多少人，忽而大嗓，忽而细嗓，而且不只变嗓，还要咬音吐字各尽其情；这真是点本领！希望再有上成都去的机会。多听他几次！

（三）看书：在蓉，住在老友侯宝璋大夫家里。虽是大夫，他却极喜爱字画。有几块闲钱，他便去买破的字画；这样，慢慢地他已收集了不少四川先贤的手迹。这样，他也就与西玉龙一带的古玩铺及旧书店都熟识了。他带我去游玩，总是到这些旧纸堆中来。成都比重庆有趣就在这里——有旧书摊儿可逛。买不买的且不去管，就是多摸一摸旧纸陈篇也是快事啊。真的，我什么也没买，书价太高。可是，饱了眼福也就不虚此行。一般地说，成都的日用品比重庆的便宜一点，因为成都的手工业相当的发达，出品既多，同业的又多在同一条街上售货，价格当然稳定一些。鞋、袜、牙刷、纸张什么的，我看出来，都比重庆的相因着不少。旧书虽贵，大概也比重庆的便宜，假若能来往贩卖，也许是个赚钱的生意。不过，我既没发财的志愿，也就不便多此一举，虽然贩卖旧书之举也许是俗不伤雅的吧。

（四）归来：因下雨，过至中秋前一日才动身返渝。中秋日下午五时到陈家桥，天还阴着。夜间没有月光，马马虎虎地也就忘了过节。这样也好，省得看月思乡，又是一番难过！

原载1942年10月10日重庆《大公报·战线》

外东消夏录

朱自清

引 子

这个题目是仿的高士奇的《江村消夏录》。那部书似乎专谈书画，我却不能有那么雅，这里只想谈一些世俗的事。这回我从昆明到成都来消夏。消夏本来是避暑的意思。若照这个意思，我简直是闹笑话，因为昆明比成都凉快得多，决无从凉处到热处避暑之理。消夏还有一个新意思，就是换换生活，变变样子。这是外国想头，摩登想头，也有一番大道理。但在这战时，谁还该想这个！我们公教人员谁又敢想这个！可是既然来了，不管为了多俗的事，也不妨取个雅名字，马虎点儿，就算他消夏罢。谁又去打破沙缸问到底呢？

但是问到底的人是有的。去年参加昆明一个夏令营，营地观音山。七月二十三日便散营了。前一两天，有游客问起，我们向他说这是夏令营，就要结束了。他道，"就结束了？夏令完了吗？"这自然是俏皮话。问到底本有两种，一是"耍奸心"，一是死心眼儿。若是耍奸心的话，这儿"消夏"一词似乎还是站不住。因为动手写的今天是八月二十八日，农历七月初十日，明明已经不是夏天而是秋天。但"录"虽然在秋天，所"录"不妨在夏天；《消夏录》尽可以只录消夏的事，不一定为了消夏而录。还是马虎点儿算了。

"外东"一词，指的是东门外，跟外西、外南、外北是姊妹花的词儿。成都住的人都懂，但是外省人却弄不明白。这好像是个翻译的名词，跟远东、近东、中东挨肩膀儿。固然为纪实起见，我也可以用"草庐"或"草堂"等词，因为我的确住着草房。可是不免高攀诸葛丞相、杜工部之嫌，我怎么敢那样大胆呢？我家是住在一所尼庵里，叫作"尼庵消夏录"原也未尝不可，但是别人单看题目也许会大吃一惊，我又何必故作惊人之笔呢？因此马马虎虎写下"外东消夏录"这个老老实实的题目。

少陵草堂

夜大学

四川大学开办夜校，值得我们注意。我觉得与其匆匆忙忙新办一些大学或独立学院，不重质而重量，还不如让一些有历史的大学办办夜校的好。

眉毛高的人也许觉得夜校总不像一回事似的。但是把毕业年限定得长些，也就差不多。东吴大学夜校的成绩好像并不坏。大学教育固然注重提高，也该努力普及，普及也是大学的职分。现代大学不应该像修道院，得和一般社会打成一片才是道理。况且中国有历史的大学不多，更是义不容辞的得这么办。

现在百业发展，从业员增多，其中尽有中学毕业或具有同等学力，有志进修无门可入的人。这些人往往将有用的精力消磨在无聊的酬应和不正当的娱乐上。有了大学夜校，他们便有机会增进自己的学识技能。这也就可以增进各项事业的效率，并澄清社会的恶浊空气。

普及大学教育，有夜校，也有夜班，都得在大都市里，才能有足够的从业员来应试入学。入夜校可以得到大学毕业的资格或学位，入夜班却只能得到专科的资格或证书。学位的用处久经规定，专科资格或证书，在中国因从未办过大学夜班，还无人考虑它们的用处。现时只能办夜校；要办夜班，得先请政府规定夜班毕业的出身才成。固然有些人为学问而学问，但各项从业员中这种人大概不多，一般还是功名心切。就这一般人论，用功名来鼓励他们向学，也并不错。大学生选系，不想到功名或出路的又有多少呢？这儿我们得把眉毛放低些。

四川大学夜校分中国文学、商学、法律三组。法律组有东吴的成例，商学是当今的显学，都在意中。只有中国文学是冷货，居然三分天下有其一，好像出乎意外。不过虽是夜校，却是大学，若全无本国文化的科目，未免难乎其为大，这一组设置可以说是很得体的。这样分组的大学夜校还是初试，希望主持的人用全力来办，更希望就学的人不要三心两意地闹个半途而废才好。

人和书

"人和书"是个好名字，王楷元先生的小书取了这个名字，见出他的眼光和品味。

人和书，大而言之就是世界。世界上哪一桩事离开了人？又哪一桩事离得了书？我是说世界是人所知的一切。知者是人，自然离不了人；有知必录，便也离不开书。小而言之，人和书就是历史，人和书造成了历史；再小而言之就是传记，就是王先生这本书叙述和评论的。传记有大幅，有小品，有工笔，有漫画。这本书是小品，是漫画。虽然是大大的圈儿里一个小小的圈儿，可是不含糊是在大圈儿里，所叙的虽小，所见的却大。

这本书分三部分。第一部分是传记，第三部分也是片段的传记，第二部分评介的著作还是传记。王先生有意"引起读者研读传记的兴趣"，自序里说得明白。撰录近代和现代名人轶事，所谓笔记小说，传统很长。这个传统移植到报纸上，也已多年。可见一般人原是喜欢这种小品的。但是"五四"以来，"现在"遮掩了"过去"，一般青年人减少了历史的兴味，对于这类小品不免冷淡了些。他们可还喜欢简短零星的文坛消息等等，足见到底不能离开人和书。

自序里希望读者"对于伟大人物，由景慕而进于效法，人人以亚贤自许，猛勇精进"。这是一个宏愿。近来在《美国文摘》里见到一文，叙述一位作家叫小亚吉尔的，如何因《褴褛的狄克》一部书而成名，如何专写贫儿努力致富的故事，风行全国，鼓舞人心。他写的是"工作和胜利，上进和前进的故事"，在美国文学中创一新派。他的时代虽然在一九二九以前就过去了，但是许多自己造就的人都还纪念着他的书的深广的影响。可见文学的确有促进人生的力量。王先生的宏愿是可以达成的，有志者大家自勉好了。

成都诗

据说成都是中国第四大城。城太大了，要指出它的特色倒不易。说是有些像北平，不错，有些个。既像北平，似乎就不成其为特色了？然而不然，妙处在像而不像。我记得一首小诗，多少能够抓住这一点儿，也就多少能够抓住这座大城。

这是易君左先生的诗，题目好像就是"成都"两个字。诗道：

> 细雨成都路，微尘护落花。
> 据门撑古木，绕屋噪栖鸦。
> 入暮旋收市，凌晨即品茶。
> 承平风味足，楚客独兴嗟。

住过成都的人该能够领略这首诗的妙处。它抓住了成都的闲味。北平也闲得可以的，但成都的闲是成都的闲，像而不像，非细辨不知。

"绕屋噪栖鸦"，自然是那些"据门撑"着的"古木"上栖鸦在噪着。这正是"入暮"的声音和颜色。但是吵着的东南城有时也许听不见，西北城人少些，尤其住宅区的少城，白昼也静悄悄的，该听得清楚那悲凉的叫唤吧。

成都春天常有毛毛雨，而成都花多，爱花的人家也多，毛毛雨的春天倒正是养花天气。那时节真所谓"天街小雨润如酥"，路相当好，有点泥滑滑，却不至于"行不得也哥哥"。缓缓地走着，呼吸着新鲜而润泽的空气，叫人闲到心里，骨头里。若是在庭园中踱着，时而看见一些落花，静静地飘在微尘里，贴在软地上，那更闲得没有影儿。

成都旧宅于门前常栽得有一株泡桐树或黄桷树，粗而且大，往往叫人只见树，不见屋，更不见门洞儿。说是"撑"，一点儿不冤枉，这些树戆粗偃蹇，老气横秋，北平是见不着的。可是这些树都上了年纪，也只闲闲地"据"着"撑"着而已。

成都收市真早。前几年初到，真搞不惯；晚八点回家，街上铺子便劈劈拍拍一片上门声，暗暗淡淡的，够惨。"早睡早起身体好"，农业社会的习惯，其实也不错。这儿人起的也真早，"入暮旋收市，凌晨即品茶"，是不折不扣的实录。

北平的春天短而多风尘，人家门前也有树，可是成行的多，独据的少。有茶楼，可是不普及，也不够热闹的。北平的闲又是一副格局，这里无须详论。"楚客"是易先生自称。他"兴嗟"于成都的"承平风味"。但诗中写出的"承平风味"，其实无伤于抗战；我们该嗟叹的恐怕是别有所在的。我倒是在想，这种"承平风味"战后还能"承"下去不能呢？在工业化的新中国里，成都这座大城该不能老是这么闲着吧。

成都的街市

蛇 尾

　　动手写"引子"的时候，一鼓作气，好像要写成一本书。但是写完了上一段，不觉再三衰竭了。到底已是秋天，无夏可消，也就"录"不下去了。古人说得好："乘兴而来，兴尽而返"，只好以此解嘲。这真是蛇尾，虽然并不见虎头。本想写完上段就戛然而止，来个神龙见首不见尾。可是虎头还够不上，还闹什么神龙呢？话说回来，虎头既然够不上，蛇尾也就称不得，老实点，称为蛇足，倒还有个样儿。

　　　　　　一九四四年八月三十一日作毕　费时约五日

　　原载1944年9月2日至6日《新民报》晚刊

成都的印象

周　文

××：

你问我成都救亡的空气吗？唉，要我怎样回答你才好呢？

当我在长途汽车上的时候，曾经遇见一个鼻尖已经通红，穿一套学生装的青年，脸色是灰白的，额头许多皱纹，而背还有些驼。他一知道我是刚来成都的，就抽了一支香烟给我，道：

"你要到成都么？我劝你多预备点这个，和大曲酒。"

我诧异地望着他：

"为什么？"

"哼，为什么？"他说。"你到成都就知道了，你如果整天没有这两样东西来麻醉你自己，那只有准备进疯人院！你会打牌么？要是还能够躺在床上抽得来两口，那就更好，横顺迷迷惑惑地过日子，等着日本飞机来下蛋就是了！"他越说越激昂起来，鼻尖胀得更红。"你看，我到四川来几年，已经练就了这样的本领，要不然，我早已拿刀子割破了我的喉管了！"

他拿出第二支香烟接在第一支的烟屁股上又使劲地抽起来。坐在他旁边的一个满脸皱折的乡下人，也看得发笑了，好像很赞成他这意见似的，也把自己的一支竹根烟袋抽了出来。可是他不当心闯着了前面一个军官的背，那军官立刻掉过头来，他就吓得赶快收了笑，顺下了眼睛，把烟袋也垂了下去。

那青年碰碰我的手拐子，暗示我看看，而他却放肆地哈哈大笑了，引得全车的十几个人都掉过头来看他，但他仍然满不在乎地狂抽其香烟。我注意他的脸色，就见他把香烟离开嘴时，嘴角就不断地牵动，我疑心他的神经大概是有病了的，车子一到站，我就和他分手了。

刚从车站出来，就使我立刻发生了一种新奇的感觉，只见满街的商店几乎全插着黄纸三角旗，有的还附有两条蓝色带子，在随风飘动，那些旗上都大书道："九皇胜会"。而街上的人们简直表现出升平气象，有的把两手揹在背上，慢慢地踏出他的步子；有的则抱起两手站在商店门前的阶沿上，出神地看着街心来往的行人和车子。我就在这样的升平气象中，在那连绵不断的黄旗招展中，被那左歪右倒有时还把人抛一下的黄包车一直拉到城门口。

白的东西在我头上一晃，这才使我注意到在这街房的两簷之间原来横挂着一条标语布；城墙上也有几个非常醒目的白色大字。一进城，马路宽了许多。也较平一些，车子已不再那么左歪右倒得厉害了。横在簷口间的标语布自然不少，但黄三角旗更是满目都是，而街上走的人和商店里坐的人也都是那么闲静的。

车子转入一条横街，一大股酒气突然向我鼻尖扑来，我吃惊的一看，原来是四五个满脸酡红的人正从我车旁嘻嘻哈哈擦了过去，我还听见他们中谁的喉管那儿发出"膈儿"的声音。接着又是一群人迎面来了，其中有一个在拍着另一个的肩膀说："我敢打赌，你那三翻一定是他扣你那个红中扣死的！"

阴沉的天上忽然发出嗡嗡的声音，"呵呵，飞机飞机！"好几个孩子拍手叫了。"呵呵，飞机飞机"！好几个大人也叫了。都跑到街心来，手搭凉蓬似的搁在额上把天空望着。这一下，好几辆黄包车可拥塞起来了。有的车夫也望起头，而有的车夫却在叫："有啥子看场嘛！飞机都没有看过么！"叫了一会儿，好容易才通出一条路来走过去。拉着我的车夫一面跑一面气喘地说：

"人家说，日本飞机就要来丢炸弹来了！将才那个要是日本飞机，可咋个了！"

"哼，咋个了？"和他并跑着的另一个车夫说。"还不是我们这些人遭殃！听说人家有钱的拿几千几千地把地窖子都早修好等着了！"

"喂，人家说，要我们大家齐心去打日本呢！"

"你咋个不去？"

"我啷个去法子？我婆娘儿女要吃呀！只要他们包我的婆娘儿女不饿饭，骂那个舅子才不干！横顺在这儿也是保不倒这条瞎子算（命）！"忽然从一家楼上洋溢出胡琴声和男人唱小旦的窄音，就把他两个的对话打断了。

到了旅馆，付了车钱——车钱真是便宜得很，算起来不到六分——之后，我就出去走走，想到春熙路去看看，因为我从前听得人说，春熙路已经好得多了。穿过了许多较小的马路，几乎每条马路旁的人行道上总都坐着或躺着两三个瘦得快死的人。有的在喊着："善人！善人！"一看就知道他们还不惯于讨口的。有的就简直不作声，躺着，嘴唇发着抖，用了乞怜的眼光投射每一个从他身边走过的人。人们也好像习惯了，只是呆板地目不下视地走过去。有一个穿得很破的老人伸出手追着一个戴博士帽的人讨钱，那人发脾气了，把手一甩道："真是，这么多的叫化子！"

"老爷！我们并不是游手好闲的！天干嘛！庄稼都做不成了，有啥法儿？"

但那人并不回顾,摇摇摆摆走去了。

在一个街口,一家非常堂皇的酒馆对面围着一堆人,我走拢去,就看见阶沿边坐着一个乡下女人,脸瘦得非常难看,两颧突出,两眼凹陷,一手支住下巴,悲伤地望着她脚边的一个躺在地上的孩子。那孩子的手干脚干瘦得像四根香签棍逗拢的,脸上只包着一层黄蜡色的皮,额头上的一块全变成了青紫色,两颗大大的眼睛已经定了,只有鼻翼的微微扇动,表示出他还是活物。围着看的人们,并没有什么表示,老张开着他们的嘴巴。只有对面酒楼在不断送来一阵快活的划拳声:"全家福禄!""五金魁首!""六位高升!"

转了几个弯,就到了春熙路,不错——从这成都的范围内说来——这真是一个繁华的世界,商店也的确比从前辉煌了许多,有的霓虹灯也安起了。只是马路没有我从前看见时的光亮,已经有了些破碎的浅坑,而且似乎马路并不如我从前看见时的宽了。但摩登的红男绿女却增加了不少,一大群一大群地靠着两旁的人行道漫游似的走着,有的从这家绸缎店到那家洋货店穿来穿去。也有许多学生,都已是军帽,军服,腰皮带,裹腿,但不知怎么,仿佛没有一个如我在外省所看见的挺胸走路的姿势,而是很多驼着背的,因了军服更加明显。忽然有两三个头戴红珊瑚结子瓜皮帽的人在我旁边出现,是有胡子的,背驼得更厉害,老弱之状可掬。这些就是前辈先生。我把那些学生和他们一比较,不免打了一个寒噤。其时,有一个戴瓜皮帽的正在向他对面走来的一个身穿缎马褂,手拿叶子烟杆的人拱手招呼:

"给你道喜!听说你这两年在外边做了不少的好事,很找了一大笔钱回来了吧?"

"哪里哪里。"那人也拱起手得意地回答。

"哈哈！"

"哈哈！"两方的嘴里都冲出来一股鸦片烟的气味。

茶楼上靠街边的栏杆上密密地现出一排头颅在望街心。这样的茶馆几乎每条街都有，我从前也曾到过的，记得常常都是客满，有许多人从早上去泡一碗茶可以一直坐到天黑。此刻我还想去看看，上楼梯的时候，许多人还在挨挨挤挤地拥上去，到了楼口，密密麻麻的人头立刻扑进我的眼帘，好像筐子里装满的苹果似的，而谈话的声音形成一道浩浩荡荡的河流，水烟，香烟，叶子烟的烟子在人们的头上搅成一团浓雾。我的头发昏了。赶快就转身，恰在这时我看见靠栏杆边的有人才喊："你看你看，那女人多么强！"许多头都就跟着伸出去了。我到街上时，不知是谁家的商店里的无线电正在播出柔媚的歌声：

"桃花江是美人窝……"

咚咚咚，咚咚咚地响着来了。是一班奏着喇叭敲着鼓的乐队，后面有几个人的肩上扛着几块"肃静""迴避"似的牌子，仔细一看，原来是影戏院的广告。上写道：谐趣言情巨片：《桃花村》。我决定回旅馆去了。但无意间经过一家川戏园的门口，只听见里面正在咚咚喤喤，锣鼓喧天。门口则挂着一块"客满"的牌子。有几个人还站在旁边，仰头张嘴地在细看壁上贴的大红纸戏报。一股风吹来了，街心的一条白布的抗敌标语，就在那些漠然的来来往往的人们头上冷冷清清飘动。

第二天，我到街上，情形忽然不同了，原来都挂了国旗。这使我记起：哦，原来今天是我们中华民族在二十六年前赶走清朝统治者的国庆纪念日——双十节。虽然国旗的数量并不比"九皇胜会"的黄旗多，但都给微微的风飘着呢。到了一个十字口，只见周围拥塞着一大群人，在发出嗬嗬声。我近了一看，就见那儿的交通警亭下站着六七个小女学生，手上拿着募捐队旗帜，正在拦住一辆雪亮的汽车募捐。其时，汽车里伸出一个头来，眉头打结地喝道："走！"嘟的一声汽车就开过去了。周围的人们便又哄出一阵笑声。那几个小女学生全都涨红了脸。但人们并不散去，还在向远处探头探脑，有几个却在快活地喊道："哙！又来了！又来了！"我再走一个街口，也是拥着一大堆人，而募捐的则是六七个高中学生。经过一家茶馆的门口的时候，只见有一队学生的宣传队拿了旗帜挤在坐满了的茶客中心，一个站在凳上挥着手涨红脸地演讲，茶客们自然都举着头把他望着。

"成都的空气竟也这么一搅就搅动了！"我一面走一面稍稍兴奋地想。"学生究竟是民族的最敏感的火花！……"这么想了之后，就同了一位文化界的熟人一同到文化界救亡协会会场去，一个大厅里坐得满满的，大概有一千多人，主席台上则坐了一排。主席站起来喊开会了，行礼如仪之后，就讨论简章，全场起了盛大的争论，只听见人们的拍掌声，赞成声或反对声。最后终于得出一个结论。选举了之后，我走出会场来时又想："是的，此地的救亡协会总算成立起来了！今后的成都也许从此不同了吧？"

可是双十节一过了两天，街上的情形又完全恢复了我第一天所看见的原样。咚咚咚，咚咚咚……戏院的广告队在街上过去了；戏院门口照例挂出"客满"的牌子；红男绿女们仍然在马路上商店前闲步，无线电依旧播出柔媚的歌声；"桃花江是美人窝……"

学生们呢，听说先生们正在叫他们救国不忘读书。他们都很好，纯洁得很，正在埋头用功。我住的地方，有一位很喜欢和我谈天的朋友，他正是中学生。这两天正忙得不得了，晚上开了电灯就把书本摆在面前赶起功课来，准备月考。不过在未开电灯之前，他就和我讲故事。他说，他们的同学真是好玩得很，读古文是用拖长的声音哼，把头前后左右地摇摆。读英文读算术也拖长声音哼，也把头前后左右地摇摆。"夫天地者哎……万物之逆旅吗……"或者是"A 加 B 咿……等于 Y 呵……"头这么摇起来，更觉得铿锵抑扬之至。

至于此地的救亡运动，也许因了我的孤陋，所以知道的实在太少，恕我不谈吧。不过我对于在这成都的人们，一般地对约会的时间观念，确是大可佩服。记得有一次我赴某一个会，那会订的时间是下午两点钟，听说大概将有百把人到场。一点半钟我就从住的地方出发，到了那儿的门口，一看钟，针尖已指着一点三刻了，我想：糟糕，恐怕我是到得最迟的吧？匆匆忙忙走了进去，心里有些惴惴然，生怕迎面有这么一个人在众人之前向我招呼道："哈，你怎么才来呀！"那我只好用脸红来回报他。可是一看，并没有一个什么迎面的人，根本那高大的房子里连一点风也没有，板壁和玻璃窗都闲静地立在阳光里，簷口张挂的蜘蛛网在<u>丝丝</u>发光呢。我只好站在草场上等着，哨哨的大钟声从陕西街传了过来，才看见一个工友用扁担挑了几个凳子慢慢向着那会场的门口走去，开了锁，砰砰磕磕地发出一阵安凳子的声音，之后，又看见他拿起扁担出来去挑第二批去了。我在草场上慢慢地散步，不知踱了多少圈，这才看见稀稀疏疏来人了。有一个说：

"三点钟了，咋个才来这十几块人？"

"嘟个搞起咧？"

另一个也接着说："恐怕不会再有人来了吧？"

我问他："这所订的两点钟，是指从家里出发的时间么？"

他哈哈笑了，认真看了我一眼，道：

"你大概不明了此地的规矩？其实这是常事。连这里住的外国人都懂得这规矩的。比如规定两点钟，通常大概是在这时间里才在屋头想起：晤，今天有会呢！因为今天是这样的会，所以来的人已不算太少，而且也并不太迟，就算是好的了！"

"就算是好的了！"连这空旷的草场都发出赞成他的回声。

朋友，这就是我到这里几天来所看见的成都！十几年前，盲诗人爱罗先珂带了他的六絃琴到了北平（那时叫作北京，据说日本人占了之后，现在又要叫它作北京了）！不多久，就诉苦道："寂寞呀！寂寞呀！在沙漠上似的寂寞呀！"自然，我既不是诗人，也没有六絃琴，然而他这话却在这时深深打击着我的心！沙漠呵！沙漠呵！这就是我们抗战的后方！

但是，朋友，请你放心，我自然不想准备大曲酒，但也不打算进疯人院的。我自己很知道我们现在处在怎样的时候！给你热烈地握手。

一九三七年十月

从灯笼到火炬

周 文

　　昨天晚上参加了成都市反侵略的火炬大游行，在极端兴奋中踏上归途的时候，很偶然地我听见一个小孩子边走边问他母亲说："啷个火把会，要提灯笼？"那母亲回答他："从前提灯会才提灯，现在是改成火炬游行了！"这固然只是简单的两句，却好像一下就把过去的布幕拉开，使我得到很大的启示。

　　记得二十七年前我们中华民族被异族的清朝专制魔王统治的那三百多年，我们不但得不到成千成万亲密地在街头游行的权利，就是在家里聚众上数人，也要犯他们制定的"王法"，说是"无故聚众，就有叛逆嫌疑"，许多我们的祖先都被抄家灭族了！而大街只有他们才能横冲直闯，上自皇帝，下至县官，出来时先要清道，当他们摆着长列的仪仗在街上高视阔步的时候，我们这些老百姓就要全都躲起，叫作"肃静回避"！所谓"只准州官放火，不准百姓点灯"，就是那时从经验中提出来的警句，那时我们是受着怎样的被宰割被奴役的黑暗生活呵！

　　我们的先烈们忿然而起了，用了他们的头颅和鲜血，前仆后继地与异族的专制魔王搏斗，直到辛亥那年推翻了清王朝，建立起民国，我们全中华民族这才大胆地点起了灯，不但点灯，而且还成千成万的骨肉般地整着队子在街上游行，唱歌，喊口号，用我们四万万五千万个灯笼的光在全中国的街头表示我们伟大的民族的力量。

从此，我们该享受人的生活，该享受主人翁的权利了吧，可是国际的法西斯侵略魔王袭来了，这就是日本帝国主义。它强占我们的土地，屠杀我们的同胞，想把我们四万万五千万人都变成它的奴隶！"九一八"那年，我们东四省的同胞顿时陷入比清朝统治时代更悲惨的地位，从此又不敢点灯了！是的，我们是记得的，我们曾经怎样和清朝斗争过来的，我们曾经怎样用了头颅和鲜血换来的！我们是人，我们决不愿再做奴隶，决不愿再做任何东西的奴隶！在忍无可忍之后，我们展开了我们全民族的伟大抗战！

我们这民族，已不再是过去三百多年那样苟且偷生的民族，我们已经懂得只有全国一致团结，抗战到底才能争取我们彻底的独立和解放。时代已不同了，二十世纪的四十年代，也不再是过去二十几年前那样的黑暗无底，在全世界我们有的是广大的友人，这次在伦敦有五十余国为了援助我们，制裁日寇，而举行了国际反侵略大会，火炬游行。是的，我们中华民族并不是孤独的；用灯笼已经不够表现我们民族的力量了，尤其是世界的力量了。我们改用了火炬，用熊熊的火光与世界友人们的火炬的光辉联结成巨大的一片，这是怎样无比雄伟的力量呵！

这力量，将使侵略魔王从这地球上消灭，我们将重新建立辉煌光耀的世界！世界不再是人吃人的而是幸福的世界！到那时，我们的儿孙们将举起比我们的更辉煌的东西！

原载1938年2月16日《新民报》副刊《国防文学》第11期

成都抗战文艺运动鸟瞰

周 文

在抗战前，成都的文艺只是好像严霜里的小花，是在瑟缩的状态中生长着的。外省的文艺书报在种种困难情形之下不容易到来，即使幸而万一到来了一些，人们也只能悄悄地买来躲到寝室里去看。当然，旧文化就弥漫了全市，成千成万的青年——大学生，中学生——都老是反复着《经史百家杂钞》一类的书。而人们则勾腰驼背地赞叹着这"文化最高的地方"，说是"天府之国"。民族的命运自然也使青年们苦闷着，要求着新的有益的东西。然而在那样的"故纸气"的氛围之下，做文艺工作的实在就少得很，大别起来，可以分为两类：教授和学生。职业的文艺作者是站不住的，自然也生成不出。在教授方面，曾经出过一个刊物，叫作《前进》，但才到第六期就因客观的困难无法再"进"。在学生方面，以大学生为中心结合着一些青年文艺作者，曾经创办过《春天》半月刊，《四川风景》等。前者较泼辣些，与旧文化站成对踱，但抗战未爆发前，早已停刊了；后者则较平稳些，所表现的只是爱好文艺而从事文艺罢了，一直到抗战开始。除此以外，报纸方面，仅《华西日报副刊》是文艺的，容纳各种不同见解的作品于一炉。只有它的生命最长，也就成为在成都对新文艺有兴趣的人们的经常读物。此外有些报纸副刊，虽也有时登载新文艺作品，但大多是剪贴外来的报纸上的文章，而且是杂乱的，漫无计划的，因此对人们可以说是没有什么影响。抗战前一二年间成都的文艺活动，大概只是这样。不过有一点应该特别指出的是：这些新文艺刊物，虽仅仅占着小小的角落，但瑟缩地生长在严霜里的小花，不也是表现着它傲寒的精神么？不过因为文艺见解上的不同，也有过一些小流派，这些小流派，完全是当时上海文艺界各种流派的反映，因而也各组过一些小团体，到了"七七"以前，他们也响应着上海方面文艺界的大联合，组成了"成都文艺作者协会"。当中的组成份子，都是些大学生和青年文艺工作者，三十余人。他们的主张是为国防文学奋斗。虽然一时未能脱颖而出，亮出它的光芒，但在潜流中已在活跃着，在学生之间发生着影响了。

这就是抗战前成都文艺形势的轮廓，也是成都文艺的一点基础。

到了"七七"抗战爆发，"成都文艺作者协会"即以"金箭社"的名义出版了《金箭》月刊，一开始就发出拥护抗战到底，为抗战文艺努力的主张。这刊物是以抗战观点，来反映当前现实的。当中有几篇值得注意的作品，但多数因为艺术修养的不足，太把政治口号概念化，所以那整个的内容，不免令人有单薄之感。至于《四川风景》也趋积极了，在二卷一期上也提出站上"抗战中的岗位"的主张，是要求"用鲜血来打稿，用墨水来誊抄"的。虽然主张是提出来了，然而一下子要完全适应当前抗战文艺的要求还比较困难，因此内容不免芜杂，对现实有参差不齐之感。这时忽然出现了一支生力军，就是有些爱好文艺的中学生，四五千人，成立了"青年文艺研究会"，在《四川日报》上附出了一个周刊：《青年文艺》。另有二十余学生则成立"火炬社"，出版了一个刊物《火炬》，他们和《金箭》月刊相呼应，着力主张应承继"五四"，来一次新启蒙运动。因为篇幅有限，所发表的各种文字，自然都是短小的，但在这儿令人嗅到的虽然年幼却是新鲜的气息。此外，有些妇女们出版的《妇女呼声》上，也登载了一些女作者们的文艺作品，技艺自然差些，但是内容却是坚实的。也在这时期，因了文化人"还乡运动"口号的提出，在外省各大都市从事文艺的作者们，渐渐到成都来了，出版了几个刊物：《惊蛰》《群众》《战旗》，都是综合性的，但也大量地登载反映当前现实的文艺作品。成都的文艺活动在这时可算颇不寂寞，且有点热闹起来了。刊物既多，在互相观摩和砥砺上，质的方面自然也有了提高的趋向。

但不久，困难出来了，那正是南京陷落，"和平"空气浓厚的时候。那给人的磨炼是不小的。影响所及，《青年文艺》不得不自动停了刊，《战旗》仅出了创刊号就"关门大吉"了。此外，《四川风景》《金箭》《群众》《火炬》等也停了；自来在成都办文艺刊物，都是自己掏腰包的，或者想办法在朋辈中募捐来支持，这后四种刊物的停办，主要的原因，则是经济的缺乏，而销路不佳，无法"再生产"，所以不得不让它"不幸短命"。而"金箭社"的同人也从此星散了，"成都文艺作者协会"于是告终。剩下的文艺刊物就只是《华西日报副刊》，和登点文艺作品的《惊蛰》。不过，接着《新民报》出现了《国防文艺》周刊，《四川日报》出现了《文艺阵地》周刊。顾名思义，不必说也可以知道它们的内容。但投稿者较少。各出了十来期之后都停刊了。另有一部分大学生在《新民报》上附出一个周刊《铁流》，稿子都出于大学生的手笔，但不久也停了版。

在这时大家都意识地感觉到，要真正负担起成都文艺运动的任务，积极地推动抗战文艺向前进展，只有合集群力才成。初步团结到一起来的是先后从省外来的文艺作者（包括抗战前就已来此地担任教授的和默默地从事创作的），中间也有几位在本地做文艺工作较久的，即先前的"成都文艺作者协会"的会员。一共二十余人，在一九三八年的元旦成立了一个不对外做任何活动的"文艺界联谊会"。接着成都的文艺青年们也发起了一个"成都文艺界抗敌协会"。签名参加者约一百人。这一百人中，大多只能算是文艺的爱好者，不过"文艺界联谊会"的二十余人都也签名加入的。这才几乎把成都的全部文艺作者结合起来了。这种结合，表现着成都的文艺运动已经到了一个新的阶段。但因为种种关系，一直经过二，三，四，五月还未成立。在五月，"中华全国文艺界抗敌协会"在武汉成立了，来信要成都组织分会，并指定筹备人。于是又重新登记，依据简章草案的规定，以文艺工作者为限，登记了四十余人，将先前筹备的"成都文艺界抗敌协会"改筹"成都分会"。不管这会怎样地负重的骆驼似的度到一九三九年一月十四日才成立，但那中间的时间并非空白，对抗战文艺工作是尽了相当努力的。而那时也有些新的崛起，使文艺的表现从三月起这大半年间形成了一个颇繁盛的时期。

这时期，以一些爱好文艺的教授为中心，首先出版了《工作》半月刊，各种形式的文艺作品一样都有一点。在编选上是相当严谨的。其内容一般地都是表现着在反映现实，同时在技巧上又要相当不错的，因此撰稿人的范围较狭一点，只是些熟名字的少数作者。这刊物，一些人誉为开创了在成都的文艺刊物相当严整的现象。不过另一些人又觉得不满足，因为它虽然在多方面反映当前抗战中所掀起的各种生活，但究竟还缺少富有血肉内容的作品，虽然在杂文方面倒有几篇颇为出色的有积极意义的文章。

后来，《文艺后防》旬刊也出世了。大部分都是反映"后防"生活的作品，除容纳一般文艺刊物所有的各种形式的作品外，特加了十日内所发生的最鲜明的社会事件的特写及地方通讯。民歌，川戏，唱本等通俗作品也大量登载。范围放得较大，因此作者的范围也较普遍些。得到批评是：有的人认为还太深，有的人则说是太浅。

《五月》月刊，是高中学生主编的，但执笔者仅小部分中学生，一部分则是原来在成都写作得较久的文艺作者。这个文艺刊物就是这样：内容多，方面多，然而也就显得有点杂凑的小毛病，至于有些文章，在技术上还差，但其中却有几篇内容丰富颇有地方色彩的作品。

全是中学生编撰的，另有两个刊物：一是《学生文艺》，一是《雷雨》。

《学生文艺》是半月刊。这刊物的特色，第一，是新名字的学生的作品；第二，是富有地方色彩，内容是本地风光，语言多四川土话。他们在发刊词上说："四川——至少是成都，新文学被摒弃于学校课程之外……在中学时代，一不需要考古，二不专门研究旧的文学，我们老是学着陈古的东西有什么用呢？"里边有好几篇相当好的作品，都是描写农村生活的。

《雷雨》是周刊，篇幅较小，但那抱负却不小的。它在创刊献词里说道："……一阵雷，一阵雨，霾云中闪出了光明，轻悄地启开这闭塞的罪恶的牢狱之门，人们固执地顽强地向铁的栅门外奔跑着，拥挤着，踏上光荣的自由解放的道路，高举着反抗的旗帜……"但究竟篇幅有限，因此内容也就单薄得很。

还有两种小型的单张的刊物：一是《蜂》周刊，一是《星芒报》三日刊。

《蜂》周刊是纯散文的刊物。撰稿人有大学生，中学生，教员，店员，工人，其中大概是从外省来的学生作为柱石。他们的主张是。"反对'闲适'的格调，肃清公安竟陵派的余毒"，而"编排要活泼，文字要浅近，意义要深厚，趣味要隽永"的。它所表现的特色，是以新形式走向大众化。

《星芒报》则是通俗读物。它每期除了拿一方地位用最普通的话来叙述战争形势外，差不多用了五分之四的篇幅来登通俗形式的作品，有：川戏，小调，唱本，山歌，弹词，演义等等。它们都迅速地反映当前抗战中的各种问题。那特色就是以旧形式来装新内容的。

以上这些刊物，不仅是表现它的热闹而已，同时也透露了新人辈出的消息。

此外，有几种综合刊物也登载文艺作品的：《战潮》《新新旬刊》《战时学生》。报纸方面，也渐渐感到文艺的重要，都纷纷辟了副刊，不再剪贴外省报纸上的文章，而是聘专人编辑，完全征求当地作者的稿子了。除已有的《华西日报副刊》外，有了《兴中日报副刊》，《新民报》的《新民谈座》，《捷报》的《凯风》，《党军日报》的《血花》等。专登杂文的有：《新新新闻》的《七嘴八舌》，《四川日报》的《谈锋》，《时事新报》的《大地》，《国难三日刊》的《生存线》《快报副刊》《民声晚报副刊》等。这所有的报纸的副刊，从"见仁见智"者看来，自然各有它们对各个不同的估价，但不管它们的内容如何，有一点我是可以说的，就是文艺的，或文艺性的作品已经成为人们的必需，同时因了这必需，作者的数量自然也增加了。把这一个繁盛时期和抗战前比较起来，那发展是有着截然的差异的，虽还说不上"很可观"，但"可观"两字是说得去的。这说明了什么？当然是说明了这都是抗战给我们中华民族——单说四川的成都吧——开发了无限丰富的新生的力量。也就是加强抗战，争取最后胜利的保证之一。

不过，除报纸外，前面所说的那些文艺刊物，都因为登记手续上的未能完备，半年后都先后停刊了。

现在的文艺刊物，只有"中华文艺界抗敌协会成都分会"的会刊《笔阵》，在去年底复刊的《四川风景》，还有最近快要出版的诗刊《诗歌》。通俗刊物《星芒报》停版后的后身《蜀话报》也停了，不过《新民报》仿照了《星芒报》和《蜀话报》，发行了同样小张的三日增刊，算是点缀着这暂时的沉寂。

现在"文协成都分会"算是成立了两个多月了，在政府领导之下进行工作。但因为会员多各有职业，时间不很多，所以现在的工作只是出版会刊，开研究会和晚会，有时帮一些学校和一些文艺青年做研究文艺的工作。最近正在计划中或筹备中的是：举行文艺演讲会，创办通俗文艺刊物等。对于会刊《笔阵》也正在设法改进。

现在横在成都文艺工作者面前的两大问题是：质的提高和量的推广。使文艺不光是在知识分子中兜圈子，而要真正深入民间，同时要把艺术水准推进到应有的高度。这工作要如何来开展，只有等将来再看了，这篇文章到这里就只好暂告一个结束。

　　附带要说的是：因为编者来信催得紧，所以这篇文章写得太匆忙，挂一漏万或写得不够，是在所不免的；同时也因为太匆忙，所以有些材料没有时间重看，只凭了笔者个人的记忆和笔者从前写过的几篇文艺通讯的材料写的。特此声明如上。

　　　　　　　　　　一九三九年三月二十六日于成都

　　　　原载1939年4月10日《抗战文艺》第4卷第1期

成都的印象

薛绍铭

民国以来，成都一向是四川的省会，不过这二十多年来省政府的政令从未及于全省。在防区制时，一个四川是有七八个省会，成都仅算其中的一个，后来重庆的省政府职权扩大了，成都的省政府被它们吞并，这时重庆成了全省的政治中心地，成都是有了一度的荒凉。

四川的梯田

近来因省政府由重庆移来，以及川西军事的紧张，成都遂成为中国西部的军事政治重地，使这个疲惫了的都市，现出了暂时畸形的繁荣，二年前的南昌好运，现在转移到锦官城来。

全城无论哪一家旅馆，客都是住得满满的，房价是五倍的高涨。饭馆、澡堂，营业是获利倍蓰。其他如纸店、布店、洋货店，最近生意也都不坏。共产党的西进，虽使一部分人遭了殃，但却暂时给成都市面一个大大的好处。

成都还是一个古色古香的中国城市，它所受到资本主义渲染的色彩很少。在成都街市上见不到两层以上的洋式商店，就是在最繁盛的春熙路上，所有商店仍多是矮矮的房屋。如果在建筑上比较，那么成都是要比重庆落后二十年。

成都是一个人口稠密的都市，在二十余里大的城圈里，到处人都是住得密密的。正因为人口稠密，在刘、田两军成都巷战时，两军的炮火是成了弹不虚发，不打着房屋，便打着人，房屋被毁于炮火的固不少，老百姓所死于炮火的更多。

成都的地皮及房屋，半数以上是被有钱而又有枪阶级人所垄断。这些地皮房屋的收买和出租，是用各种堂号名义，但它的总老板谁都知道不外几个军政要人。四川军人，总是带着一点土气，刮老百姓几个钱，多是置房买地。固然他们也知道往外国银行存款，但总以为存款在外国银行，还没有置买些不动产妥当些，因为就是自己打败仗退走，或是下了台，但那些打胜仗而上台的人，也都是同族和同学，大家争的是地盘，私人的财产，彼此谁都是念旧谊而要保护的。

环绕在成都周围的几百里平原，土地是特殊的肥美，是中国农产物出产最丰盛的地方。成都有这样的好环境，生活程度又较低于其他都市。大洋一元可购二十七八斤的白米，这是其他都市很少有的，但这还是大军云集的时候，若是在平时，粮价当然是要更低落。

成都和重庆相距是一千多里的陆路，两千多里的水路。由外来的一切货物，都是经重庆转运，按理说，成都的物价应该高过重庆许多，但因成都的生活程度较重庆低得多，使一切物价反较重庆稍低一点。

住在成都的人家，有很多是终日不举火，他们的饮食问题，是靠饭馆、茶馆来解决。在饭馆吃罢饭，必再到茶馆去喝茶，这是成都每一个人的生活程序。饭吃得还快一点，喝茶是一坐三四个钟点。成都饭馆、茶馆之多，是中国任何城市都比不上，而且每个饭馆、茶馆，迟早都是挤得满满的。

成都曾做过历史上几次偏安的国都，名胜古迹，如城东之望江楼，城南之武侯祠、工部草堂，城北之昭觉寺，城内之文殊院，都很有游览的价值。不过近来因前方军事的紧张，这些名胜古迹，都成了兵营和军医院，门前的站岗兵士，是一个显著的"游人止步"的招牌。

"谁坐成都都不久"，成都人常说这句话。按历史上看来，这话确实不错。刘备父子，邓艾，王建，孟知祥，张献忠等在成都都是坐半截。就是民国以来，成都的大椅，谁也没有坐长久。成都不能久坐的缘故，不是地方不吉利，乃是成都及其周围都太好，谁到都视为乐土，不愿再抖擞精神干了。刘邦进了阿房宫就忘掉了争江山，人的性情大约都差不多。不过希望现在坐成都大椅的人，能以前车为鉴而警惕，而长久下去，来打破这"谁坐成都都不久"的俗语，才是。

选自《黔滇川旅行记》，中华书局1937年6月版

成都的北平情调*

张恨水

上

不才随重庆新闻界参观团往成都，《上下古今谈》须停笔若干天，以代其缺。自然卖担担儿面的也不会做出鱼翅席，还是古今谈解数。

到过成都的人，都有这样一句话，成都是小北平。的确，匆匆在外表上一看，真是具体而微。但仔细观察一下，究竟有许多差别。凭我走马看洛阳之花的看法说，有一个统括的分析，那就是北平壮丽，成都是纤丽；北平是端重，成都是静穆；北平是潇洒，成都是飘逸。自然这类形容词，有些空洞，然而除了这空洞的形容，也难于用少数的字去判断。若一定要切实地说一句，应当说是成都之北平味是"貌似"而微，而不能说是具体而微。

虽然成都这个城市，决不同于黄河以南任何都市。就是六朝烟水的南京，历代屡遭劫火，除了地势伟大而外，一切对成都都有愧色，苏杭二州更是绝不同调。由江南来的人，看到了这个都市，自然觉得这是别一世界。就是由北方来的人，也会

---

* 标题为编者所加，原标题为"北平情调"。

一望而知这不是江南，成都之处就在此。

下

　　看成都的旧街道，两层矮矮的店铺夹着土质的路面宽达三四丈，街旁不断的有绿树。走小巷，两旁的矮墙，簇拥出绿色的竹木，稀少的行人，在土路上走着，略有步伐声。一个小贩，当的一声敲了小锣过去，打破了深巷的寂寞，这都是绝好的北平味。可是真正的老北平，他会感到决不是刘邦的新丰。人家的粉墙上，少了壁画，门罩和梁架上，少了雕刻，窗栏未曾构成图案，一切建筑，是过于简单了。

　　看一个地方的情调，必须包括人民生活，自不定光看建筑，而旅客对于人民生活的体念又是一件难事。然则我们说成都之北平味，是貌似而微，不太武断吗？我说不，建筑也是人民生活之一部分，在这上面，可以反映到他的生活全貌。试看苏州人家的构造，纵有园林，也只有以小巧曲折见胜，你就可以知道苏州人之闲适，而不会是北平人之闲适。于是以成都之建筑，考察到北平风味，是不中不远矣。

　　　　　　　　原载1943年4月20日重庆《新民报·上下古今谈》

驻防旗人之功

张恨水

成都作为都城，在历史上，可以上溯到先秦。然而，它不能与西安、洛阳、开封、北平、南京比，因为它不过是一个诸侯之国，或僭号之国的都城而已。经较成为政治重心的时代，共有两次：一次是刘备在这里继承汉统，一次是唐明皇避免安禄山之乱而幸蜀。但这在当时，为时太短，到如今又相距很久，留给成都的遗迹，那恐怕是已属难找。自赵宋灭孟氏之后，只有张献忠在这里大翻花样。然而，那并不是建设，是彻底的破坏。所以，我们看成都之构成今日的形式，应该是最近三百年来的储蓄，谈谈太远，那是不相干的。

清朝一代，成都是西南政治军事文化据点之一，尤其是那班驻防旗人，他们扶老携幼，由北京南来，占了成都半个城，大大地给成都变了风气。他们本站在领导的地位，将北京的缙绅生活带到这里，自然会给人民一种羡慕荣华的引诱。在专制时代，原有"宫中好高髻，城中高一尺"的倾向，成都人民在旗人的统治与引诱之下也不会例外，由清初到辛亥这样继续地仿效共一百年。然则这里的空气，有些北平味，那是不足为怪的。

原载1943年4月21日重庆《新民报·上下古今谈》

桐花凤

张恨水

自我们念过王渔洋的词："郎是桐花，妾是桐花凤。"我们就联想到桐花凤是怎样一种鸟？这回在灌县离堆的李冰祠面前，我们有个机会仔细地看到了。鸟贩子将竹丝笼子，各关着两头或三头，送到游客前面来兜售。这小小的动物，它比燕子或麻雀，还小到一半，嘴长而弯，像钓鱼钩，紫色头，大红脖子，胸脯黄，与颈毛交错，翅领深灰色，中间夹着淡黄，尾长二寸余，约为身体之两倍，翡翠色。总而言之，美极了。就为了它太美，捕鸟者，就把它关在笼子里了。

它是怎样被捕的呢？这里有无数地桐花树，高达六七丈，淡紫色的桐花，大如酒杯，作喇叭形成球样地开在枝上。大概是花蕊里有蜜，桐花凤与蝴蝶一样，在树枝上飞来飞去，时时钻进花里吃蜜。捕鸟人利用它这个弱点，将长竹竿接上两三根，顶上涂以胶着物，再抹些香蜜，它就被粘着了。据说，这鸟被关在笼里，顶多一个月就死，甚者只可过两三天。在这小鸟不住将头伸出这竹丝笼子里来，便知它是如何焦燥了。"妾是桐花凤"，的确不错！有美丽的羽毛，又想吃蜜者，可以鉴诸！

原载1943年4月23日重庆《新民报·上下古今谈》

茶 馆

张恨水

北平任何一个十字街口，必有一家油盐杂货铺（兼菜摊），一家粮食店，一家煤店。而在成都不是这样，是一家很大的茶馆，代替了一切。我们可知蓉城人士之上茶馆，其需要有胜于油盐小菜与米和煤者。

茶馆是可与古董齐看的铺，不怎么样的高的屋檐，不怎么白的夹壁，不怎么粗的柱子，若是晚间，更加上不怎么亮的灯火（电灯与油灯同），矮矮的黑木桌子（不是漆的），大大的黄旧竹椅，一切布置的情调是那样的古老。在坐惯了摩登咖啡馆的人，或者会望望然后去之。可是，我们就自绝早到晚间都看到这里椅子上坐着有人，各人面前放一盖碗茶，陶然自得，毫无倦意。有时，茶馆里坐得席无余地，好像一个很大的盛会。其实，各人也不过是对着那一盖碗茶而已。

有少数茶馆里，也添有说书或弹唱之类的杂技，但那是因有茶馆而生的，并不是因演杂技而产生茶馆。由于并不奏技，茶座上依然满坐着茶客可以证明。在这里，我对于成都市上之时间充裕，我极端的敬佩与欣慕。苏州茶馆也多，似乎仍有小巫大巫之别。而况苏州人还要加上一个吃点心，与五香豆糖果之类，其情况就不同了。一寸光阴一寸金，有时也许会做个例外。

原载1943年4月23日重庆《新民报·上下古今谈》

武侯祠夺了昭烈庙

张恨水

丞相祠堂

到成都的人，都会想起了这两句诗："丞相祠堂何处寻？锦官城外柏森森。"但据此间考据家的观察，现在的武侯祠，实在是昭烈庙，原来的武侯祠，已经毁灭，不过，后殿有诸葛亮父子的塑像而已，这话我承认。因为我游普通人所谓"武侯祠"，看到那大门上明明写着昭祠的匾额了。那么，为什么臣夺君席呢？那就为了"诸葛大名垂宇宙"之故。

这庙的前殿，两廊有蜀国文武臣配享，殿左右也有关张的塑像，正殿左手还有个神龛，供着那个哭祖庙而自杀的刘谌。殿右角却空着，似乎是抱不起的刘阿斗，在这里占一席，而为后人驱逐了。

关于以上两点，我发生着很大的感慨，觉得公道存在天地间。凭一时代的权威供着长生禄位牌，终于是会与草木同腐的。王建在这里做过皇帝，他的陵墓当然是好，可是就成了庄田一千年。而现在发掘出来，人家都以为是奇迹了！

原载1943年4月25日重庆《新民报·上下古今谈》

夜市一瞥

张恨水

无意中在西城遇到一回夜市，在一条马路的人行道上，铺了许多地摊，夹街对峙。那菜油灯光的微光，照着地摊上一些新旧杂货与书本，又恍然是北平情调。这虽然万万赶不上北平夜市的热闹，我跑了许多城市，还不见第三处有这作风，恐怕这又是驻防旗人所带来的玩意儿了。

夜市中最让我惊异的，就是发现有十分之三的地摊，都专卖旧式婴儿帽箍，这种帽箍，是用零碎绸片剪贴，或加以绣花，有狮子头，莲花瓣等类。不说我们的孩子，就是我的兄弟辈，也没有戴过这种帽儿，它早被时代淘汰了。今日今时，在这些地摊上，竟是每处都有千百顶，锦绣成堆，怪乎不怪？于是我料想到这是到农村去的东西，并推想到川西坝子上，农人的如何富有，又如何不改保守性。而成都的手工业，积蓄很厚，也不难于此窥见一斑。这些做帽箍的女工若能利用起来，是不难让他们做些更适用的东西吧？欧洲在闹着人力荒，我们之浪费人力，却随处皆是。

原载1943年4月27日重庆《新民报·上下古今谈》

厕所与井

张恨水

据农业专家说，人粪是中国一项最大的收获，全国粪量，每年至少五千万万斤，若按每百斤粪值法币一元计算，也共值五十万万元，而事实上却数倍不止。粪里含有重要的肥田物质氮、磷酸与加里，是农家的宝物。成都一部分置产者，也许看透了这一点，所以除了家中大概有一个积粪的毛坑外，每条街或街巷口上，都有一个公厕，以资收获。这在经济上说，是无可非议的，而于公共卫生上，及市容上说，却是这花鸟之国的盛德之累。小学生也知道，苍蝇可以传染许多疾病，而毛坑却是生产苍蝇的大本营。公厕太多，又没消毒和杀蝇的设备，这是一个可注意的事吧？

其次，我们就联想到井。成都是盆地，到处可以掘井，除了公井外，成都许多人家都有私井，这井并与毛坑相隔很近（某外国名字的大旅馆的井与毛坑就相距不过三丈），毛坑里的粪水渗透入地，似乎跟着潜水，有流入井中的可能。这样，热天就极易传染痢疾。我想成都市当局，决不会不考虑及此，何以至今还没有加以改良呢？

下次再来成都，我将在厕所与井上，以考察市政进步之程度。

原载1943年4月29日重庆《新民报·上下古今谈》

安乐宫

张恨水

记不起是在哪条街上，经过一座庙，前面像庙门敞着，像个旧式商场，后面还有红漆栏杆，围绕了一座大殿。据朋友说，那里供着由昭烈祠驱逐出的安乐公刘阿斗，这庙叫安乐宫，前面是囤积居奇的交易所。这太妙了，阿斗的前面也不会有爱国家爱民族的人，他们是应该混合今古在一处的。朋友又说戏台上有一块匾，用着刘禅对司马炎的话，"此间乐，不思蜀矣"那个典故，题为"此间乐"，我想此匾，切人切事，很好，可是切不得地。请想，把引号里的话，出之囤积商人之口，岂不危乎殆哉？

蜀除帝喾之子封侯，公孙述称蜀王，李雄称成都王外，还有三大割据皇帝：刘备、王建、孟知祥，而都不过二传，他们的儿子，刘禅荒淫庸懦自不必说，王衍虽能文而不庸，可是荒淫无耻了，孟昶更是奢侈专家，七宝便壶，名扬千古。因之他们也就同走了一条路，敌人来了就投降。

于是，我们下个结论："川地易引不安分之徒来割据，割据之后，就以国防安全感而自满。自满之后，就是不抵抗之灭亡了。"此间乐，其然乎？岂其然乎？

原载1943年5月1日重庆《新民报·上下古今谈》

王建玉策

张恨水

在博物馆里，我们看见由王建墓里挖掘出来的许多东西，而尤其使我发生着感慨的是一排玉策。每条策上的楷书，还算清楚。他儿子"前蜀后主"王衍，一般地以正统自居，开宗明义，大书"大行皇帝"云云。我们可以想到历史上割据四川的人物，向来是无法无天的了。

贩盐的男子

在这里，我们不妨谈谈王建之为人。《五代史·前蜀世家》记着，他是舞阳人，字光图，年轻时，以屠牛盗驴、贩卖私盐为生，后从军，为队将，黄巢造反长安，他就转进入川，做了四川节度使，唐室不得已而封他为蜀王。唐亡，他就称帝，这个人是彻头彻尾一个不安分之徒，生之时，他享尽荣华，死之后，还有一番大排场，与其说是他八字好，毋宁说是四川地势便宜了他。设若唐代有一条大路通成都，王建恐怕做不了二十八年皇帝。所以据我们书生之见，治蜀还是以交通第一。

原载1943年5月2日重庆《新民报·上下古今谈》

川戏《帝王珠》

张恨水

　　生平最怕读《元史》，君臣许多铁木儿（或贴木耳、帖睦耳，其音一也），皇后总是弘吉剌。且兄弟叔伯，出入帝位，像走马灯一样，实在记不清。在川戏台上，遇到一出《帝王珠》，被考倒了，一直到现在，无法知故事的出处。

　　戏的故事是这样：皇帝率两弟还都，杀文武臣四人，太后原与文人私通，出面干涉，帝当后前杀一人，太后刺激过甚就疯了，皇帝因太后淫荡之态太过，不能堪，就让他的卫将，把太后当场刺死。我们查遍《元史》，并无此事。而懂川戏的人说，那个年轻皇帝是铁木儿，当是元成祖，但成祖并没有杀过太后，而且他的太后弘吉剌，有贤名。只有一点可附会，就是铁木儿死，丞相阿忽台谋奉皇后伯岳吉临朝垂帘听政。铁木儿侄爱育黎拔力八达（仁宗）与海山（武宗）入朝，杀丞相，并废杀皇后。但这分明不是太后，且与铁木儿无关，和剧情又不同了。

　　但就戏论，萧克琴扮演老年妇人的性心理变态，极好。相信此戏剧创作者，必有所讽刺。若不出五十年，那就应该是刺西太后的了。清末，汉人多用金元故事以讥讽清廷，这或者是一例子。

原载1943年5月8日重庆《新民报·上下古今谈》

手工艺

张恨水

物产展览会的手工艺品，真是琳琅满目，美不胜收。这何用说，是好，好，好！

然而，我有另一个感想，觉得往年的四川保路会，实在给予四川一个莫大的损害。假使川汉铁路成在十年之前，把西洋的机器运入成都平原，以成都工人这一双巧手，这一具灵敏的脑筋，任你飞机上的机件如何复杂，我想，他们决不会是目无全牛的。

走过昌福馆，看到细致的银器；走过九龙巷，看到美丽的丝绣；同时发现那些工人，并不是我们所理想的纤纤玉手的女工，而是蓬头发，黄面孔，穿了破蓝布褂的壮汉。让我想到川西人是相当的"内秀"，不能教他造飞机零件，而让他织被面，实在可惜之至！

虽然经过某街，看到印书匠还在雕刻木版，舍活字版而不用，又感到好玩，手工艺，是成都一个特殊作风。

原载1943年5月12日重庆《新民报·上下古今谈》

杨贵妃惜不入蜀

张恨水

遍成都找不出唐明皇留下的一点遗迹，于是后人疑到天回镇便回去了（可能此镇取名于李白诗："天回玉垒作长安"）。天回镇到成都十四华里，唐明皇至此，岂有不入城之理？事实上，明皇从天宝十五年入蜀，七月至成都。做太上皇之后一年，肃宗至德二年十一月离开成都，在蓉已有一年多了。然而在成都城里，实在不能揣测唐明皇行都之所在。

我这样想：假使杨玉环跟着李三郎入蜀，那情形就当两样，至今定有许多遗迹被人凭吊。试看薛涛，不过是个名妓，还有着一个望江楼，开下好几个茶社。枇杷门巷的口上（尽管是附会）还有一个亭榭拓着薛姑娘的石刻像出卖呢！以杨氏姊妹之名花倾国，正适合成都人士风雅口味，其必有所点缀，自不待言了。

孟知祥之不如孟昶有名，就因为他没有花蕊夫人。在这些地方，你就不能不歌颂女人伟大了。明皇无宫，薛涛有井，此成都之所以为成都也。则其在今日无火药味，何怪焉。

原载1943年5月13日重庆《新民报·上下古今谈》

由李冰想到大禹

张恨水

李冰是四川人最崇拜的一个人，其功虽大，有时也许过神其说。若以治水而论，我想一切不必是李氏的发明，一部分当是承袭古法，这我有个证据。《华阳国志》记望帝之事说："其人开明，决玉垒以除水害。"玉垒便是离堆的主峰，李冰凿离堆以成内江，岂不是先有了开明为之在前吗？又李氏治水，有"遇弯截角，逢正抽心"八字诀。我们看了大禹治水，也不外乎此。黄河由北而南，阻于龙门，禹凿龙门以通河，这又是凿离堆以前的方法了。

大禹这个人，我们自不必认他是"一条虫"，那太离奇了；但亦不必断定硬有这个人。可是上古的水患，各诸侯之国曾自为治理，而又经过一个人更系统地修一下，或者去事实不远。假如这个假定可以成立，这个人就是大禹了（虽然他不一定叫大禹）。既然有人在李冰之先，大治过水，那么，李冰有所取法乎前人，那也是必然之事。

此外，我们又有所引申，李冰治成都之水，父启子继，费了许多时候。禹治全国之水，却只九年，应当是不可能。所以《禹贡》一篇，我们可以用孟轲之言："尽信书则不如无书。"

原载1943年5月14日重庆《新民报·上下古今谈》

任教成都*

舒新城

一　入川之由

　　民国十三年十月十五日。我由南京溯江而上，十一月三日到国立成都高等师范做教育学教授，十四年六月八日返南京。我的教师生活也至此而止。——十九年秋及二十年夏虽在上海暨南大学及复旦大学各讲《近代中国教育史》一学期，但完全为客串，且未领一文薪金，不能算作教师生活。

　　民国初年教育部将全国划分为北京、南京、武昌、广州、沈阳、成都六个高等师范区。成都高师区所辖的省分为川、滇、黔。民八以前教育部只设北京、南京、武昌、沈阳四高师，广州及成都则由省立优级师范改办，仍属省立，是因为广东自六年军政府成立而后，与北京政府对立，而四川连年军阀内讧，在政治系统上时南时北，北京的教育部在事实上管不到。自"五四"而后，专门学校争改大学，南京、沈阳、武昌、广州各高师相继改为大学，北京高师则改为师范大学，在十三年，纯粹的高等师范只有成都的一校——十四年秋为改师大与改普通大学问题，争执甚烈，十五年卒改为成都大学——

---

　　* 标题为编者所加，原标题为"高师教授"。

而民国十二三年国内政治极为紊乱，除南北两政府对峙而外，南方有陈炯明之变及湖南的护宪战争，北方则有奉直二次战争。四川的内乱更烈，刘湘、刘文辉、杨森、田颂尧、赖心辉等则在成都、重庆屡进屡退。十三年一月九日杨森攻下成都，至五月二十七日，北政府特派其督理四川军务善后事宜。四川的教育界当然随之变动，成高校长吴玉章先生去职，而由杨改聘傅子东（振烈）先生继任，并将学校改为国立。

十二年秋季，吴玉章先生曾几次函约我去成高，我因在南京接了聘约，不能中途他适，约其于十三年秋再说。十三年六月至十月，傅校长连来四电一手函相约。在学校则因杨督理在川军中是励精图治的新人物，主持川政，当然要做一点成绩给民众看，而成高为西南之唯一学府，主持者当然要体其意旨，聘请名流，其襄盛举。我既有约在先，故欲赓续前议，促我入川。在我则本有调查全国教育之志愿，有机会去川，自是乐意，但迟迟不行者，一因我十年未曾返里，必得于暑假归省一次，而道经长沙，暑校之聘，亦不能不受；二则去川须旅费二百元以上，学校虽有函电相约，但旅费则始终不曾寄下。且就我所知，成高虽称国立，但经费仍从省出，省教育经费欠发达年余，该校情形当亦相同，在江浙交通便利之地，自费考察教育力尚能及，在川薪金无把握，则生活要成问题，实不能冒险。几次函电相商，傅最后两电，均谓汇兑困难——当时川币与沪币价格相差达四分之一以上，且汇兑限制甚严，防金钱外流也——请我自筹由宁至渝之旅费，学校则将款存重庆第二女师成荣章君处，由渝至蓉，即向成君取用；薪金方面，则允每月二百元，七折实支沪币，绝不拖欠。因此种种，所以我迟至十月十五方由宁起行。

我于十月二十四日到重庆，十一月三日晚，到成都，本想先下旅馆，于翌日再去学校，但旅馆非有保人不能住，只好于夜间进校。斯时王克仁君任该校教务长，其夫人黄淑班女士任英文教授，均居校内，遂暂寓其家，且于当晚见着傅校长。第二日迁居校中。

二　成都高师

高师以旧日的皇城为校址，城墙仍在，周缘十余里，地基可称广大。不过学校所占的地面不过数十亩，房屋虽系平房，但只能容四五百学生，故房屋亦不甚多。校舍以外大半为菜园，校舍附近有煤山及小建筑物，均可为学生游散之地。不过该校当时仍遵教部高师规程，校务分教务、斋务、庶务等处，各设一长主持之；对学生行动仍采管理制，非经请假许可不能外出，故在平时学生颇少出外。在课程方面，仍分数理、博物、英语诸本科。本年改国立后，虽曾用师大名义招收学生，但章程并未公布。故其组织系统与课程科目与我十年前所肄业之岳麓高等师范大体相似。所不同者，今年起实行男女同学；不过女生只十余人耳，而女生之最大多数为省立一女师（在成都）之毕业生。

我以学校既遵部章办理，则课程亦当照部章，我既以教育学教授之名义而被聘，当系原无教育学教授，或有而功课太多，兼顾不到，故请我分担。及询傅校长，则部章所有之科目均有人担任，同时更悉教育经费困难，每年能发薪四个月已属难得，故教师兼课每周常在三四十小时，而全校教育及心理科目之总时间尚不及此数。所以旧教师的钟点尚觉不够。我当询以既属如此，则我并无功课可教，实非必要。彼谓现拟改师大，故课程可不受部章限制，将来且拟办教育系，故课程可由我自定。不过全校学生闻我来，均希望有机会受我之课，所以可多开几种课程。最后决定为三年生讲《中学教学法》，二年生讲《现代教育方法》，一年生讲《教育心理学》。预科教育系——师大名义招收之新生——也要求开一课程，但因各科均须自编讲义，精力不及，展至十四年春。十三年每周教课十二小时。十四年春十四小时。

课程决定了，于十一日正式上课。在上课之前，我向学生举行一次公开讲演，介绍我自己，并说明我去川的原因、途中的印象及我对于教学的意见。此文以"远道"为题，曾在成都发表过，只未收入我的著作中。以其可表现我当时的心情与文思，及教育意见和社会情形，故为照录于下：

三　何以来成高

我到校将近一星期了，今日上午本有课，我请教务处移至下午，约集诸君在此谈话。这种办法似乎不是常规，但因为我曾做过多年的学生，而且做学生时每周学校聘请一位新教师便怀着无限的希望，想知道他的历史，及他到校的目的，便推想到今日的诸君或者也是如此，所以将正课的时间改为这个谈话。

我生于湖南，住在江苏，当此干戈扰攘之秋，不远数千里由南京来到成都，不独诸位要问来此何干，即我自己也要问"所为何事"。因此，我想与诸君谈谈我何以来成高，或者也许是诸君所愿听的罢！

我于十五岁进县立高等小学校，始正式学地理，始知道五大洲，廿二省；但"四川"两字却于我入小学十年前，就已在我脑中占了一个位置。那时我只五岁，初进私塾读《三字经》，常常听得教师和乡下的前辈谈《三字经》的故事，说《三字经》是一部奇书，说魏、蜀、吴就是现在的某省某地；而因为我们过年好玩"孔明灯"的缘故，竟由"孔明"两字于他们谈话之中得些西蜀的片断观念，也得些四川的片断观念。四川究在何处，我当时自然不知，可是神奇的孔明，在千百年后还能留下奇巧的花灯给我们小孩玩——这是我乡的一种传说。也就"爱屋及乌"想象四川为可爱而不时梦游了。

这是我对于四川最初的观念。

在私塾读了几年书，认得一些字以后，常常背着教师如现在学校的学生于上国文课看小说一样——这是看过几十所中学的教学以后所得的结论——暗读《三国演义》。栈道、剑阁的天险，益州的天府，更在脑中起了波动，不时想到孟获的狡蛮，孔明的机智，虽然儿时的八卦衣——因我生无兄弟，依乡俗着此衣以冀不夭——未见得与孔明的道袍一样，乡里的麦秆扇，与孔明的羽扇相差太远，然而果有刘玄德其人，三顾茅庐，使我坐镇益州，却也是当时所梦想的。

这是十二岁以前我对于四川的观念。

流光如驶，旧梦未成的时候，辛亥革命爆发，那时因为好读《黄帝魂》《安徽俗话报》等一类的书籍，而且辛亥的前一年曾因闹所谓革命的风潮——当时只知清朝是我们的仇敌要革命，其他都不甚了了——在小学作代表，开除了学籍，自然很留意于革命的事情。而辛亥革命的爆发竟由于川汉铁路的问题发端。昨日到中城公园首先看得辛亥革命死难烈士的纪念碑，颇引起我当日的遐想。那时我以为四川不仅在地理上有巫峡、峨眉等等特殊的地方足以使我尊崇，就是人事上之杀端方一项而论，也足以使我钦敬。自此而后，四川的当游，在我脑筋中已成为定型了。

我不会作诗，但有时却很欢喜读诗，并且很爱读杜甫、李白的诗。舟车劳顿，每每以之为兴奋剂，我从《唐诗三百首》中固然得着许多关于四川的观念，而杜、李诗集给我最深的四川的印象之中，尤以"地与山根裂，江从月窟来"（杜甫《瞿塘怀古》）的水势；"青冥倚天开，彩错疑画出"（李白《登峨眉山》）的山景；与"金窗夹绣户，珠箔悬琼钩"（李白《登锦城散花楼》）的闹市引起我的好奇心最大，虽不能说是"瘖瘵思服"，然而有人提及四川，我脑筋中便有一个仙地的银幕——银幕的影子自然与事实差得很远，但是银幕中人却真把它当作事实了。

三五年来，更在大江南北，结识些四川朋友，更从他们口中得着些现在的四川情形，向往之念，自然更深一层。去年夏间前校长吴玉章先生几次约我来，我因好游历，并且正在计划考察湘鄂以下各省的教育之后，再游四川，以竟我长江流域《中等教育一瞥录》的全功，有此盛约，自然当闻风而起。无如为着不自由的职务所羁绊，竟不能如愿。然而住在锦城中央的伟大皇城与雄壮的国立成都高师，已侵入我脑筋之中而留一不可泯灭的痕迹了！

一年过去，今年六月我正从杭州考察中学教育回南京，道过上海，在友人处得见现任傅校长的专电请我入川任教育教师，此属旧事重提，我自然不便再行拒绝；七月我回湖南省亲，又在长沙得学校的专电。多年梦游的四川，竟可乘此机会而实见之，想象中的愉快已足以满足我精神上的要求。但因为期望太过之故，读李白的《蜀道难》与报载之川战消息，又惴惴焉唯恐真要入蜀。九月初由湘返宁，江浙战事正殷，学校亦再无下文，自以为蜀游又成梦想；孰料十月初忽又连得学校两电，促即起行，于是十月十五日的早晨，竟离我第二故乡的南京与妻子而向难于上青天的蜀道中作万里孤客了。

由此我可以明白向诸君说：游四川是我的夙愿，此来之主要目的在于自己求学。以游历与考察为求学的方法。听至此诸君或者要问乃至忿然地问："学校以厚俸请你来成高教书，而你以自己求学为此行之主要目的，对学校未免太不忠实吧！"我更敢明告诸君："率真的教师"，是我七年来做教师的目标，虽然因为能力的关系，不能完全实现我的想望，然而此鹄固未曾移动。我来此自然要教书，不过我对于现行教育早就怀疑，虽然也要向诸君说些我要说的话，但未见得"适合时宜"；而且我也不过是七年前的一个高等师范毕业生，为着学力的限制，更说不出什么好话。若说我能教导诸君，纵诸君不以为侮，我总觉得"受之有愧"——我还敢更明白地向诸君说：若果只为教书，我还不至于到成高来。所以我来成高除了应成高之聘的责任而外，还有我自己的目的，因而留在此间的时间，最多亦只能一年。这些话或过于率真，然而也就是我所自期与期望诸君事事如此的。

四　蜀道乐

因为诗人李白作了一首不朽的诗，蜀道难行，几于中国人之读书者人人皆知。他在《蜀道难》一诗中传说三次"蜀道之难难于上青天"，我们姑且把"朝避猛虎、夕避长蛇、磨牙吮血、杀人如麻"的种种令人毛发悚然的描写丢开不问，就是"难于上青天"五个字已足以使一般人却步。因为若干年前，不难的上青天绝对无人上过，何况更难的蜀道呢！可是现在不然，青天虽然难上，但有了安稳的飞机，谁也可以上去。蜀道难，当然不至不可行，在我不独不觉得蜀道难行，而且觉得蜀道是可乐。这或许是我主观的偏见，但我确实觉得是如此。所以我于说过我何以来成高之后，再将我长途的经验，摘要报告诸君，而与诸君谈蜀道乐。

好游是我的素性，旅行自然是很平常的事，家人对此也自然不当怎样一同大事。可是这一次却不然，不独十年相伴的妻有点依依，就是未满周岁的小儿也于我临行时，在母亲手中呆望着我，如不胜惊异然。所以我自从十五日早八时到江安上水轮船以后，脑中便充满了别离的憧憬，虽然勉强以撰文为移转注意之工具，但思流有一隙空地便又为思家之念所占去。直至汉口为雨所阻，不能渡江访友，始加入恨雨的一支流而平分脑海的面积。

由汉口转到上驶宜昌的轮船，一切生活都与下江轮船同，不过船中的旅客多些四川朋友罢了。到宜昌转过川江轮船，一切生活都照四川的办法。不过我是惯于旅行者，虽然几日之间经过许多变化，但也没有感着什么大不便。而"连峰去天不盈尺，枯松倒挂倚绝壁；飞湍瀑流争喧豗，砯崖转石万壑雷"（李白《蜀道难》）的山景水势，却使我欣乐无极。当轮船进巫峡时，车轮逆流的声音，较春雨骤雷的声音尤为轰烈，而起伏有常，则远非雷声可及；仰望青天，真如匹练，回顾两岸，真似双屏，至此始信杜工部"入天犹石色，穿水忽云根"与李太白"上有六龙回日之高标，下有冲波逆折之回川"的话，是由经验中得来，不是无病呻吟。我乐此山水，极愿轮常鼓而不进，更遐想结庐山巅，与神女为邻，以便仰看马头云，俯听鼓轮声。然而行为终不及思想之适人意，我方悬拟怎样攀援、怎样结舍、怎样引吭高歌、怎样采薪采薇而未得着确定的计划以前，无情的舵手，已驱使轮船鼓勇前进，渐渐离开我多年梦想的巫峡，而进入缓缓的河流了。

进峡以后，经过瞿塘、滟滪诸地，见到的奇景自然很多，我非文学家，不能有适当的语言去描写。诸君如欲问三峡以上的山水究竟如何，我念白香山《初入峡有感》之中的十句诗给诸君听：

> 上有万仞山，下有千丈水。
> 苍苍两崖间，阔狭容一苇。
> 瞿塘呀直泻，滟滪屹中峙。
> 未夜黑岩昏，无风白浪起。
> 大石如刀剑，小石如牙齿。

诸君！川江的黑岩、白浪、大石、小石的活动与现象，确如白香山所说。这些牙齿、刀剑，自然极其可怕。万一不幸遇着"一跌舟无完"的事实——轮船也常失事，不过比帆船较少——我们真有粉身碎骨追踪屈原葬于江鱼之腹中的危险。但也唯其如此凶险，才足以形成壮美，使人胸境开扩，置生死利害于度外而与天地合参。江南的山清水秀，诚然优美，有令人乐而忘返的慢力；然而那种温柔乡的风景中，不知埋葬多少侠骨。吴风越俗我亦曾领略一些，然而每次回忆起来，总只剩些逸乐的追求，委靡的颓丧，与蜀道所给我飘然出尘的启示，无挂无碍的快乐相较，苦乐真不可以道里计。古人以为求学问要历名山大川，我以为为作人计亦当历名山大川。诸君固生于名山大川之中（四川人），或来自名山大川（滇黔人）者，曰为壮美的自然环境所陶铸，精神之特达与愉快，固足使人艳羡，而学识基础之雄伟，更足使人仰望。我已一度享蜀道山水之厚赐，又进而与诸君为"人"的接触，即凭诸君的想象。也可以知道我的心绪的愉快。这是我从蜀道中所得的第一种快乐。

也许因为我不甚欢喜城市生活的原故，到了重庆便感着一种压迫。我想四川各地方都如重庆那样煤烟——因居民都以烟煤为燃料——冲天，居室栉比——重庆城位于山上，地狭人多，房屋及居民均极密——不独对于四川的好感完全失去，并且想立即下驶，返我第二故乡。乃于进退交战的时候，竟蒙第二女师范几位先生约游南山。南山与重庆虽只一水之隔，而茂林修竹、古寺新校之景物，完全是一世外桃源。南山与重庆在地势上很有几分和岳麓山与长沙相似。然而南山的幽径迂回，草木郁苍，迥非被伟人坟墓占据路首之童山的岳麓——岳麓只有爱晚亭一段有树木——所能比拟。尤使我徘徊者，山麓黄葛垭中本乡本土的饮食与风尚——我们游山时在黄葛垭午餐，我自离南京十二日，与川人共居处者已九日。汉口以上即与川人共房间，但到游南山时始得认识真正的川人。当我乘骡游老君洞时，在骡蹄得得中回忆十日来已往之历史，悬想十日后锦城的风味，不觉笑逐颜开，而怪李太白的《蜀道难》过于铺张。这是我入川后所得的第二种快乐。

重庆以上要走陆路。孤身宿店，实是最可恐怖的事情。而四川的长夫店竟能有负全责的夫头照料一切：何路可走，何地有险，他不独知之，而且能代客安排。鸡鸣而起，日落下宿，自然要经过许多风霜，生活习惯也因地段变迁之故，变化太骤，而感着许多不安适。但自接收了长夫店的"认状"，一切责任似乎都完全与我无与，我转得清闲自在，考察人情风俗，领略自然美趣。虽然因为身体的抵抗力太弱，中途小有疾病，但精神上却有新奇的景物调剂，并不感着怎样苦痛。途行十日，地经千里，耳闻目见的事情都在我生命史中有相当的位置。只可惜今日的时间太匆卒，不能容我详细报告诸君，但亦不能不报告。无已，姑举数事以概其余。

成语说："俟河之清，人寿几何。"就我所经历的长江之水亦未曾清过。我知道黄河之水不清，是因为河床是黄土构成的，而扬子江自汉口以下河床并非黄土。过酆都后间见红色的山，重庆以上，所见的高山平地无非朱色。土壤的肥沃，可由田陇的种植见之。而长江的红水，在非地质学专家的我看来，四川的土色，至少当是一种原因。我自十八岁在武昌看过长江之水以后，就怀有"此水何长红？"的疑问。此次旅川而偶然得一答案——虽然不能说一定可靠——其乐如何？

我在途中最感愉快的事情为收集钱币和与挑夫谈话。中国的币制我素知道极不统一，但从未知道一省之中，有几十种通行的货币。到宜昌用当五十的铜元，便觉得有点奇异，到重庆竟有如银元大与大于银元的当百、当贰百的铜元，重庆以上各场——定期交易之所——则绝无当五十的铜元，百以下的数目都是用纸币、纸挥、铅币、锡币、铁币、竹筹，而且各场的界限很严，此场的票币不能通行于彼场，形式亦极不一致。我所收集的已有三十余种。这些东西都是研究社会经济的好资料，也是古董陈列室的好资料。可是我不是经济学者，也非博古家，不能把它们作科学的研究与什袭珍藏，只于无事时偶然拿来排列消遣，而它们给我的愉快，至少与我素爱的书籍所给予者相等。至于与挑夫们谈话更有特别的意味：因为各人都有他特有的人生观，而未曾受教育或稍受教育者之人生观最易表现，表现出来的又极其率真。他们的人生观又均以环境为转移，也最足以反映环境。四川现在变乱给予人民的痛苦，固可于他们言论中得着大部分，以往之民俗风尚也可于其谈话中得之。我过细考察他们的生活状况：看他们怎样吸鸦片烟——挑夫最少有十分之九是有烟瘾者——怎样吃饭，怎样安宿，怎样处群，怎样处己等等事情，感着无限的乐趣。我的思想也很受其影响。

《学记》说："虽有嘉肴，弗食，不知其旨也。"我在途中所食的嘉肴甚多，诸君将来如有机会食此，自会知其旨之所在。以上所述，不过是偶然回忆的乐事而已。然而即此偶然的乐事，已是证明——最少在我是如此——蜀道不独不难行，而且有至乐。

五 煤山遐思

本月五日午后四时竟进了成都城。竟瞻仰了富有宝藏的古皇城——今国立成都高等师范。皇城之伟大，早就听得四川的朋友说过，现在亲自看见，确能证明名不虚传。从大门沿石道数百步始进古城的隧道，过隧道为明远楼，再进为至公堂，始为学校的正门。就是这一段空地，作上海式新大学校址二十所尚有余，何况有更幽邃的平房数十幢，作讲室、自习室、办事室、图书室等等呢？我到校的第二日，就很注意于校舍的考察与图书馆的查阅。费去半日时间，自以为走遍校地，孰知高师全部在皇城中所占的面积还不到五分之一。而皇城五千余亩，都属本校所有。校地之广，恐怕在中国要算第一了。图书馆虽则觉得新书太少，然而果有经费也不至于没办法。

我从朋友口中，知道皇城中有一座煤山，昨日下午三时一人携着照相镜去游煤山，不知费了多少时间，还找不着煤山的踪迹，后来遇着一位附小学生，得他的引导，才能达到目的。我要看煤山，并没有什么深义，只因小时看崇祯皇帝上煤山的戏，虽然知道这煤山不是那煤山，但为好奇心所驱使，必得一见而后快。及至由附小转出煤山，原来不过是一个土丘，栽着几株小树。我在四周看过之后，并至山巅一块唯一的石头上坐着。一面看小学生在山下蹴球，一面又想我来此的原因及与煤山有关系的事件。此时脑中思潮起伏，有如峡江的湍流。我个人在那里闲坐一时余，若非引路的那位小学生同着几位小朋友来要求将他们以为神奇的照相镜加以说明，我竟至可以连晚饭都可不要回来吃。到校以后，回味当时的思流仍有无限的奇感。这种美妙的经验，实有告诉诸君的必要。

我首先想到我何以孤身来四川，更何以一人上煤山的问题，深感思想支配人生的势力的伟大。倘若我幼时不玩孔明灯，不读《三国演义》，不留心国事，不读李白、杜甫的诗集，我未见得现在来四川，即来也未见得对四川有这样的好感。又使我幼时不看过崇祯上煤山的戏，也不会午前闻人言及煤山，午后就亲自登临。我现在的举动都是受十余二十年前的思想的影响，我自己想来，实在是最有趣味的一件事。

我因"煤山"两字想到崇祯皇帝当日的威风与死时的凄惨。也想到蜀王娶妻，张献忠屠川的种种故事。他们在当时何尝不轰烈一时，而今果安在哉？我知道生与死是必然的因果，也很怪造物设此不必要的必然因果为多事。我们大家都在死的道儿走路，我们个人都是要同归于尽的，无缘无故地生在世界上几十年，不是最无意义吗？然而自从我们有了生命以后，虽然明知道要死，但谁都不愿意照生时原封不动地死去，谁也不愿意安然无恙地死去，一定要孜孜不息的活动，并且要翻陈出新地生活着。这种自强不息的活动，确是人类的特质。这特质我在《人生哲学》上取了一个名称叫作"人类的无限的自觉创造性"——这名词含义颇复杂，诸君可参看我的《人生哲学》

第五章。

我们既生存于大自然的支配之下，而不得不向活动不息的生的路上走。于是求生活的改善便成为人类共同的目的，我看得那些小学生在山下蹴球，个个都竭其全生命的力量向前奔跃，有些跌在地下便又立即爬起而继续他们的工作。你若要问他为什么这样不顾一切地干，他大概要说是为着好玩。若再问他好玩有么意义，不玩不行吗？他所能答复你的，不过是这样玩玩很舒服罢了。倘再问他为什么要求舒服，他大概是不能答复的。其实这求舒服——含精神与物质的——都是改善生活的动机，要怎样才能改善生活？于是乎就发生教育问题了。

小学生们在煤山下面蹴球，看来好像没有费什么气力，都能中规中矩，但我却看见有一位十岁上下的小朋友，屡次伸足去蹴球，一小时内，只蹴着两次。由此我们知道那些小孩子之能中球，是他们曾经有长时间的练习。我们并可以推想得到开始练习时，一定有教师为之指导；不过昨天我却没有看见教师在旁边，而那十岁上下的小朋友居然也能与其同伴共同活动，我并可以断定若干日后，他不经教师指导，已经能中球而且知道蹴球的规则。我看得那位小朋友的种种举动，便想到现今的教育。诸君到学校不是来读书吗？受教育吗？现在许多人以为读书就是受教育：读书自然是与受教育有关系，但却不能说读书就是等于受教育。倘若照我的"说法"把教育看作改进人生的活动，则凡足以改进人生的动作，都可以称为教育的活动。那么，这位小朋友与其同伴共同活动固然是一种教育，而那位引我到煤山去的小朋友之对于我，也是一种教育。诸位如曾读过教育史而留意于初民之所谓教育，实际上不过是直接参与实际生活的模仿动作而已。自从文字发明，尤其是印刷术发明以后，一方面人类的遗产固然一天增多一天，而他方面则因为书籍的障碍，反使教育与实际生活隔离。诸君在中学校大概都曾学过几何三角的，但回想若干年来，你们在日常生活中应用过几次；也曾读过古文古史的，但又曾应用过几次。本国的典籍，近世的科学都是我们人类祖先费尽心力切磋琢磨所得之结果，都是传家之宝，我们席其余荫自然当重视，也应当明白其概略。然而我们生于现世，绝不能离现实生活而专仿古人，也不能漠视直接经验而专向书本中讨生活。那么，我们对于读书只当视为求学问之一种工具，而与自然及社会接触，尤为我们所不可忽视的。

诸君大概都知道法国有位卢梭（Rousseau），于十八世纪大倡返自然（Back to the Nature）说。自然是我们人类所常接触而且永久接触的，他何以在那时要倡返自然？是因为法国当时的政治教育太过于矫揉造作，太不重视取之不尽用之不竭的自然现象，把好好的人生葬丧于顽固的思想、暴虐的政治之下。他愤慨不过，所以在政治上著成千古不朽的《民约论》（Social Contract），在教育上著成万世永垂的《爱弥儿》（Emile）小说——这两书因时代关系，其中自然有些在现在看来是不合于时宜的，但其根本原则之大部分却可以传诸久远——由卢梭的往事看来，一面固足以使我们知道自然教育的重要，而又一面则足以使我们闻风兴起。孟子说："舜人也，我人也，有为者亦若是。"诸君来此学教育，自然要对于教育负重大的责任，果能本自强不息的创造精神，从往迹与现轸中立改进人生的方针，求改进人生的资料，又何不可几近于舜！

我看得小学生那样地活泼自如，便想到诸位大学生的生活态度，更想到我从前当学生时间的生活情形。我与诸君都曾做了若干年的学生。学生的含义如何？我们姑且不问，即以此两字的通义讲则学生应学得生；倘若把"生"字当作生动的意思讲，现在的学校，实在是使人学死的地方，学校的等级愈高，使人死的程度也愈深——我这话若是哲学家听得，自然要认为很合论理，很合事实：因为人在未生以前则向生处走，既生以后，便向死处走，学校的等级愈高者，学生的年龄一定也愈大，而离死的时间也愈近。所以我这话很能证明合理。不过我的意思不作这样解说，是以死寂与生动作对比——诸位过细想想，小学时代的活泼自如，是否是中学时代之拘谨所能希冀，更是否是大学时代之矫饰所能希冀。就以最平常的处己待人讲，小孩子的举动，总是有什么说什么，总是率真的，中学生便要计较些礼法，不敢自由言动，大学生则更要遇事计较利害，更不敢以真面目见人。这种虚矫的生活过惯了，他人以为我们懂得人情世故，学行进步，自然也因他人以为我们进步而觉得真正进步。其实我们赤子之心的天真，已逐渐泯丧。倘若让我们在学校中生活一世，就木之日，便是我们真性泯灭之日。我看得小朋友的活泼跳跃，怡然自得，回想到我小时的率真生活，现在的虚伪生活，更想到诸君现在努力在这里机械地学过虚伪的生活，不觉毛骨悚然，二十余日在蜀道中所得的美趣，所遇的乐事，都一一离我而去。我的苦痛与懊丧的心境，真是不能用语言告你们。

正在苦痛懊丧的时候，从前引路的那位小朋友，约了他几位同伴走来要我把照相镜的内容说给他们听。我的思路忽然转变。我想：我因为虚伪的生活而苦痛懊丧，则虚伪的生活为苦痛懊丧之原，我们只能俯首于苦痛懊丧之中过生活，还是可以打破这虚伪的藩篱？我并问自己：这种虚伪的生活是人造的还是天设的？是人造的，我们当然有权可以改变，就是天设的，"人定胜天"也是我们固有的特性。那么，我又何必自苦，更何必自馁。我虽然不能转到童子的年龄，倘若我真愿意要与小学生为伍，而与之共同过率真的生活，也如小学生要我说明照相镜然。我想他们当不至拒绝吧！这种反求诸己之易如反掌的事情，我们又何乐而不为？我想至此，好像得着宗教所谓上帝的启示，精神为之一爽；不独不感苦痛与懊丧，而且沛然如枯禾之遇霖雨，生趣盎然。

六　我将何为

在煤山与小朋友们讲完照相镜的功用以后，我们一同返校，他们并我到我的住室，约期再会而去。我当时竟忘其小我的小，而有与宇宙等量齐观的快感：我觉得人生是应有快乐的，生活的态度应当是率真的。我记得王船山"欲爱则爱，欲敬则敬，不勉强于所不知不能，谓之为率真"的话，而以为教师与学为教师者均当特别留意躬行。又记得朱熹说"上而无极太极，下至于一草一木一昆虫之微，亦各有理：一书不读，则缺了一书道理，一事不穷，则缺了一事道理，一物不格，则缺了一物道理，须着逐一件与他理会过"的话，而以为教育的方法，应当读书与穷理、格物并重。因而更想到"我将如何"的问题。

所谓"我将如何"，自然是以我在成高的时间为限，而非包括我未来的生命。我曾经说过我来成高之主要目的在于自己求学，但因为受了成高之聘而来教书，对于教书自然要负应负的责任。现在要向诸君说明的是我求学与教书之目的、态度及方法如何？

关于求学之道，我平日很服膺《礼记》上的一段话。这段话说："虽有嘉肴，弗食，不知其旨也；虽有至道，弗学，不知其善也。是故学然后知不足，教然后知困。知不足，然后能自反也，知困，然后能自强也。故曰：教学相长也。兑命曰：学学半，其此之谓乎。"

现在一般人都把教与学截为两段，但在我看来，或者可说有单纯的学，但绝不能说有纯粹的教。就是我来此专以教书为职务，二十余日来在蜀道中所得到的乐趣，昨日在煤山的遐思都是我的新学历。从这新学历中我得到很大的满足，也感着更大的要求，而思设法满足之。我既有此机会来到此天府之国，自然要利用它随时去学我所要学的。求学的方法，我曾经说过考察与调查两种，还得加上直接参加活动的原始的教育方法。所以我要尽量本率真的精神，善用我的时间，与诸君共同活动，在四川的大自然与大社会中寻嘉肴而食之，求至道而学之。不过我是远道的孤客，闻见极其有限，非请诸君为率不可。倘使真寻得嘉肴与至道——如在蜀道中所尝的美味，在煤山上所得的启示——为酬答雅谊计，也当本共乐的精神公开于诸君。不过嘉肴是否真旨，至道是否真善，还得请诸君自己尝试。尝试而以为旨与善，且以为不足而自反，则或者因知困而自强，亦未可知。果如此，教学岂仅相长，学学岂仅半而已哉！我们的思想彼此交融之后，或者能影响一生乃至于后世亦未可知。

我虽然来此做教师，但我的知识可以供诸君参考者，除了我曾经做过七年中等学校教师稍微有点经验，平常读过些关于教育方法一类的书籍，稍微有点常识而外，其他都是门外汉，所以来此担任的科目也是《中学教育》及《教育方法》一类的东西。这些学程应当要怎样研究，将来分科上课时再说。我此时简单告诸君以为我这次长时间谈话之结论者有下列几事：

1. 人类因为有无限的自觉创造性，所以时时有求改进生活的要求，而生活的态度应当率真。

2.教育是改进人生的活动：真正的教育，在能制驭自然，改进人生，故重创造，不重因袭，尤重直接经验。

3.教育的材料充满于自然与社会之中，我们随时随地可以采用。

4.教育的方法在思想的自然激荡与自动追求，不在威权的强迫压抑与被动的灌输。

5.教育与生活是相终始的：愈学愈知不足，愈教愈知困，教育始有进步。

公开讲演之下午，即正式上课。

上课后我所感到最大困难是参考书太不敷用。

学校也有图书馆，但学校的经费每年只有十二万元，照例七折每月便只有七八千元，而这每月的七八千元，每年又领不到三四个月，一年所能领到的最多不过二三万元。而四五百学生的膳费、用品费，百余教职员工人的生活费以及行政费等等，都靠这二三万元，所以每年上课也常不到三四个月，这不独是教师因欠薪而不肯教书，也是受历史上传下一种习惯支配，即放假时，只供给学生两顿饭，可以省去一些伙食费。在这种情形之下，如何能有余钱充实图书馆。所以近四五年的中西书籍固然极少，报纸杂志更少。而以交通不便之故，上海的报纸杂志，常常两三个月以至半年——冬令长江上游及嘉陵江水涸时——不能到，且多遗失，我在宁虽然知道内地参考书不易得，但以重庆以上即陆行不便多带，故将必要之书分作三十余包交邮寄川。我到蓉时尚杳无音信——直到十四年一月方到——而图书馆又属如此，只得以随身所带之三十部书籍，做编辑讲义之资料。自难免不潦草塞责。学生则大半不能阅英文书，既不能将我所带之书指定彼等阅读，而又无中文适当书籍可令彼等参考，他们除了在讲堂耳食而外，实无他法，学业成绩也难责其优良。这是完全与我负责任的素性相反的，所以精神很感苦痛。

七　书生之见

当时成都教育界之情形，因为政治的关系，自然派别也很复杂，傅校长虽为留美学生，但以回国未久，虽曾在成高任社会学教授，但在成都教育界中尚是"新进"，与"前辈"之意见，自然难得一致；而"新进"中也因政治系派、国内母校及留学国别系统等等关系，而难免利害冲突。各人或各系各派为维持其势力计，当然要各寻其支持者，而支持之现实的力量，当推握现实政治权的当局。在政治当局方面谋巩固其政权计，也要与当地之有力者谋联络。故当时成都教育界之重要或有名望之分子，大都兼任督署职务或由督理罗致。我以数年的实地经验，昔日所谓教育神圣、清高、独立的种种幻梦，已经惊醒，不过尚是初醒的时期，下意识仍潜藏着神圣、清高、独立的强烈欲念；所以对于当时成都的教育界，尤其是成高的情形很为不满；加以人地生疏，校外既少友朋，校内亦因待遇悬殊——学校对我不欠薪，订之契约，是全校所无的——思想悬殊——那时成高对于所谓"新文化"尚在启蒙时期——的种种关系，在校内除去旧识的克仁夫妇及孙倬章，校外除去旧识陈岳安及新结识的"囚徒"李劼人——结识情形，我在《蜀游心影》中述之甚详——而外，与他人极少往来。总计在成高半年，对于近百同事而能举其姓名者不过十数人，故在当时的生活极为枯寂，而"早脱苦海"的意念，在到蓉数日后即经决定。

　　负责任是我自幼养成的生活习惯，而在当时又受了"文化救国"的思想的影响，以为既经远道来此，必得尽其所能，切实教导青年，使其思想革新，归趋于所谓新文化。更希望我所灌输于青年的种种都能开花结果，在当地放异彩，并于年暑假或毕业后带归其故乡播种。而当时一部分的学生以及校外的许多青年，精神上也好似感着极饥极渴地一般，而很乐于接受我的指导。我的责任更重，对于教课及校外讲演更为努力。

　　我到校为十一月三日，十一日方正式上课，为计算学程计，曾询学校以学期结束日期，据谓当在一月底，我即按照十二星期的时间编辑讲义，且自雇书记为助。十二月三日至六日全校到新繁县——离成都四十里——去旅行，我以蓄意研究近代中国教育史，希望多知道各地方的教育情形，又以所担任的功课有《中学教学法》一门，应注重当地中学校的实况，所以特地牺牲游历，而在成都参观中等学校十二所。在此短期的数日中，我对于当地教育界情形固然多知道些，而当地教育界对于我也更多注意一点。因为我略知道一些当地的情形，所以在讲授功课时不免以"本地风光"的事情为例证，同时便不免开罪于人；他们对我多注意一点，很有人想请我讲演或兼课，名为学校争光，实则或欲加以拉拢，以冀有事时我或能在号召群众上面予以一臂之助。我则是一位纯粹书生，对于人事上的种种关系，以及环境中之复杂内幕都不能理解；即使偶有所知，亦出以鄙夷的态度，而不肯从事实上去详加研究，更不肯设法适应环境；只知徒讲理论，不顾实际。同时更以"新人物"自命，以与恶势力奋斗为口号，故遇事总是独行其是，不与一般人同流合污。当十三年十二月十二日学校举行学期考试，二十二日即行放假，与学校最初所告我的时间相差五六星期，在教课上自然要受影响。我不知道这是成都的通例，也不知道学校最初告我一月底放假，只是当局的一句当然的话，更不知他人拿不到薪金，学校备不起伙食——全校伙食均系学校供给，依习惯平时三顿，放假两顿；早放假，学生之伙食可省去一部分，而同家者多，更可多省一些——提早放假，有其经济的原因。只知我的薪修未欠，应当负责教书以期不负自己；我的功课未毕，应当努力讲毕，以期毋负学生。所以放假而后，特为学生开一教育常识学程，每周讲授三次，未免使同事感觉异样，更使其他教育科教师感觉不快。而寒假的时期特长，十二月廿二日放假直至十四年三月二日方始开学，我在此两月余中，除在校讲授功课而外，当地男女青年所组织之学术团体有邀请讲演者，有来晤谈者，亦均竭诚指导。同时更有云南学生，他们是省费，在经济上比较充裕，而在滇又经过严格的竞争考试，学力比较优胜，思想亦比较前进，他们与我往来甚多，我也与他们共出入。所以在寒假中我的时间大半消磨在讲演、谈话、游历上面。而成都的教育界及青年也大部分知道有舒某其人，十四年春学校之邀请讲演或教课的也更多。存教课方面，我均完全拒绝，于讲演则以我对于教育及青年本有许多话要说，故有求必应。因为三四月之间成都举行花会，成都教育界也在那时最活跃。所以我在三月底四月初间的讲演也最多：计在校内英语部留别会中讲"人格的教育"，数理部留别会中讲"科学的教育"，在三年生考察团出发时讲"教育调查常识与成高之将来"，在校友会送别毕业同学时讲"教育家的责任"，在教育研究会成立时讲"研究教育的精神"；校外则在学行励进社讲"怎样做现代青年"，在青年之友社讲"社会运动与社会心理"，在成都公学讲"我的理想的私立学校"，在外专十周纪念会讲"中国教育制度问题"，在华西大学讲演"教会学校国文教学问题"，在成都学生联合会讲"收回教育权问题与中国公立学校教育"，及"教育与政治、教育与人生、教育与社会及个人"。在此期间，就每周都得讲二三次，每次的听众都不少，而在学联会的听众尤多。成都报纸几于无日不有我的姓名。当时的成都青年，有许多好似中了魔一般，对于我的一言一动，都觉得有一种引诱力而有意无意地在那里模仿；而学校则每每因我的讲演而发生麻烦，尤其关于文字上的文言语体问题。所以教育界，尤其是高师的一部教职员看到这种情形，都有意无意间感觉到舒某是一位危险分子，虽然没有什么表示，但潜意识中总有许多人有"不愿与同中国"的意愿。四月初，成高因经费问题，教师曾一度罢教，我因未得通知，未曾加入，照常上课，且以首倡道尔顿制之柏女士将于六月来华，约定在上海晤谈，须于五月底起行返沪；而功课未完，特乘大家罢教时加课，以期于五月底结束。结果是全校只我一人未罢教而且加课，虽然我的理论是学校未欠我薪，我不应当与被欠薪者一同罢教，但在他人看来，则除去不合作的感想而外，更有我为"特殊阶级"的妒恨之感。而我在成都已达半年，对于当时教育界情形，也实在看不惯而积储一肚皮的不满意，因为是理想主义者不知顾忌，在学校除了不与其他教职员往来外，在讲演时每每无形有形中侵及他人，每致令人难堪。所以我在成高及成都教育界的风头日健，而个人的危机也就日深，终于机会到来而酿成中国教育史上一件大风波；若无陈岳安、李劼人诸君，生命也将不保。

八　两度风波

成高是于十三年秋开放女禁的，虽然是高师，而且开女禁的时期比北大迟五年，但因为政治上、交通上种种关系，文化的进步是比较缓慢一点。男女学生平时既少男女交际的训练，一旦同学，自难免有男女同学初期中之种种现象如吴淞中学所演者。而女生人数只有男生四十分之一，男生又均为成熟之青年，对于女生，尤其学力品貌较优之女生，其潜意识中之追求意念，自甚强烈。同时又不能如中学生之胡闹与不负责，所以在行为上每每要表示光明磊落以掩护其追求欲念，在思想上则倾向于自由恋爱，以期一面能自居于新人物之列，一面可满足其潜在欲念。倘若有他人之行为与此欲念相符，亦得于无形中加以拥护。在另一方面则所求不遂或原来顽固者，对此种种之反动亦更烈。如再有人利用，则青年之本无系派者亦可以数言之煽动或势利之诱惑而立即分成对叠之派别，互相争斗，此为成高男女同学初期的心理分析。

男女同学中之种种问题，教师们只要装作痴聋，置之不理，日子久了，也就过去了，不至有什么重大的问题发生。若有别种因素加入，则因两性的潜在意识无形支配着许多人——尤其是青年——的行动，则爆发出来，危险甚大，但如利用者与时代潮流相去太远，结果亦难达目的，不过是一种骚动而已。这骚动在十四年春季的成高便有两次。

九　师生结婚

第一次是刘、高结婚问题。

监学刘君，在学校任职已多年。他是鳏夫，在民国十三年前曾与一女师的学生高某相识，经过父母之命、媒妁之言，而定了秦晋之好。而高某于十三年秋，考入高师，于是与刘君便发生了师生关系。他们于二月初在某处举行文明结婚，凡婚书上所应有的手续及人物，均经齐备。学校除我不识高、刘两君，又不知成都先送礼后发帖的习惯，以为既无帖来，尽可不理，而未参与外，学校自校长以至教授、学生多送礼赴宴。他们的结婚可称合法合理，学校教职员及学生既经参加，也已承认其合法合理，不应再有什么问题了。可是他们结婚不久，便有学生攻击刘、高的匿名信，综计七封。信之中除去措词不同而外，其理由都是师生结婚有背礼教，其要求则均为刘辞退、高退学。校长以为这问题应当是严重的，于是召集学生开会，举行教授会议。当时学生闻之尤为激动，卫道者固然先有组织，发表许多攻讦文字，而"新文化派"则凭青年的一时热情，结集得更多，他们在言论上从种种方面寻求师生可以结婚的证据。某君更在图书馆中找着一本十二年甘肃某女师范校长与其一女生结婚的记载。这件事在甘肃也是一件骇人听闻的事件，他们被卫道者攻击得无办法，于是在司法及行政方面请法院、教育厅、教育部裁判，在舆论方面，则请求名流如张季直、张东荪先生批评，结果是他们胜利。"新文化派"在事实上有了这种支柱，于是在言论文字号召而外，并组织团体，准备以武力与卫道者对抗，声势甚大，人数亦多，致教授会卒未开成。我应教务长尹亮易——其时王克仁已退为教授——之请，恳切地根据法律、人情向当局说了许多话。我这些话自谓合理，但对于环境及人事上之种种复杂关系，则完全不理解。后来虽然因为"新文化派"学生之力量及人事之种种原因，而刘、高得以不去，但学校为保持威信计，终将刘调任图书馆主任兼编校刊。经过此次风波以后，我的感情上极难过，愤懑之情与日俱增，对于学校之不满也日增，学生之来谈及此事者，我固尽量发表意见，某次因某青年集团之请讲演婚姻与恋爱问题，而忍不住说了许多事实，发了许多牢骚，当地报纸有很多的记载，对于学校也很多责备之词，这都是开罪于人的地方。于是学校的第二次骚动更促成了。

十　师生恋爱

第二次骚动是舒、刘的恋爱问题——这里的所谓舒当然是我自己，刘是预科女生刘舫。

刘舫于十三年夏毕业于第一女师，本预备十三年秋季去北京求学，只因家住眉山，暑假回家再来成都，则约定同赴北京之伴侣已先行，一人不能独去，所以暂时考入高师。她于十三岁即入女师，毕业时尚只十八岁，在当时女生中年纪算最轻，但成绩素来优良，在女师以最优等毕业，在成高的女生中亦系最优等生。因此学生之追求她者特多，故她在成高也是名闻全校的所谓"红人"。

她是预科文学系学生，我在十三年未教预科学生，十四年春亦只为教育系讲《教育通论》，故在课堂上我们绝未见面。而学校在十三年秋未设女生宿舍，她寄居其同学林静贤家中，下课以后即与林君返家，在学校方面更无师生大集会，所以我们在课室外也无缘见面。可是因为她是全校的"红人"，而女生指导员又是我多年朋友王克仁的夫人，故她的姓名也有时传入我的耳中。我那时在成都，差不多是大家闻名的。而她在师范时曾读过我的《公民课本》。那课本是用故事体编述的，比较有趣味，给予青年的印象也比较深刻，所以她对于编者姓名也很注意。我到成高，她也当然知道我的姓名。学校放假之后，她以十四年秋必须出川求学，自知英文太差，而请王夫人补习，每日去其家受课，但以王君居校内，她出入必从学校大门进，惧男生之有无聊举动，必拉林君同进出。而王君夫妇均系我的故交，我自然也常向他们家中走动。于是十二月廿四日上午的一个偶然相值，我与刘舫便在他们家中第一次见了面。

我曾在福湘女学任职年余，在吴淞中学又曾倡办男女同学，而十二、十三两年讲演，与各地女生之接谈更多，所以见女生也和见男生一般，心意上绝无什么异感。刘、林两人也和一般女生不同，没有什么拘束，很自然地与我谈论她们读我的课本的印象。但谈不多久，我因有讲演先去，不过大家的"第一印象"似乎都不错。我自十二年学会摄影后，对于摄影的嗜好很深，差不多常常以照相镜相随。一月一日的上午，我们又在王家偶然相值，她们看见我带有照相机，要我为她们照相，我即为合摄一张——因成都难得底片，故极节省——五日又相值，她们因其旧同学刘某、岳某新购一照相机，而不会用，请我代为指导。于是第二日她们四人及高师女生王某同至王寓，我当为之指导一切。而照相在初学者每因其中有物理、化学上变化而感到新奇，常思立刻学好以满足其好奇心，所以她们一天把一卷片子糊涂照完，于第二日携来要求代为冲晒——那时成都无代洗软片之照相馆——而学校无暗室，只能于夜间为之，她们夜里往来又不方便，林君乃谓彼家有小书房可作暗室，要我携药品至其家代为设置。我对于她们均甚茫然，对于其家庭情形更属茫然，虽在教导上并没有什么不愿意，但因为略懂世故，对于去林家设暗室则颇为迟疑。林推知内情，力言其父母如何开通，王夫人曾去过其家，亦在旁为证。于是同去林家，得晤林梓鉴先生老夫妇。林老先生虽系宦途，但思想颇新；林夫人于其女尤爱如掌珠，对于在家中设置暗室之事，极表赞成。他们并希望我能为其子女补习功课，便来年出川就学较为便利。于是自此而后，我便不时为林家之座上客。在学校一方面，又有云南的几位学生马耀武、陶国贤、罗文汉等数人从我习照相。而照相又非实际练习不可，故我每次外出，总有一大群男女学生跟在后面。同时陈岳安、李劼人两君知我好游，也常在一起游散。寒假时我们的踪迹，除了成都城内外的名胜而外，且与岳安父子林家老小，与劼人、刘舫等到离成都四十里的新都县宝光寺去过一次（其详曾载《蜀游心影》中）。

刘舫在学校虽属高材生，但是她在师范所受的教育，是比较顽旧的。她本有志于历史及文学，但历史只知读死书而不知搜集报纸及社会事象的活材料，文章则学了"东莱博议"式的滥调，而不知写生及纪实，于新文学有热望，但得不着读物。自与我长谈几次之后，她觉得自己太不行，不独以为对于文史无基础，就是思想也得从新改变。一月十五日，她向王夫人说，她和林君要从我习国语文及阅读方法。我在那时对男生除去公开讲演而外，个人之来问业者无不尽力指导，对于她们当亦一视同仁。而以为要写作必得先读书，更必得先习观察方法，而发表最便利的形式是写日记与游记。所以我首先指定其读《呐喊》《超人》《隔膜》《星海》及《小说月报》《妇女杂志》《语丝》《现代评论》等，更教以阅报、剪报、贴报、做笔记、写日记、游记及观察、分析自然界、人事界现象，再组织为笔下材料之诸方法。但林之天资即远不及她，求知欲亦不及她，虽然也在同时学习，但自认是"陪太子攻书"，只要"太子"成功，其本人是无所谓的。而她则特别努力，夜以继日地阅读，并能提出问题互相讨论；写作甚勤，日记尤无间断，几于每日都有文稿呈教，我亦随时为之改削。在学校她不曾上过我的课，但自一月十五日以后，她已是我的私淑弟子。我们的往来也渐多——在那时，男生方面在文字上可称为私淑弟子者尚有罗文汉。一月三十日我生了一场病，也是她和林君及其弟照料一切。可是自三月十二日正式上课以后，她迁居学校，一则大家为着功课忙，二则为着要避嫌，反而很少相见。可是这私淑却成了引线，而引燃着一件教育史上所未有的大问题。

她在学校既属"红人"，一方面受着异性的重视，而感到许多麻烦。最无办法的是源源不绝的情书，以及"面善之客"的拜访；在另一方面，则又受着同性的嫉妒。这嫉妒之源泉有二：一是两性问题，一是学业问题。在青年期，异性的追求欲是本能的，人人都有。被追求太过的人固然看见"情书"和"情人"要头痛，而太被冷落的人，则下意识中对于所谓"红人"每每潜藏着一种愤恨的感情，随时在等机会发舒。在学业方面，她本属优等生，自从她和我相往还而后，思想方面固然有进步，常识与文字方面也有进步，而俨然成为"新文化"人物之势，一般女生更是望尘莫及，其潜意识中之妒嫉之念遂与她的学业进步而俱增。在她自己也未免有鹤立鸡群之慨，对于追求的异性不理而外，且常肆讥讽，其招反感自属必然之事。一方面她与我相往还，我在那时既已风头健得令人难堪，她又那样"红"得令人侧目。我们的往还是无异在一般人的"妒"与"恨"的积薪之下烧着火，只等积薪干燥到相当的程度，便会自然而然地燃烧起来。

此外还有一位伙夫是林女士，她与林君为至友，林君之父既为其保证人，且以爱女之故而爱她如己出，故十三年秋学校未设女生宿舍时，她即寄居林家，所受待遇完全与林同。而林年长于彼，俨然以长姊自命，事事护卫之。她以为她自己曾病羊痫，虽经治愈，但前途并无希望；对于刘，则以其天禀既优，又肯努力而期望甚殷，所以刘在学业上有进步，在全校为红人，她最高兴。且她俩常共起居、共进出，对于刘君之生活情形，亦最清楚。如有人诽谤、或讪笑、或诬蔑刘君，她感到比冒犯她自己还难过，必得出死力与争。在当时，我与刘君既为大家所重视，当然不免有人作为谈话资料，局外的她自不能全然无所闻。她本其护卫之忱，而不问其为无意识的闲谈，或有意的毁谤，必与人大闹。她的性情躁烈，且有病，别人怕她，不敢与较，但不满之念是日积日深，而推原其故，则所为者是刘。而刘又比较纯善，于是女同学之新怨旧恨，都一一推向刘的身上，而非排挤以去不可。

那时的女生中有一位某长官的眷属，她的学业自属平常，但也并不要与他人争胜。不过一般女同学在她面前谈及刘舫的种种，她当然也不能不有所感，偶然说一两句同情她们的话，自是人情之常。她们则以为这种同情的话，是一种重大的支柱力，而更有所恃地增加其排挤的力量。于是第一步联盟冷淡对付，第二步偷阅其书信、日记求其有可以借口的资料，第三步向学校当局告发其行为不正当而假借某长官眷属之意强学校令其退学。在四月二十四日下午傅校长召刘到其私室，谓女生多人，告其有与人恋爱行为，并以一函示之，谓有人指为系我所写，且谓有人见其日记，载有种种与人恋爱之情形。为学校安宁计，并早知她暑假要出川求学，故令彼转学。她本年少气盛，并常为无头情书所苦，看见的信，又是出自两日前所得的无头情书之人之手笔，文理既不佳，措辞亦污秽，不觉怒从心起，质问学校管理不严，且请调取我的文稿核对笔迹，更涉及书信自由的法律问题。关于日记，则谓本属私事，有绝对秘密自由权，但为表示坦白起见，愿取来公开。及返寝室遍寻日记则已不知去向。寻查终夜，由宿舍寻至林家，终不可得，始悉被人窃去。二十五日上午，校长又召去谈话，仍是令彼转学，她更坚持不从；日记不得，无从表白，则愿赴法院请求法医检验以自明，言语之间未免有所龃龉。二十六日为星期，学校乃致函刘之保人林女士之父林梓鉴先生，谓女生告刘有不正当之恋爱，令其转学，自星期一日起不必到校上课。她认为这是一种侮辱，林尤不平，二十七日上午仍返校上课，下午且由林约同其父至校向校长理论，而林以义愤填胸，急不择言，对于校长破口大骂。校长则向林梓鉴先生责其无家教，林年虽长，但亦不能容忍而谓家教本好，只是到成高被学校教坏了。于是互相争论，而林静贤干涉学校行政，咆哮校长室，着即斥退的牌示立即悬出了，向督署请派宪兵四人来校监视的电话打出了，宪兵四人也相继到校了。闹了一下午，卒由学监某君将刘、林等劝归宿舍，林老先生自行归家。而学生中之知道情形者义愤填胸，晚餐后不期而集合合班教室者百余人，开会质问校长无故令刘转学，无故开除女生及请宪兵监视女生的理由，并要求收回成命。刘、林亦登台说话，在这群众骚动情形之下，校长亦无可如何，只得允许收回成命。这天下午陈岳安君约我去草堂寺看竹禅字画，我于一时即出校，九时返校，始由学生罗文汉密告下午经过情形。我以为事情闹到如此地步，我绝不能再留，而学生尚在开会，当即函主席要求出席说明我与她们三个月来往还经过与我决计立即自去之态度。主席当复谓无关我事，不必出席。我遂未去，但立即整备行装，决心离川。且即函告傅校长。

当夜学生们之集会，不过由少数所谓"新文化"青年因看不过那种情形，本其一时豪气，而偶然相聚一处，初无任何组织。当集会时以哄堂大闹，逼得校长应允收回成命，在他们单纯的心理中以为是得着胜利了。殊不知这种群众暴力，只能威胁着一瞬，绝不能使人心服。我在思想上本早与许多人对立，在行动上亦早为许多人所不满，再加刘舫之反对者，及

"新文化派"学生之反对者各色人等混合在一起，于是产生另一集团。这集团不能说学校的办法——尤其召宪兵之事——一定对，而明白拥护之，只有追原祸始，转到刘舫的恋爱问题上去。但恋爱本属私事，且刘舫已经明令转学，亦难再有如何对付，于是再追原祸始，遂不能不牵及我。而当晚开会之人，又是所谓"新文化"派，更疑是受我的指使，而把所有的罪孽都移我身上。这在当时，可算是最适合于那一集团的心理的办法。因为数月以来，各方面有形无形受我的影响与怨气者很多，不管结果如何，能够出出气、开开心也是好事。于是问题便急转直下而以我为对象，刘舫反而成为工具，林静贤则置之不问了——现在想来，这种群众心理转变之速，目标移转之快，真是极有趣的问题。

二十七日之夜，全校都哄闹着这问题，而学生之中则显然分为"驱舒""拥舒"两派。所谓"拥舒派"者就是晚餐后在合班教室开会的那些人，他们本无组织，无所谓拥不拥，且亦不曾与我接洽，更不得我同意，只凭一时热血，行其所欲行之事。反对者出，遂强加以"拥舒"之名，詈之为"走狗"以杀其自尊之念，使自好者不愿行动，胁之以武力，使良善者不敢行动。"驱舒派"则以校中原有之某小团体为中坚，因为素有组织，而又由一部分教职员合作，故合班教室之会散去未久，即有"驱舒团"出现。彼等以为一切的一切都是我在那里作怪，仅仅去职不足以出气，必置之死地而后快意。其干部与一部分教职员商议办法，终宵未眠。二十八日午前八时五十分即请由校长在操场上召集学生开会，由"驱舒团"按照预定方法，用种种危词以冀反对者能转变意向，但反对者仍发言质问。虽经"驱舒团"施以威胁不能尽毕其词，而两派尚有对立之形势，一直闹到十时始行上课。再由有组织之教员在讲堂上分别讲演，复由"驱舒团"分别威胁，所谓"拥舒派"者势已大孤，但仍不能平服。于是"驱舒团"以为要平反侧，亦应当将祸首处死，使随和者无所附丽，方能安静。乃再经一度集议，商定更进一步之办法。下午一时便用教职员全体名义召集学生开会，并指定男生陈某为舒、刘恋爱之证人，女生陈某背诵日记，再由图画教员林某、音乐教员罗某、斋务长秦某说明刘系被舒诱惑及诱惑未遂之罪案，更由数学教员张某提议由校长带领教职员及学生代表至督署请兵，由学生带领分途逮捕。其最能鼓动无所可否的青年之理由，为利用乡土观念而谓我的言论文章太利害，既经闹到如此，若不逮捕置之死地，将来经其言论文字宣布，川教育界将无面目见人。故可利用戒严时期不经法律而由行政手段处死。这时已达"毁尸灭迹"的时期，当然说不到理智的分析，况由预定之教职员学生举手赞成，即算通过，有理智者即欲说话亦无从说起。这时已成群众活动，傅校长已无法统驭，只有遵众议，冒大不韪，由其率领教职员学生代表至军署请兵。而在思想上认我为罪大恶极，真欲置我于死之；又一面，则由斋务长秦某指挥一切，分遣预定之教职员、学生、工人至我平日往来之友人处及街上寻捕，且明令捕得即行殴毙。结果是捕我不得，而竟将我之友人李劼人捕去为代。

十一 李劼人代牢

四月二十八日是星期二，上午我在师大预科有两小时的教育通论课，下午并有一年级之教育心理学课。我先晚既经决定去职，故于午前一面函校长告以决定于下午离校，一面函斋务处声明上午两小时请假，便出外料理寓所，下午三时至四时之教育心理学则改为公开讲演，目的是要向学生公告我所以即去之原因，与对人治事之态度。乃于上午八时出校访陈岳安、李劼人两君，请他们为我照料一切。十二时回校收拾稿件，命私人书记杨逸卿君代为整理行李。适从布告处经过，并未见有我请假与讲演之布告，很以为异。甫进室，傅校长即来结算欠薪，并欲我暂即离校，盖此时所谓"驱舒团"，正在计议办法，预定于下午一时开会时邀我出席，冀以群众势力逼我自承罪名以便处死，傅不愿而又无法阻止，故欲我避开也。十二时半我出校，即有学生数人牺牲午餐，先从后门偷出——当时校章学生非请假不能出校门——候我于三桥人丛处，告我以上午校中情形，欲我万勿再返学校致遭毒手。我虽感其厚意，但以为至多亦不过墨枪笔戟之问题，绝不以为有生命危险。有王生子埜者，力言川省种种黑暗，一切唯力是视，无法无天，决不可以理性揣度。且强我去劼人寓所而将种种告知劼人与岳安。他们亦以为好汉不吃眼前亏，力阻我再返校。一面由劼人备午餐，一面遣其舅氏之勤务兵送信于傅，请其将行李送至劼人寓所。午餐未毕，即有曾在劼人寓听其讲演之学生十余人陆续来告，谓校中开会。决议向督署请兵及派学生、工人速捕处死，逼我立避。以恐被缉者追踪，随来随去。其时我着西装、皮鞋，王子埜君强我易装，而以自己之鞋与我，劼人、岳安亦以为事情紧急，非避不可，乃由岳安予以中装。易装甫毕，即闻门外人声嘈杂，劼人乘酒兴出与大闹，我乃由岳安乘间引至劼人舅氏后院短墙边，扶我逾墙跳至邻居。邻人初以为盗，大声呼喊，岳安告之，且同逾墙，始获无事。劼人之闹，则为故延时间，使我能安全逃出。经过半小时之争辩，劼人卒令督署宪兵及学生代表入室搜索不得，乃将劼人捕去。我则于宪兵去后，由岳安引到彼家。但因彼家之后门与劼人寓所相通，而二十八日以后，逻者日夕伺于劫人寓所之外，彼等虽不知二家之后门相通，但岳安以为终非安全，乃于四月三十日晚间由林女士引至其姨丈吴先生家中寓。五月五日又由只见一面之刘晓卿介绍至其戚胡先生家中寄居。至十一日我始化装离成都。

四月二十八日"驱舒团"虽将劫人捕去以代我，但以为不足快意，仍四处散布密探侦察，凡我平日往来之友人寓所以及教堂、医院无不派人查访，各城门口亦放有"步哨"。经过数日无消息，则由军署通令缉拏。另一面则派人与刘、林两女士接洽，于威胁外，动以乡土感情，饵以回校及暑假后由校派遣赴省外求学，以冀她们吐露我之寓所及由刘承认被诱惑，以期制成罪案。不料她们不独不食其饵，不畏其威，且对来者予以责难。于是所谓"驱舒团"者乃利用校友会及全体教职员学生之名义散发宣言、传单及新闻。各报屈于威力，虽不敢不照稿登载，但均于稿后加按语，谓该项稿件系由成高校友会盖章送来，以示报馆不负责任。刘舫见之，复自撰文驳斥，并请举证以备兴讼，亲送报馆请求登载，而校友会则均置之不复。又一部分教职员学生则具函声明不曾参加。于是五月四日至五月底之当地报纸，几以此项新闻为主题，《国民日报》及《蟋蟀周刊》，且为文评高师之不当——更未几而传遍全国。在学校方面，所谓"拥舒派"虽无组织，而又为"驱舒团"所威胁，不敢公开活动，但暗中探听消息，随时以书面或口头报告林、刘两女士及岳安，甚至二十八日斋务处所贴"凡不请假外出者，一律严办"与二十九日"从今日起凡与舒新城暗通消息者查出严惩不贷"之两布告亦于夜阑撕下寄我。同时并有不相识之青年来函请我避居其家中。我在岳安及吴先生处寓居，均为所谓"驱舒团"侦知，但均在我离去之后，其所以不被难者皆由所谓"拥舒派"之暗通消息所致。当时对于我维护最力者，除与我平日往还之云南学生罗文汉、陶国贤、孙承光、马耀武诸人外，有王子垫（文蔚）、姜寅清，廖廷哲、青任道、赵代洲、张厚基、朱植民、邱琦、吕嵩年、李可清、曾莱、罗纲举、刘崇厚、刘寄岳、袁正武、何志远、张壬林、谢道乾及校外之岳永斌、刘妙龄女士等数十人。

我在成都匿居两星期——自四月二十八日至五月十一日——看报纸上的种种记载，本欲为文辩正，但恐引起更大的反响，故隐忍不发，虽曾一度函达通俗教育馆馆长卢作孚请其转达成高向法庭起诉，我必亲出应诉，亦无回音。而我最感不安者是吴、胡两家之照料。吴、胡两先生我虽均不相识，但吴为林女士之戚，尚可谓略有渊源，胡君则仅凭我与刘君之一面缘而辗转邀去，其动机完全为仗义，而其寓所宽敞，有园林亭榭，环境固佳，待遇更佳——每食必备六七肴——且欲我久居其家，静待川政变化，再图出川。其豪侠之气，使我感愧无地。而心中最为系念者是劫人之牢狱难与刘舫之精神上的刺激。为着劫人的因我受累，精神上至感不安，几次欲亲去替换，均为岳安阻止。他的理由是劫人是第三者，且为本地人，而又曾因某报事被拘过，现在之事，仍属一种报复，但事实上绝无生命之虞，亦不致被虐待，如易为我则有难言者矣。故我终于只有内心的歉疚而不曾实行我的愿欲。到五月六日，劫人由成高教职员孙倬章、叶茂林、林文海等三十余人函达傅校长转函督署释放，卒于八日释出，当夜即来看我。询以经过，则谓一切均如第一次，不好亦不坏，可算休息了十天，且曾教训了几个人。不过二十八日进署前为宪兵将其左手无名指上的结婚戒指掠去，是应由我负赔偿之责。看他的风趣一如往昔，我则惟有内愧而已，找不着什么话去安慰他。他反与岳安为我计划出川的种种办法。刘舫则本其青年勇气，除与所谓成高校友会打笔墨官司，应付所谓学生代表及走报馆而外，且常于灯后同林女士乘垂帘轿来看我，而且一来必谈至深夜方去。对于所谓诬害，她都视若无睹，而每谓这些糊涂蛋，再过三五年，必自悔孟浪，无面目见人。询以如此风波，消息传至家庭是否要发生问题。她谓："我在眉山为世家，祖父和父亲均系所谓新人物，十五年前，祖父办学校，倡天足，我于七八岁时赤足在街上打旗帜，唱天足歌，他人见而匿笑，祖父则奖励有加。父亲自'五四'后写白话诗和国语文，对于男女问题看得尤清，我虽女儿，但从未以女儿看待，一切听我自主，此次之事，在成高以为是天大问题，在他惟有窃笑而已。我现在计虑者是你的安全问题，与我出川去何处入何校耳。所谓成高问题我与我家均根本不把它当做一件事。"她这态度似乎不是一般青年尤其年未二十之女子所能有。平时我们的思想本多相通，此次结成生死之交，人格上之感应力更大，在当时我们固然说不上恋爱，但自此而后，彼此的潜意识中都有爱苗在滋长。六年后我们果然结成爱侣，却不能不感谢此次成高的诸位先生——关于这一切我将在我们的《十年书》中去说。

十二　化装离蓉

经过岳安、劫人两日的布置，我于五月十一日离成都。

离成都要办两件事：第一是改装，第二是筹路费。因为督署有令通缉，虽然当时督署的命令，也如北京政府的一般，只能及城围的若干里——当时四川为防区制，各地防军为该地之最高执政者，一切独立，不受他防区的节制——但城门之一关是比较严重的，非有周密的布置不可。据劫人在"优待室"所得的消息，及岳安在外面所闻的风声，都以为此次之事不过是一些"僚属"们串通作怪。所谓通缉令，不过是敷衍某某的官样文章，并不一定要办到"归案"。只要混出城门，问题已去大半，经过简阳，便算达到安全区域。经过他们的周详研究，以为我的标帜除姓名而外是西装、革履、长发、无须及大眼镜与湖南话。若能将这种种更易，再乘天将明未明之际，乘轿出城，必获通过。十日以来，我已改服岳安及学生之长袍、布鞋——劫人个子矮小，故无法给我以衣服——再由岳安在估衣店购几件旧衣——岳安之身材与我相当，故可由彼试样——则西装革履问题已可解决。我虽御新式玳瑁框大眼镜，但只有一点散光，并非近视，不戴眼镜亦无问题，而岳安则以为改御墨镜为妥，故由彼给我一副新式太阳镜，眼镜问题亦解决。我说话虽带湘音，但很能讲几句蓝青官话，而当地人士对于湘音并不能精密辨别，在语言上亦可带过。长发可截短，须则以十余日未修剪，已有相当长度，乃于十日下午，由胡君召理发匠至家为我剃成光头。而保留上唇之须。当夜将各种改变之处一一试演，劫人、岳安认为不错，刘、林两女士来别，亦认为不错。至于姓名，则早由林老先生与岳安商定代印名片一盒，片中印着两个大字"余仁"，左上角为"子义，京兆"四字，右上角为"京华书局主任"六字。他们所以要如此决定，据说是存有深义；但深义为何，他们当时未曾见告，事后我也未再询问，只好视为永久之谜。在路费方面，岳安早有准备，除去将轿夫应有工资先行开销并予数十元在路上作零用外，且汇渝以相当之数，使我足够由渝至宁之路费。五月十日之夜，他偕轿夫至胡君寓所相见；十一日天未明，轿夫即来，我起行时，岳安、劫人并来相送。二人对我之厚爱，实非语言所能表显，我除愧怍外，连谢字也不敢向他们说。

临行时，岳安并告轿夫，谓我为北京人，系胡家之戚，初次到川，对于语言及地方情形不熟，嘱其善为照料。我们出城时，城门方启，守城军士，尚呈朦胧状态，虽说因戒严而必须检查，但看轿下只一小包袱，更由轿夫与之说两句土白，便即让我乘轿过去——通常要下轿检查。当日以"犒劳"——川语酒肉之类——为酬，促轿夫赶过简阳二十里歇店，已算是安全地带，沉重的心，也即放下。途中经过十日，至五月二十日而达重庆。

我离开成都之后，刘舫无所顾忌，于是与所谓成高校友会大打笔墨官司，校友会每有新闻及宣言，她均一一驳斥之，且限期答复，并要求负责人出面欲与兴讼。同时其眉属同乡会，亦发宣言质问高师，但高师均置之不复，仅于刘舫第三次质问时，复以数十字不着边际之骈文一纸。到六月中旬，她因急欲出川就学，乃发一最后宣言即行回眉，算作了结。

十三　我的态度

我在成都本有一肚皮的话要说，但以屈于暴力，不敢发表。重庆是自由的天地，且经友人怂恿，于是在渝居八日，发表一篇万余言致国立成都高师的长函，说明此次事变之因果。最末述我对于事变之态度。此段与我个人及当时社会情形均有关系，兹照录如下：

当事变初发之时，我对于诸君未尝无敌意；后来知道诸君种种横蛮动作，我敌视诸君之念，立即为衿恤的情绪占去。

当我听得二十八日某教员在开会时提议请兵捕我的理由之言，我感触最深，痛苦亦最甚：以我这种无能的人，竟使诸君如此恐怖，因恐怖过甚而欲置我于死地，我真哀矜诸君之不暇，何暇责诸君。诸君要知道：做人是自己的事。只要自己立得脚住，他人何足畏。我虽然以卖文为生，但从未捏造任何事实以沽名营利。诸君之中不少学科学者，当知道"无人能否认事实"的格言。如诸君不做不近人情不合法律的事情，任何人将无如诸君何，区区无能的我更何足道！而况我的四川好友不在少数，即这次事变，亦曾结识许多四川患难朋友，诸君何必以诸君之心概一切川人，更何必以此为鼓动群众的工具！而且这次事变在我看来，只是一个思想冲突问题：因思想冲突而演成杀人流血之惨剧者，史不绝书。我以自由发表主张之故，致使诸君大部分之生活根本上发生动摇，因而引起用群众暴力、用军队武力置我于死地的举动，不过是千万个思想冲突问题中之一件事，即使真死于诸君之手，亦算不了什么，而况我固不曾死，所以我对于诸君并无敌意。

此次事变之表面文章是男女问题，实则里面完全是思想冲突。把女子当"人"是我夙昔的主张；即我原籍文化蔽塞的湖南，在宪法上固曾规定男女在法律上一切平等，在事实上除省议会有女议员外，其他公共机关无不有女职员（教育司长并有女子竞选），加以我早经办过女学，办过男女同校的学校，对于女子之往来，只把她们看作有人格而独立的"人"，并不问其性别。四川风俗虽异于他省，但既属男女同校，女子又何尝不可当"人"看待。殊不知这就与诸君视女子为玩物的潜意识相反，竟使诸君借为口实，而如临大敌般群起而谋我。把女子当'人'，现在的诸君，以为是可以牵及全世界、全人类的问题；但我看来，在成都最多亦不过如十五年前之男子剪发问题，二十年前之女子放足入学问题，三年前之女子剪发问题而已。各人的思想不同，判断自不能一致，此时我当然不能要求诸君谅解，但我总希望十年乃至于三五年之后，国立成都高师不再有此类似的问题发生。

诸君若以我谓此次事变为思想冲突是遁词，我请举几种实证。一、无论从何方面诸君均不能证明我有罪，而竟用非常手段以谋置我于死地，除思想冲突所引起之利害冲突外，是不能用任何原因解释的。二、以诸君之骈文宣言与我四年来发表之一切国语文对照（四年来我未发表一篇文言文），也就可以证明。三、最显明的实证，就是诸君宣言中定我罪名，"冒托新文化，力斥旧道德，假自由恋爱为神圣，蔑礼法而不顾，借社交公开为文明，背正义以不惜"，与诸君自己立脚点"同人等夙受诗书之化，备聆礼教之文"的几句话。我认清这点，所以我觉得我的责任甚大，我一日不死，决一日在学术上为诸君助。

我怀疑现教育制度已十余年，暑假后将不在任何现行学制的学校中作教师，要自创我的新教育制度，早在外专十周纪念会，成都公学学术讲演会，当数千听众宣布过。自经此次事变后，我更觉得这种教育，非根本推翻不可。以后将更特别努力；如有所成，诸君今日之力不小。

　　我素信人群维系，只有思想的结合最可靠，自经此次事变，更得一种具体的证明。四月二十八日以后，诸君以我一定寄居在外国教堂、医院、学校，或外国朋友家中，而常派人去调查。实则我绝不牺牲平日的主张，求外人的庇护，而是寄居于几位素不相识之朋友家中。此数朋友，平时固不曾谋面，我对于他们并无要求，他们辗转设法求得我的住所，接我住居；同时并有素未谋面的女子在内营谋一切。至于学生之来报告消息者，更无日无之，压迫学生之条告，亦系学生交我者。我出校只穿一身西装，一切行李均被诸君扣留，我在成都、出成都，都非易姓名和改装不可（因诸君曾请督署电各县驻军缉挐），然而一无所有。但我起行时，却什么都备，还是这些学生与朋友替我办好的。而四月二十八日之不遭危险，更完全是思想上有了解的学生救出来的。以我孑然一身，孤居成都，平日既不与显者往来，诸君挟数百人以及军队的力量协谋置我于死地，而竟不死者，思想上有使人了解，人格上有使人相信的地方也。嗣后将更努力于此，更望诸君以此为鉴！

　　我相信社会的改造，在时间上为无穷，在空间上为无限，经过此次事变，更增加我的信念，更供给我许多方法。将来社会上如有贡献，实出诸君之赐，我当感谢诸君！

　　我尊重诸君的人格，不作无谓之谩骂，更爱惜学校，不尽量宣布其内幕。尚望诸君自爱爱校，不再作无谓之捏词。倘诸君必欲加我以罪名，请从法律与学理两种正当办法上着手。如欲讲法律，请检齐确实证据，在法庭上起诉。我纵畏诸君的蛮力，不能亲到成都对质；但决依法请求移转管辖，投案诉辩。如欲言学理，请先将诸君所谓恋爱、婚姻、诱惑、恋爱与婚姻之关系、恋爱与诱惑之关系、正当之恋爱、不正当之恋爱种种含义，详加说明。无论何时何地，我决执笔相待。我屈于诸君之蛮力，所受名誉上事业上之种种损失，不能在成都法庭起诉受法律之保护，只有请诸君自省。即在文字上，我除辩正事实，亦不愿作无谓之攻击。我将此次实在情形简单公布，并不希冀引起舆论上对于诸君之攻击，只认此事是一个很可值得研究的社会问题，公之于众，以便大家研究以后解决此等问题的良善方法。

此次我最痛心者，不能把预定的功课讲毕，致使一部分学生失望，将来只好在文字上补救。

五月二十九日我由渝起行，颇得商务印书馆渝分馆经理穆伯勤先生之照料，六月八日到南京，得见京、沪各地刊物对于此事之评论，都属不直成高之所为。我则本前段之诺言，且"五卅"在上海发生顾正洪惨案，觉得国事重于私事，更不愿以私事而占各种刊物的篇幅，所以不发表关于此事之其他文字。七月四川政治发生变化，赖心辉入主成都军政，傅校长随杨森他去，于是成都教育界又大发宣言攻击傅，而成高亦由赖改为四川大学，聘张澜为校长，我的书籍行李，则由岳安、劫人等费九牛二虎之力请由该校校务会议议决返还。至于欠薪，则只有置之不问而已。斯年六月，河南第一师范来电相邀，翌年北京师大专函相约，我均本前段诺言而不应。我的教师生活即至此而止——十九年秋与二十年春虽曾在上海暨南大学及复

且大学各讲"中国近代教史"一学期，但未受酬，只可谓之为
"客串"。

十四 丰富的收获

我于十三年十月十五日起行赴川，十四年六月八日返南
京，连旅途计算在内，在川不足八个月。这八个月的时间虽
短，但在我的生活上及教育见解上，却发生了决定性的影响。

我本属出身农村的书生，虽然因为写了许多文章，被称
为"教育家"，但对于实际的社会情形及人的本质，可称所知
至微。平日一切言动，都本着个人的直觉与书本的知识，任性
干去。在兑泽、在福湘、在中公的几次风潮，虽也给予我一些
打击，供给我许多反省的资料，但是刺激不大，反应也不强。
这一次，不独自己有生命的危险，且牵及其他的纯洁青年。因
而对于社会的丑恶——尤其是政治界的黑暗——与人心的险
诈，有了较深切的理解与体验。所谓教育独立、教育神圣的观
念自然从事实上证明其为幻想。可是在又一方面，因为感到岳
安、劫人、晓卿等以及许多青年赤忱热血之维护我，使我在万
死一生的险境中而竟得以不死，又深觉得天地间尚有正义，人
世间尚有同情。则社会的丑恶与人心的险诈，是"变"而不是
"常"，是"偶然"而不是"必然"：我如努力从实践中加急
学习，则社会之改造，人性之改造未始无望。所以我从虎口逃
出之后，常觉心君泰然，对于国家前途怀着无穷的希望，对于
个人生活则更趋积极。这态度自然是"现实环境"所给予我的
教训，同时也是父亲十三年前于我赴常德时临别告以孟子所
谓"天将降大任于斯人也，必先苦其心志，劳其筋骨，饿其

体肤，空乏其身，行拂乱其所为，所以动心忍性，增益其所不能"几句话所给予我的鼓励。

我自然是不能当大任的斯人，可是遵着父亲的教训，对于任何逆境绝不悲观，同时也不渺视自己。再加上少年中国学会的宗旨和信条，充满了我的心胸，更使我不愿意随波逐流地过下去，很想就我力之所及为社会国家服务。对于成高的风波，虽不敢视为"斯人"的"天训"，但却以为是"增益其所不能"的宝贵经验，而思有以利用之。因为我自幼即好写作，而对于教育文化的书比较多看几本，且比较有点经验，比较有些意见，所以在蓉于看不惯当地教育界情形而决定不再作教师之后，即决定专心从事教育著述。自经成高风波，此志乃更坚决。而且无形受着"行有不得，反求诸己"（《朱子教条》第五）两句话的暗示，自觉学识浅陋，不足以负重任，更觉教育的改造，绝非囿于教育的圈子里所能济事，乃更决定重新学习社会科学，而以整理近代中国教育史为入手的工作。

我是从农村出身的，而且受过很长的私塾和书院教育，对于所谓新教育之整批生产（Mass Production）式的教学与管理，以其不能发展个性而常常怀疑。在吴淞中学之试行学科制、道尔顿制，即是对于教学方法的一种反响。至南京而后，经过各省暑期学校的讲演与考察，对于整个教育制度更发生疑问，而思有以改革之。在成都数月，因对于当地教育政治与教育情形之不满而更增长我改革教育制度之意向。根据我对于书院制度的迷恋，与对于新教育之认识，而创拟一种三馆制——图书馆、科学馆、体育馆——的学校制度；于教育行政制度则主张中央集权与地方分权互相调和，而设立教育立法、教育行政、教育监察的独立机关；于教育经费则主张独立，且主张各级学校一律免费。对于教育研究的范围，亦本个人的见解而将其扩充至教学训育等技术问题以外之经济政治制度及社会组织。在成高所设之教育通论课程，即打破历来教育学的组织而自创一种新格局；于教育定义亦从新厘定，以后在南京专事教育著述时，其所发表的教育主张，大半都是孕育于成都。所以成都的数月是我的教师生活最苦难、也是最丰收的时期。

选自《我和教育：三十五年教育生活史（1893—1928）》中华书局1945年11月版

危城追忆

李劼人

序

据父老之言，再据典籍所载，号称西部大都会的成都，实实从张献忠老爹把它残破毁灭之后，隔了数十年，到有清康熙时代，把它缩小重建以来，虽然二百多年，并不是怎么一个太平年成；光是四川，从白莲教作乱，从王三槐造反，中间还经过声势很大的石达开的西进，蓝大顺、李短褡褡的北上，以迄于余蛮子之扶清灭洋，红灯教之吞符念咒，几何不是一个刀兵世界！然而成都的城墙，却从未染过人血，成都的空气，却从未混入过硝烟药味。这不能不说是它的"八字"生得太好了。

星相家有言：一个人从没有行一辈子红运，过一辈子顺境的，百年之间，总不免有几年的蹭蹬日子。成都城，如其把它人格化了来说，则辛亥年（公元一九一一年）十月十八日兵变，可以算是它蹭蹬运的开始了。

别的城也有被围攻过，也有在城里巷战过。这大抵是甲乙两队人马，一方面据城而守，一方面扑城以攻。如其攻者占了胜者，而守者犹不甘退让，这便弄到了巷战，但这形势绝不能久，而全个城池终究只落在胜的一方面的手中，这表演法，在成都也是有过的，似乎太过于平常了，所以它还孕育出三次特殊的表演，为它城从没有听闻过的。

三次的表演都是这样：甲乙两队人马全塞在城墙以内，各霸住一两道城门，各霸住若干条街道，有时还把城门关了，把全城人民关在城内参观、参听他们厉害的杀法。直到有一方自行退出城去为止。

一、二两次的表演俱在民国六年（公元一九一七年）。第一次的主要演员是罗佩金与刘存厚；第二次的主要演员是戴戡与刘存厚。两次表演，我都躬逢其盛。那时已经认为如此争城以战，实在蠢极了，战争的得失利钝，哪里只在半座成都的放弃与占领！并且认为人类是聪明的，而我们四川人更聪明，我们四川的军人们更更聪明，聪明人不会干蠢事，至低限度也不会再干蠢事。然而谁知道成都城的蹭蹬运到底还没有走完哩。事隔一十五年，到民国二十一年（公元一九三二年），而我们更更聪明的人们居然又干了一次蠢事，这便是第三次，这便是我此刻所追忆的，或者是末了的那一次——实在不敢肯定说：就是末了一次，我们更更聪明的人们还多哩！

这第三次的演员，是那时所称的国民革命军第二十四军与国民革命军第二十九军，都是四川土生土长的队伍。事隔四年，许多演员的姓名行号都记不清楚了，虽然又曾躬逢其盛，只恍惚记得两位军长的姓名，一位叫刘文辉，一位叫田颂尧吧？

姓名尚且恍惚，还能说到他们为什么要来如此一次表演的渊源？那自然不能了！何况那是国家大事，将来自有直笔的史家会代写出的。如其是值不得史家劳神的大事，那更用不着去说它了。然而，事隔四年，前尘如梦，我又为什么要追忆呢？这可难说了。只能说，我于今年今月的一天，忽然走上城墙，以望乡景，看见城墙上横了一道土埂，恰有人说，这就是那年二十四军与二十九军火并时的战垒——或者不是的，因为民国二十四年（公元一九三五年）共产党的队伍距离很近时，成都城墙曾由城工委员会大加整顿过一次，凡以前一般胆大的军爷偷拆了的垛子，即文言所谓雉堞，也一律恢复起来，并建了好些堡垒，则三年前的战垒，如何还能存在？不过大家既如是说，姑且作为是真的，也没有什么了不起的关系——无意之间遂联想起那回争战时，许多极其有趣的小事情，有些是亲身的遭遇，有些是朋友们的遭逢。眼看着今日的景致，回想到当日的情形，真忍不住要大叹一声："更更聪明的人，原来才是专干蠢事的！"

既发生了这点感慨，而那些有趣的小事情像电影似的，一闪一闪，闪在脑际；幸而亲身经历了三次关着城门打仗的盛事，犹然是好脚好手的一个完人，于是就悠悠然提起笔来，把它们一段一段地写出了。

一九三六年十一月五日

为的公馆

无论什么人来推测这九里三分的成都，实在不会再有对垒的事体了。举凡大炮、机关枪、百克门、手榴弹、追击炮、步枪、手枪，这一切曾在城内大街小巷，以及在皇城煤山，在北门大桥，在各民居的屋顶，发过威风，吃过人肉的东西，已全般移到威远、荣县一带去了。

"大概不会再有什么冲突了吧？"虽然听见二十九军大队人马，浩浩荡荡从川北一带开来，已经到达四十里之遥的新都；虽然看见二十四军留守在成都南门一只角上的少数队伍，仍然雄赳赳气昂昂在街市上闯来闯去；虽然看见二十四军的留守师长康清，因为要保护他那坐落在西丁字街的第二个公馆，仍然把他的效忠的队伍，分配在青石桥，在烟袋巷，在三桥，在红照壁，在磨子街，重新把街沿石条撬来，砌成二尺来厚，人许高的战垒，做得杀气腾腾的模样。

成都南门

"康久明这家伙，到底也是中级军官学堂出身的，到底也做到师长，到底也有过战事经验，总不会蠢到想以他这点点子队伍来抵抗大队的二十九军吧？"

"依我们的想法，必不会蠢到如此地步。"

"何况他公馆又不止西丁字街的一院。九龙巷内那么华丽的一大院，尚且不这样保护哩。"

"自然啰！实在无特别保护的必要。我们四川军人就只这点还聪明，内战只管内战，胜负只管有胜负，而彼此的私产，却有个默契，是不准妄动的，因此，大家也才心安理得地关起门来打。"

"何况他的细软早已搬空，眷属也早安顿好了。光为一院空房子，也不犯着叫自己的兵士流血，叫百姓们再受惊恐啦！"

"是极，是极！从各方面想来，康久明总不会比我们还不聪明，这点点留守队伍，一定在二十九军进城之前，便会撤退的，巷战的举动，一定不会再有了！"

大家全在这样着想。所以我也于吃了早饭之后——大约是民国二十一年（公元一九三二年）十二月下半个月的一天——将近中午，很逍遥地从指挥街的佃居的地方走出，沿磨子街、红照壁、三桥这些阵地，随同一般叫卖小贩和一般或者是出来闲游的斯文人，越过七八处战垒——只管杀气腾腾，而若干穿着褴褛的兵士只管持着步枪，悬着手榴弹，注意地向战垒外面窥探着，幸而还容许我们这般所谓普通人，从战垒中间来往，也不受什么检查——一直到西御街，居然坐上一辆人力车，消消闲闲地被拉到奎星楼一位老先生家来，赴他的宴会。

老先生为什么会选在这一天请客？那我不能代答，或者也事出偶然。只是谈到一点过钟，来客仍只我和珍两个，绝不见第三人来到。

珍有点慨然了："中国人的时间，真是太不值价！每每是约好了十二点钟，到齐总在两点过钟。依照时间这个观念，大家好像从来便没有过！"

于是一篇应时的亡国论，不由就在主客三人的口中滚了出来，将竭的语源因又重新汹涌了一会儿，而谈资便又落到当前的内战上。

"你们赶快躲避！外面军队打门打户地拉人来了！"中年的贤主妇如此惊惶地飞跑上楼来报了这一个凶信。

老先生在二十一年前果然被拉去过，几乎命丧黄泉，当然顶紧张了，跳起来连连问他太太："为啥子事，拉人？……"

"不晓得！不晓得！只听见打门，说是二十四军来拉人，要'开红山*'了呀！……我们女人家不要紧，拼着一条命！……你们赶快躲出后门去！……快！……快……"

自然不能再由我们有思索、有讨论的余地了，尾随着惊慌失措的贤主妇，下楼穿室，一直奔出后门，来到比较更为清静的吉祥街上。

我的呢帽和钱包幸而还在手上。

吉祥街清静到听不见一点人声。天空也是静穆的。灰色的云幕有些地方裂出了一些缝，看得见蔚蓝的天色。日光也这样一闪一闪地漏下来看人。长青树也巍然不动地，挺立在街的两畔。自然现象如此，何曾像是要拉人，要"开红山"的光景！

然而老先生还是那么彷徨四顾地道："是一回啥子事？……我们往哪里去呢？"

珍比较镇静，却是也说不出是一回什么事，也不敢主张往

---

* 开红山：原系袍哥的隐语，意指杀人、械斗（含乱砍乱杀意）之类的流血事件，后来在四川成为老百姓的通行俚语。——原编者注

哪里去。他也住在奎星楼的，不过在东头，我想他急于回去看看他家情形的成分，怕要多些吧？

我则主张向东头走，且到长顺街去探看一下是个什么样儿。我根本就不信二十四军在这时候会再进城。如其是开了红山，至少也听得见一点男哭女号，或者枪声啦！当今之世的丘八太爷们，断没有手持钢刀，连砍数十百人的蛮气力的。

大家只好迟迟疑疑地向东头走。十数步之远，一个粗小子，担了担冷水，踏脚摆手地迎面走来。

"小孩子，那头没有啥子事情吗？"老先生急忙地这样问了句。

"没有！军队过了，扎口子的兵都撤了。"

我直觉地就感到定是二十九军进了城，所谓打门打户来拉人者，一定是照规矩的事前清查二十四军之误会也。

老先生和珍也深以我的推测为然，于是放大胆子走到东口。果然整队的二十九军的队伍正从长顺街经过，两畔关了门的铺户，又都把铺门打开，人们仍那样看城隍出驾似的，挤在阶沿上看过队伍的热闹。

我们仍然转到奎星楼街。珍的太太同着他的女儿们也站在大门外，笑嘻嘻述说起初二十九军的前哨，如何打门打户来搜索二十四军的情形。大家谈到老先生太太的那种误会，连老先生也笑了。

老先生还要邀约我们再去他府上，享受厨子已经预备好的盛筵："今天的客，恐怕就只你们两位了！……"

我于他走后，心中忽然一动："二十九军这一进城，必然要乘着胜势，将数年以来，便隐然划归二十四军势力范围之内的南门，加以占领。如果康久明真个不蠢，真个有如我们所料，那么是太平无事了。但是，当军人的，每每是天上星宿临凡，他们的心思行动，向不是我们凡人所能料定，你们认定不会如此的，他们却必然如此。这种例子太多了，我安得不跟在军队后面，走回指挥街去看看呢！"

跟着军队，果就走得通吗？没把握！有没有危险？没把握！回去看看，又怎么样？也说不出。只是说走就走，起初还只是试试看。

当我走到长顺街，大概在前面走的军队已是末后的一队。与队伍相距十数步的后面，全是一般大概只为看热闹的群众。他们已经尝够了巷战的滋味，他们已把用性命相搏斗的战事看成了儿戏，他们并不知道以人杀人的事情含有什么重要性！即如我个人，纵然跟随在作战的队伍后面走着，而心里老是那么坦然。

渐渐走到将军衙门的后墙——就是二十四军的军部，此次巷战中占着最重要的地位——忽然听见噼里啪啦一阵步枪声，从将军衙门里面打起来。街上的人全说："将军衙门夺占了，这放的是威武炮。早晓得今天这样容容易易地就到了手，个多月前，何苦拼着死那么多人，还把百姓们的房子打烂了多少呀！"

枪声一响，跟随看热闹的人便散去了一半。在前头走便步的队伍，也开着跑步奔了去。

我无意地同着一个大汉子向东一拐，便走进仁厚街。

这与奎星楼、吉祥街一样，原是一些小胡同，顶多只街口上有一两家裁缝铺，其余全是住家的。太平时节，将大门打开，不太平时节，将大门关上，行人老是那么稀稀的几个，光是从街面上，你是看不出什么来的，除非街口上有兵把守，叫"不准通过！"

幸而一直走到东城根街，都没有叫"不准通过"的地方，而东城根街亦复同长顺街一样，有许多人来往。

我也和以前的轿夫、当前的车夫一样了，只要有一"步儿"可省，绝不肯去走那直角形的平坦而宽的马路，一定要打从那弯弯曲曲，又窄又小的八寺巷钻出去，再打从西鹅市巷抄到贡院街来的。

另外一种理由是西南角也有一阵时密时疏的枪声，明明表示着二十四军曾经驻过大军的西校场，曾经训练过下级干部的什么地方，已被二十九军占去。说不定和残余的二十四军正在起冲突。战地上当然走不通，即接近战地如陕西街、汪家拐等街口，自然也走不通，并且也危险，冷炮子是没有眼睛的。

贡院街上，人已不多。朝南走下去，便是三桥，也就是我来时的路。应该如此走的，但是才走到东西两御街交口处，业已看见当中那道宽桥上，已临时堆砌起了一道土垒，有半人高，好多兵士都跪伏在土垒后面，执着枪，瞄准似的在放，只是不很密，偶尔的一两枪。

我这时可就作难了。回头吗，业已走到此地，再前，只短短两条街，便到我们家了。但三桥不能走，余下可走的路，却又不晓得情形如何。

同行的大汉子是回文庙前街的，此时在街口上徘徊的，也只我们二个。彼此一商量，走吧！且把东御街走完，又看如何！

东御街也算一条大街，是成都卖铜器的集中的地方。此刻比贡院街还为寂寞无人，各家铺子全紧紧地关着，半扇门也没有打开的。前后一望，沿着右边檐阶走的，仅仅我们两个外表很是消闲的人。

我们正不约而同地放开脚步，小跑似的向东头走着时，忽然迎面来了一大队兵。虽然前面的旗子是卷着看不出是何军何队，然而可以相信是二十九军。不然，他们一定不会整着队伍，安安闲闲地前进了。我们也不约而同地把脚步放缓下来，免得引起他们的疑心。

然而这一营人——足有一营，说不定还不止此数哩——走过时，到底很有些兵，诧异地把我们看了几眼。而队伍中间，又确乎背蓑了好几个穿长衣穿短衣的所谓普通人，这一定是嫌疑犯了。

在这种机会中，要博得一个嫌疑犯的头衔，那是太容易的事，比如我们这两个就很像。而何以独免呢？除了说运气外，我想，我那顶呢帽顶有关系了。它将我那不好看的头发一掩，再配上马褂，公然是一个绅士模样打扮；而那位大汉子的气派也好，所以才免去领队几位官长的猜疑，只随便瞧了我们一眼就过去了，弟兄伙自然不好动手。

但是东御街一走完，朝南一拐的盐市口和西东大街口，仍然是人来人往的，虽则铺子还是关着的，也和少城的长顺街一样。

我们越发胆壮了，因为朝南一过锦江桥，来到粪草湖街，人越发多了，并且都朝着南头在走。

哈，糟糕！刚刚到得南头，便被阻住了。

粪草湖再南，便是烟袋巷。康清的兵士所筑的临时战垒，就在烟袋巷的南口。据群众在粪草湖南头的一般人说，二十九军的大队刚才开过去。

不错，在烟袋巷斜斜弯着的地方，还看得见后卫的兵士，持着枪，前后顾盼着，并一面向正畔的群众挥着手喊道："不准过来！……前面正在作战！"

这不必要他通知，只听那猛然而起的繁密的枪声，自然晓得康清的兵士果真没有撤退，他们果真不惜牺牲来抵抗加十倍的二十九军，以保护他们师长的一院空落落的公馆。

正在作战，自然走不通了，然而聚集在这一畔的观众们——尤其是一般兴高采烈的小孩们——却喧噪着，很想跑过去亲眼看看打仗到底是一个什么情形。他们已被二十年的内战训练成一种好斗的天性了！

大约有十多分钟，枪声还零零落落地在震响时，人们的情绪忽地紧张起来，一齐喊道："打伤了一个！……"

沿着烟袋巷西边檐阶上，急急忙忙走来一个旗下老妇人，右手挽了只竹篮，左手举着，似乎手腕已经打断，血水把那软垂着的手掌和五指全染得像一个生剥的老鼠，鲜血点点滴滴地朝下淌。

她一路哼着："痛死了！……痛死了！"人们全围绕着她，说不出话来。

恰巧一辆人力车从转轮藏街拉来，我遂说道："你赶快坐车到平安桥法国医院去！"

我代她付了一千文的车钱，几个热心观众便扶她上车。我们只能做到这步。她的生与死，只好让她的命运去安排了。这是保护公馆之战的第一个不值价的牺牲者！

枪声更稀了，但烟袋巷转弯地方的后卫，犹然阻着人们不许过去。大汉子便说："文庙前街一定通不过的，我转去了。"

我哩，却不。指挥街恰在烟袋巷之南，算来只隔短短一条街了，而且很相信康清的兵士一定抵挡不住，二十九军一定要追到南门，则烟袋巷与指挥街之间，决无把守之必要。我于是遂决定再等半点钟。

果然不到一刻钟，前面的后卫兵士忽然提着枪走了。

既然没有人阻挡，于是有三个人便大摇大摆地直向烟袋巷走去。我自然是其中的一个，而且是领头的。

把那斜弯地方一走过，就对直看见前头情形：临时战垒已拆毁了一半，兵是很多的，一辆大汽车正由若干兵士推着，从西丁字街向磨子街走去。

三个背着枪的兵正迎面从街心走来，一路喧哗着谈论他们适才的胜利。中间一个兵的手上，格外提了一支步枪，一带子弹，不消说，是他们的战利品了。

我第一个先走到战垒前，也第一个先看见一具死尸，倒栽在战垒后面。我虽然身经了三次巷战，听过无数的枪炮声，而在二十年中，看见战死的尸身，这总算第一次。但是，我一点不动感情，觉得这也是寻常的死。我极力寻找我的不忍和应该有的惊惧，然而不知在什么时候失落了。

我急忙走过街口，唉，公然回到了指挥街！街口上又是三具死尸，有一个是仆着的，一只穿草鞋的脚挂在阶沿石上，似乎还在掣动，他的生命，还不曾全停呵！

一间极小的铺子前，又倒栽着一个死兵，血流了一地，那个相熟的老板娘，正大怒地挺立在阶沿上，一面挽她的发髻，一面冲着死兵大骂，说那死兵由战垒上逃下来，拼命打她的铺门，把门打烂，刚躲进去，到底着追兵赶到，拉出铺门便打死了。

她骂得淋漓尽致，自然少不了每句都要带一些与性关连的"国骂"。于是过往的兵，和刚从铺门内走出的人们，全笑了。笑她，自然也笑那死兵。

为保护一个空落落的公馆，据我们目睹的，打伤了一个平民，打死了十个兵——一个在烟袋巷口，三个在指挥街，三个在磨子街，一个在西丁字街，两个在红照壁，全是二十四军的兵，只一个尚拖有发辫的，是他们新拉去充数的——而公馆终于没有保护住。然而也只不值钱的东西和一部破汽车损失了，公馆到底还是他的。我实在不能批评这种举动的对不对，我只叹息我们的智慧太低了，简直没把握去测度别人的心意！

战地在屋顶上

住在少城小通巷的曾先生，据说，做梦也没有想到他的房子会划为前线，而且是机关枪阵地。

栅子街、娘娘庙街，以及西头的城墙，东头的城根街，中间的长顺街，已经知道都是战区。稍为胆小和谨慎的人们，在战事爆发的前两三天，都已搬走了，搬往北城、东城，甚至城外去了。而曾先生哩，除了相信死生有命，并感觉既是几万人全塞在九里三分的城里在拼死活，而彼此还用的是较新式的武器：手榴弹啦，没准头的迫击炮啦，则其他街道，也未必安静，何况可以藏身的亲戚朋友的地方，难免不已被更切近的人早挤得水泄不通，自己一家四口再挤将前去，不是更与人以不便了？

曾先生平生学问，是讲究的"近人情"，加以栅子街、长顺街等处，确是已经不准通行，而长顺街竟已挖了三道战壕，砌了三道战垒了。

他感叹了一声道："龟儿子东西！你们打仗还打仗，也等我多买两斗米，放在家里！"这在他，已是过分要求的说法。

然而他犹然本着民国六年（公元一九一七年）两次城里打仗的经验，只以为把大门关好，找一个僻静点的房间，将被褥等铺在地上，枪炮声一响，便静静的躺下去，等子弹消耗到差不多了，两方都待休息时，再起来走走，把筋脉活动活动，并且估量自己的房子，似乎正在弹道之下，"无情的炮弹，或者不会在天空经过时，忽然踩虚了脚，落将下来吧？"

所以他同着他的那位有病的太太和一个十二岁的女儿，一个七八岁的男孩。在堂屋里吃着午饭时，还只焦虑没有把米买够。"左近又没有很熟的人家，万一米吃完了，仗还没有打完，这却怎么办呢？向哪里去通融呢？"

就这时候，他的后院里猛然有了许多人声："这里就对！把机关枪拿来！"

还不等他听明白，接连就听见房顶上瓦片被踏碎的声音，响得很是利害，而破碎的瓦片，恰也似雨点一样，直向头上打来。

成都——也可以说四川大部分的地方——是历来没有大风大雪的，每年只阴历二月半间有一阵候风，顶多三天，并不利害。所以成都的房子，大抵都不很矮，而屋顶也不大考校。除非是百年前的建筑，主人们还有那长治久安的心情，把个屋顶弄得结实些，厚厚的瓦桷之下，钉着木板，而又重又大的瓦片，几乎是立着堆在上面，预备百年之内，子孙三世，都无须乎叫泥水匠人来检漏。但这种建筑，已是过去了，只有民国时代，一般较笨较老实的教会中的洋鬼子，他们修起教堂、医院和学校来，才那样不惜工本的，把我们不屑于再要的老方法采了去；而且还变本加厉，摹仿到北京的宫殿方式：檐角高翘，筒瓦隆起。我们近代的成都人，才不这样蠢！我们知道世乱荒荒，人寿几何，我们来不及百年大计，我们只需要马马虎虎的享受，我们有经济的打算。会以少数的金钱做出一件像样的东西。所以自从光绪末年以来，我们大多数的房子，都只安排着二十年的寿命，主要柱头有品碗粗，已觉得不免奢侈，而屋顶哪能再重？所以合法的屋顶，只是在稀得不可再稀的瓦桷上，薄薄铺上一层近代化的瓦片。好在没有大风，不致把它揭走，也没有大雪，不致把它压碎，讨厌的是猫儿脚步走重了，总不免要时常招呼泥水匠人来检漏。

曾先生只管是自己造的房子，他之为人只管不完全近代化。不过既有了"吾从众"的圣人脾气，又扼于金钱的不够，自然学不起洋鬼子，他那屋顶，到底也只能盖到那么厚。

其实哩，屋顶再厚，而它的功能，到底只在于遮避风雨太阳。而断乎不是坚实的土地，一旦跑上二十来个只知暴殄天物的兵士，还安上一挺重机关枪，以及子弹匣子，以及别的武器等，这终于会把它弄一个稀烂的。

机关枪阵地摆在屋顶上，陆军变成了空军，我们的曾先生，那时真没有话说，全家四口只好惨默地躲在房间里。

三间屋顶虽然全被踏坏，但战事还没有动手。阵地上的战士，到底是一脉相传的黄帝子孙，或者也是孔教徒吧？有一个战士因才从瓦桷中间，向阵地下的主人说道："老板，你这房间不是安全地方，一打起来，是很危险的，你得另外找个地方。"

刚才是那么声势汹汹到连话都不准说，小孩子骇得要哭了，还那么"不准做声气！老子要枪毙你的！"现在忽然听见了这片仁慈的关照的言语，我们曾先生才觉得有了一线生的希望了。连忙和悦以极的，就请义士指点迷途，因为他高瞻远瞩，比较明了些。

"我看，你那灶屋子挂在角上，又有土墙挡着，那里倒安全得多。"

我们的曾先生敢不急急如律令地立刻就夹着棉被枕头毯子等等，搬到那又窄又小，而又不很干净的灶屋子里去？却是也得亏他这样做了，在半小时后，那凶猛的战争一开始，阵地上重机关枪哒哒哒一工作，对方——自然也是在隔不许远的人家屋顶上。这大概是新发明的巷战方法吧？想来确也有理，要是只在几条大街小巷的平地上冲锋陷阵，一则太呆板了，再则子弹的消耗量也不大够，对于战地平民又太不发生利害关系了，如其有一方不是土生土长的队伍，比如民国六年（公元一九一七年）的滇军、黔军，他们之于成都，既无亲戚朋友，又没有地产房屋、园亭住宅，自然尽可不必爱惜，放上一把烈火，把战场燃出来——便也在看不见的，被竹木屋顶隐蔽着的地方，加量地还敬了些子弹过来，自然，在这样的射击之下，真正得照一个美国专家所言：要消耗一吨的子弹，才能打死一个人。据说，如此打了一整夜，阵地上的战士们是没有滴一点血，但是，如其曾先生一家四口不躲开的话，却够他惊恐了，他房间里的东西，确乎被打碎了不少。

前几天的战争果是异常激烈，不论昼夜，步枪、机关枪、迫击炮老是那么不断地打过去，打过来。夜里，两方冲锋时，还要加上一片几乎不像人声的呐喊。

曾先生的房子是前线，是机关枪阵地，所以他伏在灶下，只听见他书房里不时总要发出一些东西被打破的清脆声，倒是阵地上，似乎还不大有子弹去照顾。

几天激烈的战争过去了，白天已不大听见密放，似乎相处久了的原故吧？阵地上的战士，在休息时，也公然肯"下顾"老板，说几句不相干的话，报告点两方已有停战议和，"仍为兄弟如初"的消息。这可使我们的曾先生大舒一口气了吧？然而不然，我们的曾先生的眉头反而更皱紧了。

什么原故呢？这很容易明白，曾先生在前所焦虑的事情证实了，"不曾多买两斗米放在家里，等他们打仗，现在颗粒俱无了！"

这怎么办呢？不吃饭如何得行？参听战争的事情诚然甚大，然而枵腹终难成功呀！于是曾先生思之思之，不得不毅然决然，挺身走出灶屋子，"仰告"阵地上战士们：他要带着老婆儿女，趁这不"响"的时节，要逃出去而兼求食了。

说来你们或者不信，阵地上舍死忘生的战士们会这样地奉劝曾先生："老板，我们倒劝你不要冒险啦！小通巷走得通，栅子街走不通，栅子街走得通，长顺街也一定走不通的，都是战地，除了我们弟兄伙，普通人无论如何是不准通过的。怕你们是侦探。……没饭吃不打紧的，我们这里送得有多，你们斯文人，还搭两个小娃儿，算啥子，在我们这里舀些去就完啦！"

如其不在这个非常时节，以我们谦逊为怀，而又不苟取的曾先生，他是绝不接受这样的恩惠。他后来向我说，那时，他真一点也没有想到为什么使他至于如此境地的原因，只是对于那几个把他好好的房子弄成一种半毁模样的"推食以食之"的兵，发出了一种充分的谢忱。他认为人性到底是善的，但是一定要使你的良好环境，被破坏到不及他，而能感受他的恩惠时，这善才表暴得出。

又经过了几天，又经过了两三次凶猛的冲锋，战地上的兵士虽更换了几次，据说，一般的兵士，对于我们的曾先生，仍那样的关切。而曾先生便也在这感激之忧的情况下，以极少的腌菜，下着那冷硬粗糙的"战饭"，一直到二十九军实在支持不住，被迫退出成都为止。

战事停止那天清晨，一般战士快快乐乐从战地上把重机关枪，以及其他种种，搬运下房子来时，都高声喊着曾先生道："老板，把你打扰了，请你出来检点你的东西好了。我们走了后，难免没有烂人进来趁浑水捞鱼，你把大门关好啦！"

格外一个中年的兵士更走近曾先生的身边，悄悄告诉他道："老板，你这回运气真好，得亏你胆子大，老守在家里，没有逃走，不然，你的东西早已跟着别人跑光了。你记着，以后再有这种事，还是不要跑的好。军队中有几个是好人？只要没有主人家，就是一床烂棉絮，也不是你的了。"

这一番真诚的吐露，自然更使曾先生感激到几乎下泪，眼见他们走了，三间上房的瓦片尚残存在瓦桷上的，不到原有的二十分之一，而书房以及其他地方，被子弹打毁的更其数不清。令他稍感安慰的，幸而打了这么几天，一直没有看见一滴血。

抓 兵

军事专家很庄严地张牙舞爪说道："你们晓得不？战事一开始，不但要消耗大量的子弹，还要消耗相当的战士。所以在作战之初，就得把后备兵、续备兵下令召集，以便前线的战士死伤一批，跟即补充一批。"

军事家又把眼睛儿眨，用着一种在讲台上的口吻说道："你们晓得不？世界文明各国，即如日本，都是行的征兵制，全国人民皆有当兵的义务。故在外国，你们晓得不？战士的补充，在乎召集，有当兵义务的，一奉到召集令，就自行赶到营房去。我们中国……你们晓得不？以前也是行的征兵制，故所以有三丁抽一，五丁抽二的说法。从明朝以来，才改行了募兵制，募兵就是招兵。当兵的不是义务，而是一种职业。这于是乎，一打起仗来，战士的补充，便只好插起旗子来招募了。"

军事专家末了才答复到所询问的话道："所以在这次剧烈战争后，兵士死伤得不少，要补充，照规矩是该像往常一样，在四城门插起旗子来招募的。不过，你们晓得不？近几年来，当兵试没有一点好处了，自从杨惠公*发明饥兵主义以来，各军对于兵士，虽不像惠公那样认真到全般素食和两稀一干……你们晓得不？惠公的兵士，自入伍到打仗，是没有吃过一回肉的，

---

* 杨惠公：指当时二十军军长杨森，字子惠，系四川军阀。——原编者注

而且一早一晚是稀饭，只晌午一顿是干饭。……然而饷银到底七折八扣地拿不够，并且半年八个月的拖欠。至于操练，近来又很认真，虽说军纪都不大好，兵士的行动大可自由，你们晓得不？这也只是老兵的权利，才入伍的新兵，那是连营门都不准出的，一放出来，就怕他开小差。本来，又苦又拿不到钱的事，谁肯尽干哩，不得已，只好开小差了。已入伍的尚想开小差，再招兵，谁还肯去应招呢？所以，在此次战事开始以前，招兵已不是容易的事，许多人宁肯讨口叫化，乃至饿死，也不愿去当兵。而军队调动时，顶当心的就是，防备兵士在路上开小差。在如此情况之下，要望招兵来补充缺额，当然无望。故所以在几年之前……大概也是惠公发明的吧？不然，也是顶聪明的人发明的。……就发明了拉人去当兵的良好办法。……着呀！不错！诚如阁下所言，古已有之。是极，是极，杜工部的《兵车行》《石壕吏》，白居易的《新丰折背翁》……不过，你们晓得不？以前拉人当兵，只在拉人当兵，故所以拉还有个范围：身强体壮的，下苦力的，在街上闲逛而无职业的，衣履不周的。后来日久弊生，拉人并不在乎当兵，而只在取财，于是乎才有了你阁下所遇见的那些事……"

我阁下所遇见的，自然是一些拉兵的事了，各位姑且听我道来：

当二十九军几场恶战之后，感觉自己力量实在不如二十四军之强而大，而二十一军又不能在东道的战场上急切得手，于是只好退走，只好借着二十八军友谊掩护的力量，安全地向北道退走。这于是九里三分的成都，除了少数的中立的二十八军占了少数的势力外，全般的势力都归到二十四军的手上。

罢战之初，城内只管还是那么不大有秩序的样子，战胜的军士只管更其骄傲得像大鸡公样，横着枪杆在街上直撞，把一对犹然凶猛得像老虎的眼睛撑在额脑上看人。但是战壕毕竟让市民填平，战垒也毕竟让市民拆去，许多不准人走的战街，现在都复了原，准人随便走了。

人，到底是动物之一，你强勉地把他的行动限制几天之后，一旦得了自由，他自然是要尽其力量，满街地蠕动。有非蠕动而不能谋生的，即不为谋生，只要他不是鲁宾孙，他终于要去看看有关系的亲戚朋友，一以慰问别人，一以表示自己也是存在，搭着也得本能地把那几天受限制的渊源，尽量批评一番。

那时，我阁下也是急于蠕动之一人。并因为这次战事中心之一在乎少城，而亲戚朋友在少城居住的又多，于是，在那天中午过后，我就往少城去了。

一连走了几家，畅所欲议的议论之后，到应该吃午饭之时——成都住家都习惯了一天只吃两顿饭，头一顿叫早饭，在上午八点前后吃，第二顿叫午饭，在下午三点前后吃，是中等人家，在中午和晚间得吃一点面点，不在家里做，只在街上小吃食铺去端——是在槐树街一家老亲处吃的。因为在战乱之后，彼此相庆无恙，不能不例外地喝点酒，既喝酒，又不能不例外地叫伙房弄点菜。

但是，到伙房打从长顺街买菜回来之后，这顿酒真就喝得有点不乐了。

伙房一进门就嚣嚣然地说道："二十四军又在拉夫了！不管你啥子人，见了就拉！长顺街拉得路断人稀，许多铺子都关了门！"

我连忙问："人力车不是已没有了？"

"哪里还有车子的影子！拉夫是首先就拉车子，随后才拉打空手的，今天拉得凶，连买菜的，连铺家户的徒弟都拉！"

亲戚之一道："一定是东道战事紧急，二十四军要开拔赴援，所以才这样凶的拉夫。"

我心里已经有点着慌，拉夫的印象，对于我一直是很恶的，我至今犹然记得清清楚楚，在民国五年（一九一六年）之春末夏初，陈二庵带来四川的北洋兵，因为被四川陆军第一师师长新任四川威武将军周骏，从东道逼来，不能不向北道逃走时，来不及雇夫，便在四川开创了拉夫运动的头一天的傍晚，我正从总府街的《群报》社走回指挥街，正走到东大街，忽然看见四五个身长体壮的北洋大汉，背着枪，拿着几条绳子，凶猛地横在街当中拉人。在我前头走的一个，着拉了，在我后头走的三个，也着拉了，独于我在中间漏了网。我还敢逗留吗？连忙走了几十步，估量平安了，再回头一看，绳子上已拴入一长串的人。有一个穿长衫马褂的不服拉，正奋然向着两个兵在争吵："我是读书人，我还是前清的秀才哩！你拉我去做啥？" "莫吵，莫吵，抬一下轿子，你秀才还是在的！"他犹然不肯伸手就缚，一个兵便生了气，掉过枪来，没头没脑地就是几枪托，秀才头破血流而终于就缚了事，而我则一连出了好几身冷汗，一夜睡不安稳。并且到第三天，风声更紧，周骏的先锋王陵基，已带着大兵杀到龙泉山顶，北洋大队已开始分道退走。我和一位亲戚到街上去看情形，东大街的铺子全关了，一队队的北洋兵，很凌乱地押着许多挑子轿子塞满街地在走。我很清楚地看见一乘小轿，轿帘全无，内中坐了一个面色惊惶，蓬头乱发，穿得很是寻常的少妇。坐凳上铺了一床红哗叽面子的厚棉被，身子两旁很放了些东西，轿子后面还绑了一口小黑皮箱。轿子的分量很不轻，而抬后头的一个，倒像是出卖气力的行家，抬前头的一个，却是个二十来岁，穿了件长夹衫的少年，腰间拴了根粗麻绳，把前面衣襟掖起，下面更是白布袜子青缎鞋。这一定是什么商店的先生，准斯文一流的人，所以抬得那么吃力，走得那么吃力，脸上红得像要出血，一头大汗。我估量他一定抬不到北门城门洞便要累倒的。我连忙车转了身，又是几身冷汗。

北洋兵自创了这种行动，于是以后但凡军队开拔，夫子费是上了连长腰包，而需用的夫子便满街拉，随处拉。不过还有点不见明文的限制，就是穿长衫的斯文人不拉，坐轿坐车的不拉，肩挑负贩的不拉，坐立在商店中的不拉，学生不拉。而且拉将去也真的是当夫子，有饭吃，到了地头，还一定放了，让你自行设法回家。

不过，就这样，我一听见拉夫，心里老是作恶了。

亲戚之二还慨然地说："光是拉夫，也还在理，顶可恶的是那般坏蛋，那般兵溜子，借此生财。明明夫子已满了额，他们还遍街拉人，并且专门拉一般衣履周正，并不是下力的苦人。精灵的，赶快塞点钱，几角块把钱都行，他便放了你。如其身上没钱，一拉进营房，就只好托人走路子，向排长向军士进财赎人，那花费就大了。我们吴家那老姻长，在前着拉去后，托的人一直赶到资阳，花了百多块钱才把人取回来，可是已拖够了！虽没有抬，没有挑，只是轻脚轻手跟着走，但是教书的人，又是老鸦片烟瘾，身上又没有钱，你们想……"

亲戚之三是女性，便插嘴道："这哪里是拉夫，简直是棒客拉肥猪了！"

我心里更其有点不自在了，我说："成都街上拉夫的次数虽多，我却只在头一回碰见过一次，幸而，或是太矮小了点，那时没有发体，简直像个小娃儿，没有被北洋大汉照上眼，免了。但是，川军的脾气，我是晓得的，何况又是生发之道。车子已没有了，就这样走回去，十来条街，二里多的路程，真太危险了！"

成都北门大街

大家便留我尽量喝酒，说是"不必走了就在此地宿了吧。"但是问题来了，没有多余的棉被，而我又有择床的毛病，总觉得若是能够回去，蜷在自己习惯的被窝中，到底舒服些。

因此之故，酒实在喝得不高兴，菜也吃得没味儿。快要五点了，派出去看情形的人回来说，长顺街已没有拉夫，有了行人，只听说将军衙门二十四军军部门外还在拉，可是也择人，并不是见一个拉一个。

我跳起来："那就好了，我只不走将军衙门那条路就可以了！"

亲戚之二说："我送你走一段吧。"

于是我们就出了大门，整整把槐树街走完，胡同中自然清静无事，根本就少有人来往。再整整把东门街走完，原本也是胡同，全是住家的，自然也清静无事。又向南走了段东城根街，果然有几个行人——若在平时，这是通衢，到黄昏时，多热闹呀！——果然都安闲无事的样子。

亲戚之二遂道："看光景像是已经拉过，不再拉了。那我们改日再会吧。"在多子巷的街口上，我们分了手。

但是，我刚由东城根街向东转拐，走入金家坝才二三十步时，忽见街的两畔和中间站了七八个背有枪的二十四军的兵。样子一定是拉夫的了，才那么捕鼠的猫儿样，很不驯善地看起人来。

我骇然了，赶快车转身走吗？那不行，川军的脾气我晓得的，如其你一示弱，恭喜发财，他就无心拉你，也要开玩笑地骇你一跳，我登时便本能地装得很是从容，而且很是气概，特别把胸脯挺了出来，脸上摆着一种"你敢惹我"的样子，还故意把脚步放缓，打从街心，打从他们的空隙间，走去。几个兵全把我看着，我也拿眼睛把他们一一地抹过。

如此，公然平安无事地走了过去。刚转过弯，到八寺巷口，我就几乎开着跑步了。

路上行人更少，天也更黄昏了。走到西鹅市巷的中段，已看见贡院街灯火齐明。心想，这里距离驻兵的地方更远了，当然不再有拉夫的危险事情了，然而天地间事，真有不可臆测者，当我一走到贡院街，拉夫的好戏才正演得热闹哩。

铺子开的有过半数，除了两家杂货铺和几家小吃食铺外，其余是回教徒的卖牛肉的铺子。二三十个穿着褴褛灰布军装的兵，生气虎虎地正横梗在街上，见行人就拉。有两个头上包着白布帕，穿着也还整齐的乡下人，刚由弯弯栅子街口走出来，恰就被一个身材矮小的兵抓住了。

"先生，我们有事情的人，要赶着出城。"

"放屁！跟老子走！又不要你们出气力，跟老子们一样，好耍得很！"

"先生。你做点好事，我们是有儿有女……"

背上已是很沉重的几枪托，又上来一个年纪还不到十七岁的小兵，各把一个乡下人的一只粗手臂抓住，虎骇着，努出全身气力，把两个乡下人直向黑魆魆的皇城那方推攘了去。

情形太不好了，过路的行人，几乎一个不能免。可是被抓的人也大抵不很驯善，拥着抓人的，不是软求，就是硬争，争吵的声音很是强烈。

我在黑暗的西鹅市巷街口已经停立了有两分多钟，到这时节，觉得这个险实在不能不去冒一下了，便趁着混乱，直向西边人行道上急急走去——这时，却不能挺起胸脯，从容缓步，打从街心走了，我自己也没有想到会有如此的机智！

刚刚走了七八家铺面，忽然一个穿长衫的行人，从我跟前横着一跳，便跳进一家灯火正盛的杂货铺。我才要下细看时，两个兵已提着敞亮的大砍刀，吆喝一声："你杂种跑！……跑……跑得脱！……没王法了！"也从我跟前掠过，一直扑进杂货铺去。一下，就听见男的女的人声鼎沸起来。

我还敢留连吗？自然不能了！溜着两眼，连连地走，可又不能拔步飞跑，生怕惹起丘八们的注意。

靠东一家牛肉铺里，正有两个老太婆在买牛肉，态度很消闲，看着街上抓人的事情，大有"黄鹤楼上看翻船"的样子。那个提刀割肉的年轻小伙子，嘻着一张大嘴，也正自高兴地绝不会像那些被抓的懦虫时，忽的三个未曾抓着人的兵——两个提着枪，一个提了把也是敞亮的大砍刀——呐喊一声，从两个老太婆身边直窜过去，一把就将那个小伙子抓住了。

"呃！咋个乱拉起人来了！我们是做生意的人啦！……"

吵的言语，听不清楚，只听见"你还敢犟吗？……打死你！"

那提敞刀的便翻过刀背，直向那个小伙子的腿肚上敲了去。

在这样狂澜中，我不知道是怎么样地竟自走过三桥，而来到平安地带。

一路上，许多自恃没有被拉资格的老人们，纷纷地站在街边议论："越来越不成话了！以前还只拉人当夫子，出够气力，别人还好回来，如今竟自拉人去当兵，跟他们打仗。并且不择人，不管你是啥子人，都拉。跑了，还诬枉你开小差，动辄处死，有点家当的，更要弄得你倾家破产，这是啥子世道呀！……"

因此，我才恍然于我这一天之所遇的是一回什么事，而到次日，才特为去请教一位军事专家。

军事专家末了推测我何以会几度漏网，没有被抓去的原故，是得亏我那件臃肿的老羊皮袍。

开火前的一瞥

你也不肯让出城去，我也不肯让出城去；你也在你们区域里布置，我也在我的区域内布置，不必再到有关系的地方拿耳朵打听；光看墙壁上新贴出的"我们要以公理来打倒好乱成性的×××！""我们是酷好和平的军队，但我们要铲除和平的障碍"的标语，也就心里雪亮：和平是死僵了！战神的大翅已展开了！不可避免的巷战真个不可避免了！

战氛恶得很，只是尚没有开火。避湿就燥的蚂蚁，尚能在湿度增高时，赶紧搬家，何况乎万物之灵的人类？于是在火线中的一些可能搬走的人家，稍为胆小的，早已背包打裹，搬往比较平安的地方，而我的寒舍中，也惠顾来了一位外省熟人，在我方丈大的书斋里，安下了一张行军床。

我本着民国六年（公元一九一七年）两次巷战的经验，知道这仗火不打则已，一打至少得打十天才得罢休，于是便赶快把油盐柴米酱醋茶等生活之资，全准备了，足够半月之需。跟着又把酒菜等一检点，也还勉强够。诸事齐备，只等开火，然而过了一天又一天，还没有听见枪响，"和平果然还没有绝望吗？"这倒出人意外了。

既是一时还打不起来，那又何必老呆在屋子里？那熟人说他还有些要紧的东西，留在长发街口的长顺街寓所中，何不去取了来。好的，我便同着他从三桥，从西御街，从东城根街走了去，一路上的人熙来攘往，何尝像要打仗的样子？只是大点的铺子关了，行人都不大有那种安步当车的从容雅度，就是我们，也不知不觉地走得飞快。

东城根街是很长的，刚走了一小段，形势便不同了：首先是行人渐稀，其次是灰色人物多了起来，走到东胜街口，正有一些兵督着好些泥工在挖街，在三合土筑成的街，横着挖了一条沟，我心下恍然，这就是战壕。因为还有人从泥土中踏着在来往，我们便也不停步地走，走到仁厚街口，已见用檐阶石条砌就了一道及肩的短墙，可是没有兵把守，仍有人从上面在翻爬，我们自然也照样做了。再过去几丈，又一道墙，左右两方站了几个兵，样子还不甚凶狠。我们走到墙跟前一望，前面迥然不同了，三丈之外，又是一道宽而深的战壕，壕的那方，一排等距离地挺立了八个雄赳赳的兵，面向着前方，站着稍息的姿势，枪也随便顿在腿边。不过一望廓然，漫漫一条长街上，没有一个人影，只这一点儿，就显得严肃已极。

我找着一个稍有年纪的兵，和颜悦色问道："前面自然去不了，要是打从刀子巷穿出去，由长顺街上，走得通不？"

"你们要往哪里去？"

"长发街去。"

"不行了，我们这面就准你通过，二十九军那面未必准你过去。"

"这样看来，这仗火快打了吧？"

他还是那样笑嘻嘻，若无其事的样子，回答道："那咋晓得呢？"

我们遂赶快掉身，仍旧翻爬过一道短墙，踏越过一道深沟。我不想就回去，还打算多走几处。于是便从金家坝转出去，走过八寺巷，走过板桥街，走过皮房前街，走过旧皇城的大门，来到东华门街口时，看见街口上站了许多兵，袖章上大大写着：28A（二十八军），我们知道走入中立地带了。

中立地带上，本就甚为热闹的提督东西两街，虽然铺子依然大开着在，可是一般做生意的人，总没有往常来得镇静，走路的也很匆匆。然而我们走到太平街口，还在雇人力车，要坐往北门东通顺街去。看一看珍和芬他们由奎星楼躲避去后，到底是个什么情境。一乘人力车本已答应去了，我已坐在车上，另喊一部迎面而来的空车时，那车夫睁着两眼道："你们还想过北门么？走不通了！我刚才拉了一个客，绕了多少口子，都筑起了堆子，车子拉不过，打空手的人还不准过哩！"

"呃！今天不对，怕要打起来了，我们回去的好。"我跳下车子，向那熟人说。

于是，赶快朝东走，本打算出街口向南，朝中暑袜街一直南下的，但是暑袜街北头中国银行门前，已经用旧城砖砌起一道人多高的战垒，将街拦断了。并且砌有枪眼的地方，都伸一根枪管在外面。然则，不能过去了吗？并不见一个人来往，但我们总得试一试。

在我们离战垒三丈远时，那后面早已一声吆喝："不准通过！"

这一下，稍微使我有点着急，于是旋转脚跟，仍旧向东，朝总府街走去。铺面有在关闭的了，行人更是匆匆，大概都和我们一样，已经被阻过一次，尽想朝家里跑了。

我们本来走得已很快了，这时更是加速度起来。今天的天气又好，虽然灰白色的云幕未曾完全揭开，但太阳影子却时时从那有裂缝之处，力射下来，把一件灰鼠皮袍烘得很暖，暖到使我额上背上全出了汗。

与总府街成丁字形的新街，也是通南门去的一条大街，和在西的暑袜街，在东的春熙路，恰恰成为一个川字形式。这里，也砌起了一道拦断街的高大战垒，但是在角落处开了一个缺口，还准人在来往。我们自然直奔过去，可是不行。一个兵站在缺口上，在验通行证，没有的，必须细细盘问，认为可以过去，便放过去。但是以何为标准呢？恐防连他也不知道，他只是凭着他的高兴而已。

我们全没有什么凭据，只那熟人身上带了一枚属于二十四军的一个什么机关的出入证。他把那珐琅的胡桃大的证章伸向那兵道："我是×××的职员，过得去么？"

"过去，过去，赶快！"

"这是我的朋友，我们是一道的。"

"不行，只准你一个人过去！"跟着他又检查别几个行人去了，有准过，有不准过，全凭着他的高兴。

那熟人懒得再说，回身就走。我们仍沿着总府街再向东去，街上行人，便少有不在开着小跑的了。一到宽大的春熙路北段，行人就分成了三大组，一组向北，朝商业场跑了；一组仍然向东，朝总府街东头跑了；我们一组向南朝春熙路跑的，大概有四十几个人，老少男女俱全，而只有我们两个强壮的中年人跑得快些，差不多抢在前半截里去了。

春熙路是民国十四年（公元一九二五年）才由前臬台衙门改建的，南接繁盛的中东大街，北与商业场相对，算是成都顶洋盘、顶新、顶宽的街道。因为宽，所以一般兵士临时寻找街沿石条来砌的战垒，才砌了一半的工程。足有两排人的光景，还正纷纷地在往来抬石头，而大家都是喜笑颜开的，好像并未思想到在不久的时候，这就是要他们只为一个人的虚骄而拼命、而流血的地方吧？他们还那样高兴，还那样的努力呀！

前面已经有好些人，从那才砌起的有二尺来高的战垒跨了过去，我们自不敢怠慢。大概还有些比较斯文的男士和小脚太太们走得太慢的原故罢，我们已走了老远了，听见一个像排长的人，朝那面高声唤道："还不快些走！再砌一层，就不准人通过了！"

啊呀，我们运气还不坏！要是再慢三分钟，这里便不能通过。或许还要向东，从科甲巷，从打金街，从纱帽街绕去了。算来，我们从少城的东城根街，一直向东走到春熙路，已经不下三里，再绕，那更远了。而且就一直绕到东门城根，能否通得过，也还是问题哩，亏得那一天的脚劲真好！

我们虽走过了春熙路这个关口，但前面还有许多条街，到底有无阻碍呢？于是我就略为判断了一下，认定两军的交哄，最重要的只在西头，尤其是少城。一自旧皇城之东，从东华门起，即已参入二十八军的中立地带，则越是向东，越是不关重要。我们就以砌战垒的工程来看，西头早砌好了，还挖有战壕，而东头才在着手，不是更可明白吗？那么，我们不能再转向西了，恐防还有第二防线，第三防线，又是战垒，又是战壕的阻碍哩！我在一两个钟头内，竟稍稍学得了一点军事常识了！

于是我们便一直向南，走过春熙路南段，走过与南段正对的走马街。这几条热闹街道，全然变样了，铺门全闭，走的人可以数得清楚。要不是得力太阳影子照耀着，那气象真有点令人心伤。

我们又走过昔日极为富庶，全街都是自织自贸的大绸缎铺，二十余年来被外国绸缎一抵制，弄到全体倒闭，全建筑极其结实的黑漆推光的铺面，逐渐改为了中等以下人家的住宅的半边街；又走过因为环境没有改变之故，三四十年来没有丝毫改善的一洞桥，然后才向西走入比较宽大而整齐的东丁字街。

东西两条丁字街口的向北的街道，便是青石桥南街了。这里一样的热闹，茶铺大开着，吃茶的人态度还是安安闲闲的，虽然谈的是正要开始杀人的惨事。而卖猪肉的，卖小吃食的，卖菜的，依然做着他们不得不做的生意。但是朝北一望，青石桥上，果然已砌起一段战垒了。我们如其图省几步路，必然又被打转。

我们走到西丁字街，就算走到了，而后才把脚步稍为放缓了一下。记得很清楚，我们刚刚走到家里，因为热，才把衣服解开，正在猜疑到底什么时候才开火，看形势，已到紧张的顶点了，猛的，遥遥的西边天空中，噼里啪啦就不断地响了起来。啊！第四百七十若干次的四川内战，果然开始了。

我回想到刀子巷口那个笑嘻嘻回答我的话的中年兵士。我又回想到此刻犹然在街上彷徨，到处走不过的行人！我深深自庆，居然绕了回来，到午饭时，直喝了三斤老酒。

飞机当真来了

在一片晴明而微有朵朵白云的天空，当上午十点钟的时节，在我的书房里，只听见天空中从远远传来的嗡嗡嗡不大经听的声响。

我好奇地往外直奔道："飞机！飞机！一定是二十一军的飞机！当真来了！……"

其实，成都天空中之有飞机的推进器声，倒并不等在民国二十一年（公元一九三二年）十一月。只要是中年人，记性好的，他一定记得民国四年（公元一九一五年），陈二庵带着大队的北洋兵，在成都玩出警入跸的把戏时，已经使成都人开过眼孔，看见过什么叫飞机的了。

陈将军当时只带来了一大一小两架飞机，是一直运到成都，才装合好的。他的用意，并不在玩新奇把戏，而是在虎骇四川人："你这些川耗子，敢不服从我！敢不规规矩矩地跟着我赞成帝制！你们瞧！我带有欧洲大战时顶时兴的新军器，要不听话，只这两架飞机，几个炸弹，就把你们遍地的耗子洞给炸毁个一干二净！"

可是不争气，那天预定在西校场当众显灵时——全城的文武官员和各界绅耆都得了通知，老早怀着一种不信除了鸟类，还有别的东西可以带着人上天的疑念，穿着礼服，齐集在演武厅上。而百姓们也不惜冒犯将军的威严，很多都涌到城墙上去立着参观——一架小点的飞机，才由地面起飞，猛地就碰在演武厅的鸱尾上，连人连机翻在地下，人受了微伤，机跌个稀烂——不知何故却没有着火烧毁。

观众无不哄然笑起，更相信除非神仙，人哪能坐起机器飞得上天去的。那时没有看清楚陈将军脸色如何，揣想起来，一定比未经霜的橘子还要青些了。

但是，人定胜天，在不久的一个上午，全成都的人忽然听见天空中有一片奇怪声音，响得很是利害。白日青光，响声又大，那绝不是什么风雨凄凄的黑夜，吱吱喳喳地从灌县飞来的九头鸟了。于是男女老幼都跑到院坝里，仰起头来一看，"啊！那么大！那么长！怕就是啥子飞机吧？……他妈的！硬有飞机！人硬可以驾着飞机上天啦！怪了，怪了！……"

随后，这飞机又飞起过两次，并在四十里外的新都县绕了一个圈子，报纸上记载下来，一般人几乎不敢相信。哪里几分钟的工夫，就能来回飞八十里的？"

但是陈将军的那架飞机，前后就只飞过那几次，并且每次没有开到半点钟，也不很高，除了绕着成都天空，至远就只飞到过四十里外的新都县、温江县、双流县而已。以后简直没有再看见过它的影子；护国之役，也从未听见过它的行动，而且一直没有人理会到它，而且一直把它的历史淡忘了。

事隔一十七年，成都的天空，算是食了战争的恩赐，又才被现代的文明利器的推进机搅动了。而成都人在这几天把步枪、机关枪、迫击炮、手榴弹的声音听腻了，也得以耳目一新，尝味一尝味空军的妙趣。

突然而出现的飞机，在三个交战的团体中——二十一军、二十四军、二十九军——何以知其独属于二十一军呢？这又得声明了。

　　若夫空军之威力，在上次欧洲大战中，本已活灵活现著过成绩，当时有一个中国人参加法国空战，也曾著过大名的，而我们中国政府，在事中事后，却一直是茫然。直到什么时候才急起直追，有了若干队的空军？这是国家大事，我们不配记载。单言四川，则已往的四百七十余次内战——这在民国二十一年（公元一九三二年）十一月，所谓安川之战初起时，一个外国通信社，不知根据一个做什么的外国人的记载，说自民国二年（公元一九一三年）所谓癸丑之役，胡景伊打熊克武之战起，直至安川之役，四川内战共有四百七十多次；但我们一般身受过恩赐的主人翁，却因为虱多不咬之故，早记不清了——依然只是陆军中的步军在起哄，直到民国十八年（公元一九二九年）以后，雄据在川东方面的二十一军，才因了留学生的鼓吹和运动，居然把范围放宽了一点，在湍急的川江里，有了三艘装铁甲的兵轮，在平静的天空中，有了十来架"几用"式的飞机。而且飞机练习时，又曾出过几次惊人的意外，轰动过许多人的耳目，确实证明出空军的威力，真正可怕。就中有两次最重要：一次是一位二十军的某师长，试乘飞机，要"高明"一下，用心本是向上的，不意飞机师一定要开个大玩笑，正在上下翱翔之际，像是因机器出了毛病吧，于是人机并坠，一坠就坠在河里；这一下，某师长便从天仙而变为水鬼，飞机师的下落，则不知如何。还有一次，是二十一军军长率领一大队谋臣勇士，到飞机场参观"下蛋"的盛举，飞机师据说是一位毛脚毛手的外国人，刚一起飞，正飞到参观大队的头顶上，一枚六十磅重的炸弹，他先生老实不客气地便从空中掷了下来；据说登时死伤了好几十人。幸而军长福分大，没有碰着一星儿；后来审问外国飞机师，口供只是"我错了！"

　　二十一军除陆军外，既有了水军，又有了空军，还了得！

我们僻处在川西南北的几个军岂有不迎头赶上之理？"你不做，我便老不做，你做了出来，我就非做不可"的盛德，何况又是我们多数同胞所具有的？不过在川西南北，虽然也有河道，但不是过于清浅，就是过于湍急，水军实在可以用不着。而空气的成分和比重，则东西南北，固无以异焉，那么，花上几百万元，买他个几十架飞机，立时立刻练成一队空军，那不是很容易吗？我们想来，诚然容易，只是吃亏的四川没有海口，通长江的大路，给二十一军一切断，连化学药品都运不进来，还说飞机？同时省外更大更有势力的政府，又不准我们这几个军得有这种新式的武器，所以曾经听人说过，某一个特别和政府立异的军长，因为想飞机，几乎想起了单思病，被一般卖军火的外国商人不知骗了多少"油水"！的确，也曾花了百十万元，又送了好几万给南边邻省一位豪杰，做买路钱，请求容许他所购买的铁鸟儿，越境飞到川西。从上至下，从大至小，都相信这回总可以到手了吧？邻省豪杰也公然答应假道，哪里还有不成的？于是，招考空军兵士，先加紧在陆地上训练"立正""稍息""开步走"，而一面竟不惜以高压的势力，在离省九十里处，估着把已经价卖几年的三千多亩公地，又全行充公，还来不及让地主佃户们把费过多少本钱和血汗始种下的"青"，从容收了，而竟自开兵一团，不分昼夜把它踏成一片平阳大坝。眼睁睁地连饭都吃不饱的专候铁鸟飞来，好向二十一军比一比："老侄！你有空军，就不准人家买进来，以为你就吃干了！现在，你看如何？比你的还好还多哩！哈哈！老辈子有的是钱！"然而到底空欢喜了一场，邻省那位豪杰真比我们川猴子还精灵，他并且不忘旧恶，把买路钱收了，把过路铁鸟也道谢了。事情一明白，可不把我们这位军长气得几乎要疯。

因此之故，我们川西南北的几个军，在交战之时，实实在在只有陆军，而无空军。

但是，也有人否认，是我亲耳所闻，并非捏造。当其天空中嗡嗡之声大作，我先跑到院坝里来参观，家人们也一齐拥将出来，一位旁边人指点道："你们看清楚，要是飞机底下有一种黑的东西，那就是炸弹，要是炸弹向东落下，你们就得向西跑。"我住的本是平房，虽然有块两丈见方的院坝，但是实在经不住跑。于是我便打开大门，朝街上一奔，街上早已是那么多人，但都躲在屋檐下，仰着头嚣嚣然在说："咋个看不见呢？只听见响。"

真个，飞机还没有现形，然而街口上守战垒的一排灰色战士，早已本能地离开战垒，纷纷躲到一间茶铺里，虽不个个面无人色，却也委实有些害怕。中间独有一个样子很聪明的军士，极力安慰着众人，并独自站在街心，指手划脚地道："莫怕，莫怕，这一定是本军的飞机，如其是二十一军的，他咋敢飞来呢？"

这是我亲耳听见的，我真佩服他见识高超，也得亏他这么一担保，居然有七八个兵都相信了，大胆地跑到街心来看"本军的飞机"。

飞机到底从一朵白云中出现了，飞得太高，大概一定在步枪射程之外。是双翼，是蓝灰色，底下到底有无黑的东西，却看不清楚。

满街的人，大家全不知道"下蛋"的危险，只想饱眼福，看它像老鹰样只在高空中盘旋，多在笑说："飞矮些，也好等我们看清楚点嘛！"

无疑的，这是侦察机了。盘旋有二十分钟，便一直向东方飞走，不见了。

后来听说，飞机来的时候，二十九军登时勇气增大，认为友军在东道战事，一定以全力在进攻。而二十四军全军，确乎有点胆寒，他们被不负责任的外国军火商的飞机威力夸大谈麻醉了，衷心相信飞机的炸弹一掷下来，虽不全城粉碎，至少他们所据守的这一角，一定化为乌有。而又不能人人像那聪明的军士，否认那是二十一军的飞机，却又没有高射炮——当其飞机买不进来，他们也真打算在自己土化的兵工厂中，造些高射炮来克制飞机。曾经以月薪一千二百元，外加翻译费月薪四百元，聘请了一位冒充"军器制造专家"的德国军火掮客，来做这工作。整整八个月，图样打好了，但是所买的洋钢，一直被政府和二十一军遮断了，运不进来。后来没计奈何，将就土钢姑且造了一具，却是弹药又成问题了，所以在战争时，仍然等于没有高射炮——因此，那一夜的战争打得真激烈，一直到次日天明，枪炮声才慢慢停止。

第二天，又是半阴又晴的天气，在吃早饭时，嗡嗡之声又响了。

今天来的是两架飞机：一架双翼，蓝灰色，飞在前面，一定是昨天那架侦察机了。随后而来的，是一架单翼与灰白色的。前面那架像在引路，则后面那架，必然是什么轰炸机。果然，到它们飞得切近时，那机的底下，真似乎有两点黑色的东西。

于是，我就估量飞机来轰炸，必然是有目标的。我住的地方，距离我认为应该轰炸的地方，都很远，就作兴在天空中不甚投掷得十分准，想来也和射箭差不多，离靶子总不会太远，顶多周围二三十丈罢咧。因此，我竟大放其心，在街心里，同众人仰首齐观。

刚刚绕飞三匝，两机便分开了。只看见在向东的天边，果有一个黑点，从轰炸机上滴溜溜地落下来。同时就听见远远近近好些迫击炮在响，那一定是二十四军的兵士们不胜气愤，特地在开玩笑了。

"又在丢炸弹！又在丢炸弹！"好几个人如此在大喊。果然，西边天际，一个黑点又在往下落。

那天正午，就传遍了飞机果然投了两枚炸弹，只是把二十四军的人的牙巴都几乎笑脱了，从此，他们戳穿了飞机的纸老虎，"原来所谓空军的威力，也只如此，只是说得凶罢了！我们真要向世界上那些扩充空军的人大喊：你们的迷梦，真可醒得了啊！"

这因为在东方的那枚炸弹，像是要投炸二十四军的老兵工厂，而偏偏投在守中立的二十八军的造币厂内，把一间空房子炸毁了小半边，将院子内的煤炭渣子轰起了丈把高，如斯而已。至于西方的那枚，则不知投弹人的目的在哪里，或者是错了，错把二十八军所驻守的老西门，当做了什么，那炸弹恰投在距老西门不远的西二道街的西头街上，把拥着看飞机的平民炸伤了十一个，幸而都伤得不重。

像这样，自然该二十四军的人笑脱牙巴。但是，立刻就有科学家给他们更正道："空军到底不可小觑，这一天，不过才一架轰炸机，仅载了两枚顶小的炸弹，所以没有显出威风。倘若二十一军把它十几架飞机，全载了二三百磅，乃至五百磅的重量炸弹，来回地轰炸——成渝之间飞行，只需点把钟的工夫，那是很近的呀——或是投些燃烧弹，成都房子没有一间是钢骨水泥的，那一下，大火烧起来，看你们的步兵怎样藏躲，又没有地窖，又没有机器水龙……"

果然如此，确是骇人，如其我们的军爷们都没有大宗的房产在成都，那倒也不甚可怕，且等烧干净了再退走不迟。无如大家的顾虑都多，遂不得不赞成一般老绅耆们的提议，赶快打电报给二十一军，叫他顾念民生，还是按照老法，只以步兵来决胜好了，不要再用空军到城市中来不准确地投掷炸弹，以波及无辜。这电报果然生效，一直到战争末了，二十一军的飞机，便没有在成都天空中出现。

夺煤山和铲煤山

这一年巷战最激烈的两次中，有一次就是两军各开着几团人，夺取煤山。

煤山这个名词，未免太夸大了一点，并且和北平景山的俗名，也有点相犯。如其是从北平来的朋友一听见这个名词，一定以为成都这个煤山，大概也有北平景山那个规模了。如此，则北平朋友一定要上一个大当的。

虽然，在从前皇城犹是贡院时，每到新年当中，成都的男女小孩，穿着新衣裳出游，确也有许多很喜欢到这地方来"爬山"，佝偻着身子，做得好像登峨眉山似的艰难，爬到山顶，确也要大声喧哗道："真高呀！连城外的树木都看得清清楚楚的。"

真的，我幼年时也曾去登临过，的确比城墙高，比钟鼓楼高。在天气晴明之际，不但东可以望见五十里外青黝黝的龙泉山色，而且西也可以望见远隔百里的玉垒山的雪帽子。不过在多阴少晴的成都，这种良辰倒是不多。

其实，所谓煤山，真不足叫做山，积而言之，只是一个有青草的大土堆。原不过是清朝时代，铸制钱的宝川局烧剩的煤渣，在这皇城的空隙地点，日积月累，不知经了好多年，积成了这个高不过五丈，大不过亩许的煤渣堆。成都人过于看惯了坦平的平地，偶尔遇见一点凸起不平的地方，便不胜惊奇，便是一个二三丈高的大土包，且有本事赶着认它是五丁担土而成，是刘备在其上接过帝位的五担山，何况这煤渣堆尚大过于五担山数倍，又安得不令一般简直连丘陵都未见过的人，尊称之为山，而公然要佝偻地爬呢？

这些都是闲话。如今且说自从民国二十年（公元一九三一年），三大学合并，成立国立四川大学时，皇城便由师范大学和几个公立私立的中等学校，而变为四川大学的文学、教育学两院的地址，而煤山和其四周的菜园地，早被以前学校当事人转当与人，算是私人所有，而恰处在大学的围墙之外。

当其二十四军、二十九军彼此都在积极准备，互不肯让出城去，而二十九军的同盟，复派着代表前来，力促从速动作。把二十四军牵制在省城，好让它去打它的老屁股时，城里的人，谁不知道战事断难避免。民国六年（公元一九一七年）的把戏一定又要复演一次了。

然而报纸上却天天登载着官方负责任的人的辟谣，说我们的什么长向来就是爱好和平的，向来就抱着宁人犯我，毋我犯人的良善心肠。并且他的武力是建筑在我们人民身上的，他绝不至于轻易消耗他的武力，拿来做无理的内战之用，他要保存着，预备打那犯我国土的外国人的。纵然现在与友军起了一点儿误会，然而也只是误会，友军只管进逼，他也决不还手。好在现已有人出来调停，合作的局面，一准不会破裂，尚望爱好和平的人民，千万不要妄听谣言。如有不逞之徒，造谣生事，或是从中构煽，以图渔利，则负治安机关之责者，势必执法以绳，决不姑宽。

越这样，而在有经验的人看来，自然越认为都是打仗文章的冒头，只是要做到古文上的成语"不为戎首"或"衅不自我开"。但是在教育界中的赤心人们，却老老实实认为"大人无戏言"，第一、相信纵然就不免于打仗，也断乎不会在城里打，因为太无意义了，所得实在不偿所失，负责任的人在私下谈话，也是这样说的；第二、相信学校就不算是什么尊严之地，但也不算是什么有权势的机关，值得一争，纵然不免于巷战，学校处于中立，总不会遭受什么意外的波及吧，两方负责的人也曾口头担保，绝对不使不相干的学校，受丝毫损失。于是各学校的办事人都心安而理得，一任市上如何风声鹤唳，而他们仍专心一致地上课下课，准备学期考试，即有一些不安的学生，要请假回家，也着大批一个"不准"，而且被嗤为"神经过敏"。

旧皇城中的四川大学，是全省最高的学府，自然更该理知的表示镇静，办事人如此，学生也如此，他们真正做梦也没有想到那天一开火之后，他们围墙外的著名的煤山，竟成了两方争夺战的焦点。这就因为它是全城一个高地，彼此都想占着这地方，好安下炮位，发炮射击它方的司令部和比较重要的机关。

据说，煤山原就属于二十九军的势力范围，因为大学交涉，答应不在此地作战，仅仅留下一排兵在那里驻守。但是德国可以破坏比利时的永久中立，只图于它方便，则二十四军说二十九军要在此地安置炮位，攻打它的将军衙门的军部而不惜开着一团人，从四川大学前门直奔进去，穿过一部分学生寝室，打毁围墙，而出奇兵以击煤山之背，那又有何不可？但这却不免把学校办事人和学生的和平之梦，全惊醒了！

当学生在半夜三更，只穿着一身汗衣裤，卷着被盖，长躺到地面上躲避时，煤山脚下的战争，真个比德法两国的凡尔登之战还利害。据说，光是步枪、机关枪、手榴弹就像一大锅干豆子，加着猛火在炒的一般；还加上两方冲锋的呐喊，真有点鬼哭神号，令听的人感到只须半点钟的工夫，人类便有绝灭的危险。

可是这场恶战，一直经历到次日上午十点钟的光景，还没有分出完全的胜负来。因为这一面争夺战，也恰如凡尔登之战一样，两方都遇着的是不怕死的猛将，你也站在硝烟弹雨中，不动声色的督战，我也站在硝烟弹雨中，不动声色的督战，将官如此，士兵们哪里有不奋勇的！可是，兵都是训练过来的，懂得掩伏射击，并不像电影中演的野蛮人作战法，只一味手舞足蹈，挺着身子向前扑去，所以你十分要进一尺，我也就权且让五寸，待你进够了，我又进，你又让。一个整夜，一个上午，枪声没有停过半分钟，只是一会儿紧，一会儿松，听说煤山山顶，彼此都抢到手过四五次，而死伤的兵也确实不少。

争夺煤山第二天的上午，炮火还正厉害时，我亲眼在红照壁街口上看见属于二十四军的足有一营人之众，或者是新从城外调来的，满身尘土，像是开到旧皇城去参加前线。一到与皇城正对的韦陀堂街上，便依着军官的口令，一下散在两边有遮蔽的屋檐下，挺着枪，弓着腰，风急雨骤地直向皇城那方奔去。我是没有在阵地上观过战的，单看这一营人的声势，已觉得很是威风了，旁边有人说："这是二十四军警卫旅的队伍，很行的，也扫数加上去了，皇城里的仗火真不弱呀！"

就在中午，彼此相约停战数小时，以便把大家的伤兵抬下阵地去时，我也偕着一般大胆到街上看热闹的人们，一直步行到三桥——说来你们也不相信，成都市民真有这种本事，就在炮火连天之际，只要不打到我们这条街上来，大家的生意仍是要做的。皇城里打得那么凶法，而在皇城外的街上，只管子弹嘘儿嘘儿唱歌般在天空飞过，而我们的铺子大多数还是热热闹闹地开着，买东西的人，也充耳不闻的，依然高声朗气讲他们的价钱，说他们的俏皮话——打从韦陀堂庙宇前经过时，亲耳听见那个值卫的，也是二十四军警卫旅的兵士，各自抱怨说："他妈哟！一连人剩了五十多个，还值他妈的啥子卫！"

到底二十九军力量薄些，不是二十四军的对手。他因为二十四军的人气要胜些，"我拼着那些人来死，拼着子弹不算，我总要把煤山抢过手，就不安炮也可以！"这也与不必在城里受二十九军无益的牵制，尽可把全力拿到东道上，我把较强的一方打胜下来，然后掉过枪口，回指成都，哪怕二十九军还不让出！然而也不如此，必要在城里打一个你死我活，终不外乎粮户们拼着家当要打赢官司，只为的争这一口气。

到底二十九军力量不济，再度恶战之后，只好从后载门退出，而就在门外大街上据守着，这一场恶战，才算告了一个段落。

及至这次战争之后，一般爱好和平，憎恨战争的中年老年绅耆们，忽然发生了一种大感慨。据说是看见红十字会在煤山收殓一般战士死尸的照片，以及听说四川大学、艺术学校、附设女子中学等处，和附近皇城东边的虹桥亭，附近皇城北边的好几条街，都因煤山之战，打得稀烂，一般穷人几乎上无片瓦以蔽风雨，而家具什物的损失，更无以资生，于是一面发起捐赈，一面就焦思失虑，要想出一个根绝巷战的好方法。

方法诚然不少，并且很有力，就是劝告人民一律不出钱，一个小钱也不出；其次是叫各家的父母妻室，把各人在军队中的儿子丈夫喊回去；再其次是勒令兵工厂一律关门，把机器毁了。然而这些能办得到吗？而且绅耆们敢出头说半句吗？都不能，只好再思其次可以做得到而又有实效的。不知是哪位聪明人，公然就想出了，一提出来，也公然被一般爱好和平的先生们大拍其掌，认为实在是妙不可圈的办法。

是什么好办法？就是由捐赈会雇几千工人，赶紧把那可恶的煤山挖平，将已经变为泥土的煤渣，搬往别处去填低地。

"将这个东西铲平，看你们下次还来拼命的争不？"这是砍断树干免得老鸦叫的哲学。

当时这铲山运动很是得劲，报纸上天天鼓吹，大多数人都附和着说是善后处置中，一个最有意思的举动。

既成了舆论，当然就见诸事实。一般人都兴兴头头的，一天到晚在那里"监工"，在那里欣赏这伟大的工作。工人们似乎也很能感觉他们这工作之不比寻常，做得很是认真。果然，在不久的时间，这伟大的工程完毕了，成都城内唯一可以登高眺望的煤山，便成了毫无痕迹的平地。爱好和平的先生们都长长地叹了一口气，颇有点生悔"何不当初"的样子。也奇怪，自从煤山铲平以后，四年了，直到于今，果然成都就没有巷战了！

当时，只有一个糊涂虫，曾在一家小报上，掉着他成都人所特有的轻薄舌头道："致语挖煤山的诸公，请你们鼓着余勇，一口气把成都城墙也拆了，房屋也拆了，拆成一片九里三分大的光坝子，我可担保，一直到地老天荒，成都也不会有巷战的事来震惊我们的……"

原载 1937 年《新中华》第 5 卷 1—6 期

漫谈中国人之衣食住行——饮食篇

李劼人

照题目所标，应该先谈衣，而后才是食，才是住，才是行。但为了暂时躲懒——不！不是躲懒，而是怕热，乃取了一点巧，将一部分陈稿子翻出来加以修改，提前发表。这一来，把口头说惯的衣食住行的自然秩序，遂乱了一下，成为食衣住行。可也无伤。既然标明了漫谈，即是闲话，即是随说，自非什么璃皇典丽的大块文章，而是顺笔所之，想到哪便说到哪。略可自信的，只管漫谈，倒并不完全以趣味为主，而中间实实有些儿至理存焉；不过以随笔体裁出之，有时似乎比什么正经说话反而表白得更清楚，更醒豁。

此陈稿原曾登载于成都出版的《四川时报》副刊《华阳国志》上（《四川时报》已于三十七年七月停刊，据说正在整理内部。至于副刊，整理得更早，就记忆所及《华阳国志》这名称，似乎没有用到半年），由三十六年二月下旬第二期登起，每天一段，中间只漏了一天，一直登到第四十五期，换言之，即写出了长长短短四十三段。当时是为了日报的副刊写的，实在大有可以斟酌之处，今加修改，亦本孔夫子作春秋之意：笔则笔，削则削，因此才连当时副刊编辑洪钟先生苦心所加的每一个题目，都遭了池鱼之殃。同时复在谈食之余，附入谈饮若干段，故第一分目，乃名之曰饮食篇（不曰食饮，而曰饮食，也只是从口头习惯。其实是食在前，饮在后）。将来拟援此例，于谈衣的分目下附入冠、裳、履而名《衣裳·冠履篇》。

除上所说，还得声明的，今兹改写，出以本名，而在去年《四川时报》副刊《华阳国志》上则用的是别名：菱乐。菱乐者，零落也，意若曰此一篇《谈中国人的食》，原本是零零落落不成片段之东西也。情恐天地之间，难免没有一位果真叫作菱乐先生，或谐音的林洛先生……猛可地杀将出来，声称李某为文窃公，岂不是"把自己的婆娘打成了刁拐案？"怄气事小，笑人事大，怪事年年有，莫得今年多，特先说穿，以为预防。

一九四八年八月十二日写于成都菱窠

一

尚能立国于天地间，而具有五千年不断之历史，人口繁殖到四万万五千万上下，自然有其可数的立国精髓在焉。不过时至而今，数说起来，足以受他人尊敬，而自己想想也毫不腼腆的，好像除了指南针、天文仪、印字术、火药、几桩有限的古董外，真可以尚能贡献于人类的，恐怕只有做菜这套手艺了！

孙逸仙先生出身在广东地方，深懂此理，故说中国菜是中国文化的象征，也得亏他孙先生说了这句话，方把近一二十年来全盘洋化的潮流，砥柱了一部分。只管大买办、中买办、小买办、准买办们穿洋衣、住洋房、坐洋车、用洋家伙，甚至全家大小亲戚故旧皆话洋话，行洋腔，看公事也只限于看洋文，批洋字，但是除却花旗水果、花旗冰淇淋外，还是要常常吃些考究的中国菜；据闻在T. V. 某公*的行箧中，广东香肠、宣威火腿也居然俱与花旗干酪并列在一块。而且自新生活运动勃然兴起，横冲直闯，几乎代替了三民主义以来，丰富的中国菜单，在表面上只管被限制得寒伧到两菜一汤，然而可幸的是到底还容许蒸煤炒焖的中国菜的存在，尚未弄到像在对日作战的几年内，号称陪都的重庆市面上，只许开设咖啡店，以高价出售咖啡牛奶、印度红茶，而绝对不许开设纯中国式的茶馆，出售廉价的土产茶时，那种说不出苦的茶的命运。此孙先生一言之惠的实例之一，即在招待洋国贵宾的场合中，香槟酒余，交际舞会，也才敢于以银盘瓷碗捧出纯中国做法的菜肴，而无愧焉。这种了不起的自信和自尊，你能说不也是孙先生的遗教之力吗？呜呼！"君子无易由言"，岂不信乎？

二

曾有颇为通达，号称融会东西文化的世界主义者，如是说过："讨日本老婆，住西洋房子，吃中国菜，是最为合理的人生。"这话究竟对否，前二句姑且保留，至于吃中国菜一

---

* T. V. 某公：即宋子文。

层，据受过洋教育而把所谓科学通了一半的先生们则批评曰：
"中国菜好吃，却不卫生。"这伙先生所訾议的，大概以为中
国菜油大味厚，富于脂肪，吃多了容易疲倦，容易得胃病。真
理诚然有一部分，但执一以论中国菜，则不免为偏见。因为这
伙先生，本身就是高等华人，高等华人即准劣等洋人，对于中
国菜，自然只曾餍其精，何曾解其粗，只会哺通肥甘，并未咬
过菜根，就他们所吃的而言，卫生不卫生，已是问题，即令不
卫生，又岂止于容易疲倦，容易得胃病而已哉？克实说来，还
很不道德哩！譬如吃人，我所言的吃人，并非抽象的吃人，例
如"庖有肥肉，野有饿莩"；例如"朱门酒肉臭，路有冻死
骨"；例如宗教家言面包是神的肉，葡萄酒是其血也，而是确
确实实地把一个活生生的同类宰了，洗刷得一干二净，甚至抽
筋、剔骨、刮毛、伐髓，而后像猪羊般烹之蒸之，加上佐料，
大家还恭恭敬敬，礼让着来吃哩。自然，这绝非在围城之际，
纵然就出到十亿元的法币，也买不到一斤高粱米，而不得不出
于易子而食的吃人；也不是鼓励士气，把姨太太砍成八大块，
拿来犒军的吃人；也不是天干水涝，兵燹遍地，加征加借，在
草根树皮泥土之后，再加以失望的不变（即是以不变应万变之
不变），乃不得不仰承在上者残忍作风，来苟延一日之命的吃
人，而是信史上明明载着的：为了祭祀神天，以人为牺牲的吃
人；为了朝会后期，被圣人整煮在鼎中而宣扬德教的吃人；
为了表示威望，讨厌别人说话，动辄把"思想有问题""言
论不纯正""存心犯上""想来你定有什么异议"等的看不
顺眼之辈，炖个稀烂的吃人；为了恐吓敌人，其实是暴露自己
的不行，将敌人的亲属或煮或烧烤在阵前的吃人；为了发挥蛮
性，把仇人生咬几口，像成都人之吃跳虾一样的吃人，吃完了
不算，还要把脑壳砍下，漆了，做夜壶；或是像张献忠先生似

的，把朋友的头砍下，摆一桌子，举杯相邀，还美其名曰聚首之会的风雅办法。这都是略举一二以为例的古代高等华人的吃人方式，请想想，可卫生吗？

三

非抽象的吃人，自是以往之事，可不具论。现代的人在失却理性，以及蛮风犹存的民族内，或许尚有存在。而在我文明古国中，大概也仅有最受礼教之毒，而深蒙君子所夸奖的愚孝子们，还不惜在生割自己的肝子或股肉，以为疗亲的灵药。不过这只算是药，犹之以人类之血浸入白面包子，而认为是补品之一。如以人肉或内脏为药，像史册中所载的种种，倒只在兵荒马乱时，偶见新闻纸上载有杀敌壮士吃鲜炒人肝的盛举。但是未敢相信，总疑是文人笔下的渲染，犹之食肉寝皮的成语类也。设若我们执教育之柄的先生不再牢牢地要恢复中国的本位文化——吃人也是我们本位文化之一，例如割肝股的孝子；例如食肉寝皮杀敌致果的忠臣义士，岂不皆包括在提倡四维八德的圈子中间的吗？影响所及，故如斩首之后，将血淋淋的脑壳高挂于城门之上的古典作法，不是在一九四八年三月的松江地方，尚来过一次？友邦人士不了解我们的特殊国情，而诋为野蛮，这真该由我们陈立夫副院长在道德重整令上加以阐发的——之时，我们倒真可放心，从今以后或者真不至于听见有吃人的事件，并希望维护正义的宣传人士们，也不要再渲染那些太不人道的残酷行为，以免间接教坏了人心。

四

　　要而言之，中国菜诚然为中国文化的象征，但须从好与歹两方面去看。单如高等华人之所享受，那只算是一方面，吃多了，不卫生，也是事实。但是我们也得掉过眼光，把百分之八十以上的老百姓所服食的东西瞧一瞧，而后我们再作议论好了。克实说，中国老百姓桌上的菜单，委实不大好看，举例说吧（读者原谅，因为我是成都土著，游踪不广，见闻有限，故每每举例，总不能出其乡里，至多也在四川省的大范围内，这得预先声明的），四川省是不是一般人都认为地大物博之处呢？尤其在对日作战之时，到过几个大城市如成都、重庆、内江、泸县、三台、遂宁，旅居过的一般外省朋友，谁不惊异家禽野禽的肉类是那么丰富，园中畦内的蔬菜是那么齐备，而菜肴的作法，又各有其独到与精致？如其以为其余六千多万的川胞，都在这样的吃，那就非常错误。我可以坦白告诉大家，在天府之邦内，能满足此种口福的，仍是少数的高等华人，而绝大多数川胞，还不必计及处在下川东、大川北、上川南（今日应该说是西康省）以及僻处在川西之西的人，光说肥沃的川西平原内，成都附郭的乡村吧，若干种田莳菜的劳苦大众，一年四季连吃一顿白米饭尚作为打牙祭，而主要食品老是玉蜀黍，老是红苕、芋头，老是杂菜和碎米煮的粥，老是豆多米少的饭，这还是有八成丰收后的景象。他们要求的，只在平平静静的终年吃得饱，哪里还敢涉想到下饭的菜肴！倘若每顿有点盐水泡菜，有点豆腐或家造豆腐乳，有点辣子或豆瓣酱，那简直就奢华极了。他们没力量来奉行"食不餍精，脍不餍细"的圣教，也没力量来实践节约运动，这便是中国劳苦大众顶基本的吃！

五

全中国劳苦大众的基本的吃，好像很卫生，因为我们从未听见过他们在吃了之后，有闹疲倦，闹胃痛的把戏。他们有时也不免要闹胃病，除了小媳妇子挨骂受气，每每以眼泪进饭，得点心口痛外，大抵便因吃了淀粉质食料，或什么过分不能消化的东西，塞得太多，胃格外扩大。不然便是简直没有吃的，连印度已故圣雄甘地在绝食时所用的清羊奶橘子汁都没有——自然更不能想到，以绝食来争取义务的国大代表先生们所服用的那些代替品——而强勉装进去的，只有天然的水，这样，胃就只好格外的缩小了。要医治这两种胃病，绝非专门学医的名医们所能奏效，除非有大勇大悲的医国圣手，能够从中国政治经济脉案上，或从外国的各种科学上，去寻取一种适合人情的什么大药，而小心的、公正的、勿固勿我地来处理，那就真不容易为功啦！不过，这种圣手并不世出，而一般劳苦大众倘遭到了上说的两种胃病时，仍只有自己医治之一法。其方为何？曰：治胃扩大的奇方，莫如少吃；治胃缩小的奇方，就是见啥吃啥，甚至吃太阳的红外线紫外线。再不好，还有两种猛药：死与逃。至于最卫生的方法：造反，那却要在科学不甚昌明，闭关自守时代，才用得着，非所以语于今曰"有朋自远方来，不亦乐乎"的中国。

六

曾经作过一篇《白种人之天下》的吴君毅先生，同时发表过几句名言曰："北方是牛羊之邦，南方是鱼虾之邦，我们四川则是菜蔬之邦。"此言大体不差。倘必吹毛求疵，那么，北方的白菜、萝卜、洋芋、山药、以及上好的豆类瓜类，岂能排挤在牛羊圈外？何况北平业已有西红柿，业已有红油菜苔，而阴历元宵灯会时节，且有在暖室里提早培植出来的王瓜。在我们蔬菜之邦的成都，在阳历十月里可能吃蚕豆，腊月里可能吃春笋，然而在数九天气吃王瓜，好像还没有听说过（将来可能有的）。又譬如云南是回教徒很多的地方，所以昆明西门洞的清真馆清炖牛肉就比天津"老乡亲"的好。而同时昆明的苦菜，也并不下于广东的芥菜，虽然与四川涪陵的羊角菜两样。就四川说吧，诚然蔬菜种类又多又好，略举几色为例：重庆的青菜心、洋莴苣；江津、合川的子芽姜；下川东一带的沙田豌豆、糯包谷（玉米）。上面已提到涪陵的羊角菜，也就是作出有名鲊（或写作酢，写作柞，皆非也）菜的原料；川北一带的红心苔，又是粮食，又是好菜；峨眉的苦笋，乐山的芥蓝菜，梓橦、剑阁一带的蕨苔，上川南的石花菜（这是南宋陆放翁最为欣赏的一种韭菜类植物，连这高雅的名字，也是放翁赐的）、头发菜、鸡坳菌，皆不过窥豹一斑耳。至于成都平原的菜蔬，那就更齐备了。大抵因为气候，土壤，肥料，都适宜吧，许多别处不能培养的东西，它都出产，而莳菜的艺术，也行。譬如最难移植的外国露笋、石莲花，居然能以培壅芹黄、韭黄的手法，将其繁殖起来。又如出产牛角红辣椒的丘陵地带，便非常适合于栽种番茄（即西红柿，又名洋柿子，译名应为"多马妥"），这东西入成都，不过二十六年，为大众采用，更只八九年的光阴，但现在已保有三十几个优良品种，而且生产期也颇长，每年三季，可以延长到九个月，最迟的可能到阴历腊月初，倘将老的根茎保护得好，不为严霜所欺，则次年立春后不久，市上又有新鲜番茄出现。由此观之，吴君毅先生所说的蔬菜之邦，其以成都为代表乎？但是，成都又岂止是蔬菜之邦吗？

七

成都又岂止是蔬菜之邦？自然还得加以说明的，不过我先得插一段正面的闲话，即是：纵令它可以专擅这个名词，而所以造成之者，岂是昔之所谓士大夫、今之所谓高等华人的功勋？而筚路蓝缕，以启山林，又几何不是劳苦大众之力？天下至理，不外由错误偷懒而有发明，不外由需要好奇而有发现。神农之尝出百草，绝不是像旧派历史家所说：有一个圣人叫神农氏者，闲得不耐烦了，忽然起了仁心，要为他的子民，发现某些植物是良药，某些是毒草，并为后世走方郎中作一种大方便。非也，十二万个非也。依我的见解，第一，神农氏就不是一个人的榜篆，而是一族人自乃祖乃宗到若子若孙若干世的通称，而且这称谓，也好像是后世人给与他们，若有巢氏、燧人氏等，而并非他们图腾的自名；第二，这族人若干世不断地尝百草，并非都闲得不耐烦，而存心去发现什么药物，乃是在庖牺驯兽之后，肉类仍不足支持大群人的生存，忽然想到马牛羊鹿等已驯之兽，居然专门吃草得活，于是乃亦偶然采草为食，暂用疗饥，一个人吃得起劲，公然可饱，于是一群人也就逐渐模而仿之；第三，他们所尝，绝不止于百种草。百字，言其多也。换言之，即是饥饿到没有动物吃时，也就不免于见啥吃啥。官书上不曾云乎？草根树皮，是为民食。官电上不曾报道乎？今日长春城内的树叶，已值到几千万元法币一斤。以今逆古，可见神农氏那族人一定遭过什么荒年，没有肉吃，便只好吃草，而且是见草就吃，无心肠去分清某种有毒某为良卉，也无此分别的能力也；第四，最初虽无分别能力，但久而久之，却有了经验，知道某些草好吃，某些草可以致人腹痛呕吐至死。辗转相告，口口相传，后人得其益，乃疑其有心发现；第五，此一族人，积若干世来尝草，何尝是为了走方郎中？且不言上面所说几层理由，即单就神农之农字着想，亦可大为恍然，他们在前不过为了疗饥而胡乱吃草，其后乃又从偶然之中发现了草之实，与实之仁，不但比卉叶好吃，而且又能保存，又能滋生，于是乃进而发明了耕耘播植。故战国时的农家，在孟子书上遂直书为"为有神农之言者"，后世以稷为始，犹《说文解字》序云"称仓颉者一也"似的，到了稷，而后耕耘播植之事始发皇光大，并且改良罢了。

八

好些蔬菜，几何不是劳苦大众像神农氏之尝百草般，逐渐逐渐，从偶然，从经验中，发现的呢？姑举一二例为佐证：其一，如蕨苔，这就是历史上有名的以绝食来抗议暴力的伯夷、叔齐二公，在首阳山上，不得已而吃出来的，而后世的四川人，也敢于采为菜蔬的一种野生植物。最原始的吃法，是否如鲁迅先生的《故事新编》上所描写的那样，姑且阙疑，现在的四川人则将其与黄豆芽合炒，是为家常办法，其味较佳于芹菜叶之炒黄豆芽。还有，将其置于鸡鸭汤内清煮，好固然好，却未免对于孤竹君的两位公子太给以讽刺。还有将其晒干打成粉末，再将粉末团合成饼，加入荤腥之内烹之炖之。作法太多，不必细表。大致后来的踵事增华的吃法，其功绩必须归之名厨师和刁钻古怪的好吃大家；其二，如成都人最嗜吃的苜蓿菜。这更显而易见，其初必是劳苦大众犹之神农氏那一族遭了什么天灾，而感染到急性胃缩小症时，无其他东西以疗饥，乃不得不把畜生啃的东西抢来尝试，不料居然消化，而且维他命还相当多，因而就口口相传地吃开了。不过，在西汉时，由天山传入的这种壮马壮牛的三叶植物，必然是和现在欧洲农家特为牛马播种耕耘以作冬粮的东西一样，那真可观啦！巍然而立，有五六市尺高，其茎干几如我们的红甘蔗。据说，牝牛吃了此物，不但壮，而且新鲜奶汁里还含有橙花香味。而现在被成都人采为蔬菜的，却变成了小草，很为娇嫩。成都人口音轻快，呼苜蓿为木须，令人几乎生疑是另外一种东西。

九

上来业已说过发明大半由于偷懒，由于错误；发现大半由于需要，由于好奇。我们可以想见，到荒旱饥饿时节，连死人都不免变为活人的食料，何况草根树皮！于是见啥吃啥的结果，乃多有发现，例如洋芋，自法王路易十三世起，据说才因荒旱而成了主要食品。而枸杞芽、猪鼻孔、荠菜、藜藋、泥鳅蒜，甚至连椿树的嫩芽，连农家种来作绿肥田之用的苕菜苞儿，其所以从野生而变为蔬菜中之妙品者，几何不是因了大多数人的经济情形不佳，不许可有好的东西吃，而一半出于强勉，一半由于好奇，才吃出来的？年来成都乡间又新出一种野菜名曰竹叶菜，草本而竹叶，丛生路边，不过范围尚小，作法亦未研精，吃的人还不多耳！苟舍蔬菜而引申及于肉食，也可看出许多在今日高等华人菜单中称为名贵食品的，其先，大都出于劳苦大众迫不得已而后试吃出来，例如广东席上的蛇肉，已是人人知道开其先河者，乃穷苦无依之乞丐也。因其为人人所已知，故不在此具论。兹介绍近几十年来四川所特有的四项食品，虽皆尚未登大雅之堂，然已逐渐风行，瞻望前途，殆不下于驰名四远之麻婆豆腐焉。

其一曰：强盗饭，发明时期大约只二十余年。发明地点为川东之华蓥山中。发明者，打家劫舍、明火执仗之强盗也。据说，某年有强盗一伙，被官兵围困于盛产巨竹的华蓥山，最使强盗头痛的，就是在丛山中找不着人家煮饭吃。由于迫切需要，于是一位聪明家伙便想出一个方法：将山上大竹截下一节，将携带的生米用溪水淘净，装入竹筒，一半水一半米，筒口用竹叶野草封严，涂以稀泥，放于枯枝败叶中，燃火煨之。待至枯枝败叶成灰，筒内之米便成熟饭。既软硬合度，又带有鲜竹清香。每一竹筒，可有小小两碗饭。如其再奢华一点，加一些别的好材料，的确是别具风味的好食品。不过条件太苛了，要相当大的竹，要应用时旋截，不能用变黄的陈竹，要容易成灰而火力又甚猛的枝叶，这些都与正式庖厨不合，而作出来的量又不大，费一个人的精力只够一个壮汉的半饱，说起来也太不经济。像这样，实实在在只能让逼上山林的豪杰们去享受。风雅一点，也只好让某些骚人逸士，在游山玩水之余，去作一次二次的野餐，庶几有滋味。譬如乡村美女，只管娟秀入骨，风神宜人，倘一旦而摩登之，鬈其头发，高其脚跟，黛其眼眶，朱其嘴唇，甚至蔻丹其手脚指甲，纵然不化西施为嫫母，似乎总不如其在乡村中纯任自然的受看吧！此强盗饭之所以不能上席而供高等华人之口也。

其二曰：叫花子鸡，叫花子偷得一只活鸡，既无锅灶，如何弄得进肚？不吃吧，又嘴馋。叫花子思之思之，于是计来了，因为身边无刀，便先将鸡头按在水里闷死，然后调和黄泥，将鸡身连毛一涂，厚厚的涂成一个椭圆形的泥球，然后集合柴草，将这泥球一烧。估计差不多了，或许已经有了香气，便从热灰里将泥球掏出，剥去黄泥，而鸡毛、鸡皮也连之而去，剩下的只是莹白的鸡肉了。鸡的内脏，也连血烧做一团，挖而去之。这在作法上言，很简单，在理论上言，似乎颇有美味，但实际并不好吃，既有鸡屎臭，又有鸡毛臭。不过后来传到吃家手上，作法就改善了，鸡还是要杀死，还是要去内脏，去鸡毛。打整干净，将水份风干，以川冬菜，葱、姜、花椒，连黄酒塞入空肚内，缝严，再用贵州皮纸打湿，密切地裹在鸡身上，一层二层，而后按照叫花子的手法，在皮纸上涂以黄泥，煨以草火，俟肉香四溢，取出剥食，委实比铁灶扒鸡还为美味。虽然也可砍成碎块，盛在古瓷盘内，端上餐桌，以供贵宾，然而总不及蹲在火堆边，学叫花子样，用手爪撕来吃的有趣。这犹之在北平吃烤羊肉样，倘不守在柴炉子边，一面揩着烟熏的眼睛，一面在明火上烤一片，吃一片，请想想还有啥味儿？由这样吃烧鸡的方式，不禁油然想到吃烤鸭的同样方式来。成都鸭子，并不像北平白鸭子那么肥大，但也有像北平侍弄鸭子样的特殊喂法，其名曰填。一直把只平常瘦鸭填得非常之胖，宰杀去毛风干，放到挂炉里烤好后，名曰烤填鸭。因其珍贵，吃时必由厨师拿到堂前开片，名曰堂片，亦犹吃满洲席之烤小猪样也。不过成都的烤填鸭，并不如北平的好，因为鸭子填得太胖，皮之下全是腻油，除了吃一层薄薄的脆皮外，吃不到一丁点儿肉也。至于不填的瘦鸭，也可以在挂炉里烧，其名就叫烧鸭。寻常吃法，是切成碎块，浇以五香卤汁，这不算好吃法；必也准时（以前多半在正午十二点钟）守在烧鸭铺内，一到鸭子刚由炉内取出，抹上糖精，皮色变红，全身犹热烘烘时，即用手爪撕下，塞入口内，一面下以滚热的大碗黄老酒。这样吃法，自然不是布尔乔亚以上阶级的人所取，而真正的劳苦大众则又吃不起。在前，成都市上很多这类的卖热老酒的烧鸭铺，四十年前，青石桥南街的温鸭子，北街的便宜坊，都最有名，而西御街东口的王胖鸭店，则是后起之秀，而今已差不多全成古迹了（王胖鸭店因为几次拆房让街，已安不下一张桌子，鸭子也烧坏了，毫无滋味。老胖、小胖皆已作古。所谓王胖，是人胖也，并非王姓而卖胖鸭也。今只有提督东街之耗子洞烧鸭店尚可，然已无喝滚热老酒之余风，遑论乎以手爪撕吃热烧鸭乎）。

其三曰：牛毛肚，是牛的毛肚，并非牦牛的肚，此不可不判明。牦牛者，犛牛也，司马相如《上林赋》注云，出西南徼外，至今仍是大小金川、康边、西藏一带的特产，且是重要的交通工具之一。毛肚者，牛之千层肚也，黄牛之千层肚肉刺较细，水牛之千层肚则肉刺森森，乍看犹毛也。四川多回教徒，故吃牛肉者众。自流井、贡井、犍为、乐山产岩盐掘井甚深，车水熬盐，车水之工，则赖板角水牛（今已逐渐改用电力、机力）。天气寒浊，水牛多病死，工重，水牛多累死，历时久，水牛多老死。故自贡、犍、乐一带产皮革，则吃水牛肉。水牛肉味酸肉粗，非佳馔，故吃之者多贫苦人。自贡、犍、乐之水牛内脏如何吃法，不得知，而吃水牛之毛肚火锅，则发源于重庆对岸之江北。最初是一般挑担零卖贩子将水牛内脏买得，洗净煮一煮，而后将肝子肚子等切成小块，于担头置泥炉一具，炉上置分格的大洋铁盆一只，盆内翻煎倒滚煮着一种又辣又麻又咸的卤汁。于是河边的桥头的，一般卖劳力的朋友和讨得了几文而欲肉食的乞丐等，便围着担子，受用起来。各人认定一格卤汁，且烫且吃，吃若干块，算若干钱，既经济，而又能增加热量。已不知有好多年了，全未为

盐　井

小布尔乔亚以上阶级的人注意过，直到民国二十一二年，重庆商业场街才有一家小饭店将它高尚化了，从担头移到桌上。泥炉依然，只将分格洋铁盆换成了赤铜小锅，卤汁蘸料，也改为由食客自行配合，以求干净而适合各人的口味。最初的原料，只是牛骨汤，固体牛油，豆瓣酱，造酱油的豆母，辣椒末，花椒末，生盐等等，待到卤汁合味，盛旺炉火将卤汁煮得滚开时，先煮大量蒜苗，然后将凉水漂着的黑色的牛毛肚片（已煮得半熟了），用竹筷夹着，入卤汁烫之，不能太暂，也不能稍久，然后合煮好的蒜苗共食。样子颇似吃涮羊肉而味则浓厚（近年重庆又有以生鸡蛋、芝麻油、味精作调和蘸料，说是清火退热，实为又一吃法），最初只是如此，其后传到成都（民国三十五年）便渐渐研制极精，而且渐渐踵事增华，反而比重庆作得更为高明。泥炉还是泥炉，铜锅则改为沙锅，豆母则改为陈年豆豉，格外再加甜糟糟。主品的水牛毛肚片之外，尚有

生鱼片，有带血的鳝鱼片，有生牛脑髓，有生牛脊髓，有生牛肝片，有生牛腰片，有生的略拌豆粉的牛腰肋、嫩羊肉，近年更有生鸭肠，生鸭肝，生鸭肫肝以及用豆粉打出的细粉条其名曰"和脂"者（此是旧名，见于明朝人的笔记）。生菜哩，也加多了，有白菜，有菠菜，有豌豆尖，有芹黄，以及洋莴笋，鸡窠菜等，但蒜苗仍为主要生菜，无之，则一切乏味，倘能代以西洋大蒜苗译名"波哇罗"的，将更美妙矣。然亦以此而有季节性焉，必候蒜苗上市，而后围炉大嚼，自秋徂冬，于时最宜。要之，吃牛肚火锅，须具大勇，吃后，每每全身大汗，舌头通木，难堪在此，好过亦在此。高雅而讲卫生的人，不屑吃；性情暴躁，而不耐烦剧的人，不便吃；神经衰弱，一受激刺便会晕倒的高等华人，不可吃；而吃惯了淡味甜味，一见辣子便流汗皱眉的外省朋友，自然更不应吃，以免受罪。牛毛肚火锅者，纯原始型之吃法也。与日本之火锅仿佛，又似北方之涮锅，只是过份浓重，过份激刺，适宜于吃叶子烟的西南山地人的气分。故只管处在清淡的菊花鱼锅的反面，而仍能在中下层吃家中站稳者，此也。

其四曰：牛肺片，名实之不相符，无过于明明是牛脑壳皮，而称之曰肺片。中国人吃猪皮已为西洋人所诧异（猪皮作的菜颇多，至高且能冒充鱼翅，而以热油发成的响皮，简直可媲美鱼肚，此关乎食谱，非本文旨趣所应及，故不细论），而况成都人且吃牛脑壳皮焉。牛脑壳皮煮熟后，开成薄而透明之片，以卤汁、花椒、辣子红油拌之，色泽通红鲜明。食之滑脆辣香。发明者何人？不可知，发明之时期，亦不可知。在昔，只成都三桥上有之，短凳一条，一头坐人，一头牢置瓦盆一只，盆内四周插竹筷如篱笆，牛脑壳皮及牛脸肉则切成四指宽之薄片，调和拌匀，堆于盆内。辣香四溢，勾引过客，大抵贫苦大众，则聚而食之，各手一筷，拈食入口。凳上人则一面喝卖，一面叱责食客曰："筷子不准进嘴！"一面以小钱一把，于食客食次，辄置一钱于有格之木盘中以计数，食毕算帐，两钱三块，三钱五块也。有穿长衫而过者，震其色香，欲就而食，则又腼腆，恐为知者笑，赵趄而过，不胜食欲之动，回旋摊头，疾拈一二片置口中，一面咀嚼，一面两头望，或不为熟人察见否？故此食品又名"两头望"。今则已上席列为冷荤之一，皇城坝之摊头亦易瓦盆为瓷盆，于观感上殊清洁多也。

其五曰：麻婆豆腐，上文已及麻婆豆腐，以其名闻遐迩，不能不谈，故言四项，于兹又添一项，并非蛇足，不得已耳。以作豆腐出名之麻婆，姓陈，成都人皆称之陈麻婆。既曰婆，则为老妇可知，既曰麻，则为丑妇可知，然而皆于作豆腐无关。缘陈麻婆者，成都北门外万福桥头一家纯乡村型的小饭店——本名"陈兴盛饭铺"，"麻婆豆腐"出名后，店名反为人所遗忘——之老板娘也（万福桥已于民国三十六年阴历丁亥岁被大水打毁，迄今民国三十七年阴历戊子岁八月犹无修复消息，据云，此桥系清光绪丁亥岁重修，恰恰享寿一个花甲六十岁）。万福桥路通苏波桥，在三十七年前，为土法榨油坊的吞吐地，成都城内所需照明和作菜之用的菜油，有一多半是取给于此。于是推大油篓的叽咕车夫经常要到万福桥头歇脚吃饭（本来应该进出西门的，但在清朝时代，西门一角划为旗兵驻防之所，称为少城，除满人外，是不准人进出的），而经常供应这伙劳动家的，便是陈家饭店。在早饭店并没有招牌，人们遂以老板娘为号，而呼之为陈麻婆饭店。乡村饭店的下饭菜，除家常咸菜外只有豆腐，其名曰"灰磨儿"。大概某一回吃饭时，劳动家中的一位忽然动了念头，想奢华一下，要在白水豆腐、油煎豆腐、炒豆腐等等素食外，加斤把菜油进去。同时又想辣一辣，使胃口更为好些。于是老板娘便发明了作法：将就油篓内的菜油在锅里大大地煎熟一勺，而后一大把辣椒末放在滚油里，接着便是猪肉片，豆腐块，自然还有常备的葱啦、蒜苗啦，随手放了一些，一脍，一炒，加盐加水，稍稍一煮，于是辣子红油盖着了菜面，几大土碗盛到桌上，临吃时再放一把花椒末。劳动家们一吃到口里，那真窜呀（窜是土语，即美味之意。有写作爨字的，恐太弯曲了）！肉与豆腐既嫩且滑，同时味大油重，满够激刺，而又不像用猪油作出那么腻人。于是陈麻婆豆腐自此发明，直到陈麻婆老死后，其公子小姐承继衣钵，再传到孙辈外孙辈，犹家风未变。虽然麻婆豆腐在四五十年中已自乡村传到城市，已自成都传到上海、北平，作法及佐料已一变再变。记得作者在民国二十六年"七七"抗战以后，携儿带女到万福桥陈家老店去吃此美馔时，且不说还是一所纯乡村型的饭店：油腻的方桌，泥污的窄板凳，白竹筷，土饭碗，火米饭，臭咸菜。及至叫到做碗豆腐来，十分土气的幺师（即跑堂的伙计）犹然古典式的问道："客伙，要割多少肉，半斤呢？十二两呢？……豆腐要半箱呢？一箱呢？……"而且店里委实没有肉，委实要幺师代客伙到街口上去旋割，所不同于古昔者，只无须客伙更去旋打菜油耳。

十

克实言之，成都实非止蔬菜之邦。因为好的蔬菜固然有，由外方移植而来，能繁衍而不十分变劣的也多，又因天时地利人工，使若干蔬菜的产期也长，可是到底不能封它为蔬菜之邦者，以外方还有许多出类拔萃的好蔬菜，而它却还没有也。例如江南的莼菜，岂是我们的冬寒菜——又名葵菜——所能匹敌？营盘蘑菇，岂是我们的三塔菰、大脚菰所可期望（西康的白菌和鸡枞菌，其庶几乎）？推而论之，即是全四川全西南也未能承此美称，再从另一方面说，也不能有此限制的称谓。何也？以蔬菜之外，依然有牛羊之美，有鱼虾之美也。譬如说，成都、昆明的黄牛肉就很好，只是有山羊而少绵羊，是一缺点。说到鱼类，话更长了，简而言之，如乐山的江豚——一般人都称为江团，甚至团右加一鱼字傍，其实即江豚之讹，后有机会，再为详论——泸县之癞子鱼，雅安之丙穴鱼——又名嘉鱼、雅鱼——涪陵之剑鱼，峨眉之泉水鱼，都不亚于松花江之白鱼，黄河之鲤鱼，江南之河豚，松江之鲈鱼，长江之鲋鱼和鳜鱼也（岷江流域也产鳜鱼，也产四腮鲈鱼，成都市上偶尔可见，但不常不多耳）。虾亦好，虽不肥大，但无土气。所最缺憾者，只是没有螃蟹。但仁寿县的蟹即是南蟹种，苟得其法蓄

岷江的一段

养之，亦可弥此缺憾。且峨眉山出产之梆梆鱼，又名琴蛙，乃食用上品，若有人饲之，其壮大嫩美且过于美国之牛蛙。而昆明翠湖之螺黄，则又是特产中之特产。故曰，蔬菜之邦之称，成都不任受，四川不任受，西南亦不任受。推而论之，牛羊之邦，鱼虾之邦，亦殊难为定论矣（四川确有一些地方，只以牛羊为食，有谣曰："鱼龙鸡凤菜灵芝"，言鱼如龙，鸡如凤，蔬菜如灵芝草，皆不易见不易得也。但不能以此一隅而概广大之北方，此理之至明者也）。

十一

我以为中国菜之所以驰名全球之故，一多半由于作业的原料之多，而其作法又比较技巧，比较繁杂。其他姑且置之，单言发酵的过程，是够玩味了。西人有言曰，食料之最好者，端在发酵之后，变其本质，使其成为一种富于滋养的东西。本此，则知岂士（Cheese，即奶饼，即干酪，即塞上酥，即西康、西藏之酥油。岂士为英文译音，又写作启司，其音近于鸡丝。法文译音则曰"拂落马日"）确为由脂肪变出之珍品。若夫由植物发酵，重重变化出来的食物，不其更为美妙乎哉！例如黄豆，新鲜的已可作出多种的菜，甚至连梗带荚用盐水花椒煮出，剥而食之，可以下茶，可以下酒，无殊笋干也。倘将干的磨成粉末，和以油糖，可以作点心；盛于瓦坛内，时时以水浇灌，使其发出勾萌谓之豆芽，摘去脚须，可煮可炒，可荤可素，这已经在变化了。设若将干黄豆泡软（鲜豆亦可，但必须配合少许干豆，凡研究过食物化学的可以说出其所以然），带水磨出，名曰浆，或曰豆汁，或科学其名曰豆乳。据说，其功用同于牛奶，但研究过食物化学者，则嫌其不甚可以消化之质素稍多，此豆之一大变也。再将豆浆加热，点以盐卤（四川人谓之胆水）或石膏，使之凝固（用胆水点，则甚固，较坚实。用石膏，则固而不坚，此有别也），不加压力者，名曰豆花；或冲之，则另成一品曰豆腐脑（或曰豆腐酪，亦通），此二大变也。略加压力，使水份稍去，凝固成块，名曰豆腐，其余为豆渣，此三大变也。再使之干固，或略炕以火，或否，其味已不同于豆腐，对其所施之作法更多不同，名曰豆腐干，此四大变也。再使豆腐干发酵生毛，名曰毛豆腐，此五大变也。而后加以香料酒醪，密贮陶器中，任其再发酵，再变化，相当时间之后，又另成一种绝美食品，名曰豆腐乳，此六大变也。六个变化，即六个阶段，而每一个阶段，又可独立作出种种好菜，而且花样极多。倘在每个阶段内，配以其他蔬菜肉类，则更千变万化。倘将中国各地特殊作法汇集写之，可以成书一厚册，不第可以传世。如《齐民要术》之典册，且可以供民俗、民族等科之研究，而为传世论文之所据焉。上述，不过豆变之一派。其变之第二派，则豆油是也，豆饼是也。豆饼可以用作肥料，荒年又可充饥。其变之第三派，则豆豉是也。亦由发酵而来，不置盐者，曰淡豆豉，又作入药。置盐及香料者，曰咸豆豉，江西人旧称色豉，可作佐料以代酱油。咸豆豉之经年溶腐，色如乌金，不成颗粒，而香料配合极好，既可单独作菜，又可配合其他菜蔬肉类者，四川三台县及射洪县太和镇人优为之，即名曰潼川豆豉或太和豆豉。咸豆豉不任其发酵至黑，加入红苕（即红薯）生姜者，曰家常豆豉，团如小儿拳大，太阳下晒干，可生食，亦可配菜。然有不食之者，谓其气味不佳，喜食之者，则谓美如岂土，其臭气亦酷似云云。咸豆豉发酵后，蓄酵起涎，调水稀释（淡茶最好），加入干笋、萝卜丁、

生盐、花椒、辣椒末者，乃成都家常作法，名曰水豆豉。以有
季节性，不容久置，故无出售者，唯成都之旧式家庭中常制以
享受。要之，黄豆是中国人食品之母，亦犹牛奶是西洋人食品
之母。西洋人从牛奶中求变化，中国人则自黄豆身上打主意，
牛奶之变化有限，而黄豆之生发无穷。上来所言，仅就已有已
知者而略及之，而将来如何，未知者如何，虽圣人不能言矣。
况乎黄豆一物又为中国所独有（欧洲无黄豆，美洲也无，近闻
美国有移植者，不知情形如何），历史亦复悠长。黄豆即古之
菽，吾人赖之而生存则无论也，即以其作法之多，技巧之盛，
滋味之美而言，已足矫世界人类之舌，而高树中国菜之金字招
牌。旧金山之豆腐乳，不过其一般耳。

十二

肉类、鱼类、蚌蛤类可以用单纯的手法作出，而成为妙
品。闻之福建福州有蚌蛤曰西施舌者，即用白水烹之，鲜美绝
伦。吾于食鲜牡蛎、鲜瑶柱以及血水蚶子之余，诚信其不诬。
至于蒸蟹、醉蟹，以及成都式的醉跳虾，更用不着说啦。鱼
哩，譬如某种鱼的生片，略蘸酱油，和紫菜食之，此日本式
也，亦佳。加拿大出产之梭猛鱼，在冰藏之后，其肉酥松，生
割成块，和黄莎士（souse，即法文译音之"马约逎斯"）食
之，至为可口。其他如菊花锅之生鱼片、生鸡片，如涮锅之生
羊肉片，以及各种烫而食之，烤而食之种种鱼片、肉片，几何
不是半生半熟，而即入口之美物乎？不过，此种作法看似单
纯，而终须配以繁杂之佐料，甚至绝好之汤，仔细想来，实不
如法国式之带血子牛肉。其作法，只将子牛肉一片下锅煠之，

一面已熟，一面尚生，刀又一下，血水盈盘，而其佐料，亦只盐与胡椒末耳。然其味之美，实过于多少红烧清炖，黄焖素煨。如此想去，单纯之作法尚多，然欲求其既须单纯，又鲜佐料，又滋美绝伦者，实不可多得。故中国菜以单纯著称者少，而横绝今古，无与匹敌者，端在配合之繁复及其妙也。

十三

　　其实中国菜之配合亦复简单，提其纲，挈其领，也只几句话而已：曰，肉类配合肉类，肉类配合鱼类，鱼类配合鱼类，肉鱼类配合蔬菜类，蔬菜类配合蔬菜类。而且一品配合一品，一品配合多品，多品配合多品。其中又有直接配合，间接配合，直间接与直间接的配合，几次间接与一次直接之配合。这么一来，似乎就近于匪夷所思，而又加以煎也、炒也、煠也、烱也、溜也、烤也、烧也、焖也、煨也、熬也、炰也、蒸也（这一字类又须分为饭上蒸，笼内蒸，隔碗蒸，不隔碗蒸，干蒸，加水蒸，不一而足）、煮也、烹也、炖也、炕也、煸也、烙也、烘也、拌也，此二十手法，看来渐觉眼花，何况其间尚有综合之法，即煠而复蒸，煮而又烧。有综合二者为一组，有综合三者四者而为一组，则奇中之奇，玄之又玄，岂特不有素修之西洋人莫名其妙，即中国人而无哲学科学头脑，以及无实地经验无熟练技巧者，亦何能窥其奥哉！就中最足以自矜者，尤在作蔬菜的手法，吴先生所封蔬菜之邦，其指全中国而言乎？诚以西洋人之作蔬菜，除少数种类，能变一些花样外，大多出以单纯方式，倘不是白水煮好，旋加黄油、生盐、胡椒，即是揉之成泥，糊涂而食之。毕竟法国人文明，尚能懂得较为复杂之配合，所不足的乃是在二十种手法中，只具有煎、煤、烤、煮、煨、拌几种。就这样，已经高明之极，较之专讲科学卫生，配合热量的美国人，便前进了不知若干年代。呜呼！食乃人生大事，求其适口充肠可也，何苦牢牢披记科学羽毛，而将有良好滋味之菜蔬，当成药吃哉！

十四

有人说，大凡历史悠久的民族，其食品都相当复杂，固不仅中国为然。比如从古籍上考察，像腓尼基人，像迦太基人的食单，已很丰富了，而古希腊人、古罗马人，也都是好饮嗜食的民族啊！这话诚然有理，但我现在所讲的，只是指现代民族所通常具有的食单，并非要作食的历史的研究。何况食之为物，一如衣冠居室，都脱不了环境的支配。设如此一民族所生长的地方，人不得天时，不得地利，赖以口腹之资的，不是牧畜的牛羊，便是野生的熊鹿，确乎处在"鱼龙鸡凤菜灵芝"——谓得鱼之难如得龙，得鸡之难如得凤，得菜蔬之难如得灵芝草也——的境地，我想，这民族纵即有万年不断的历史记载，而它的食单也未必能有我们《周礼》（北方的）、《楚辞》（南方的）上所记下的那些名词罢？我们可以这样说，一个历史悠久，而行踪又广阔，和其他民族接触又频繁的民族，其食单是丰富的，其制作食品的技术是复杂的。此即古代腓尼基人、迦太基人、希腊人、罗马人的食单之所以有异于现代蒙古人、爱斯基摩人的原故。

十五

便是有悠久历史的民族的食单，也还有其时代性哩，换言之，即是在某一时代作兴吃什么，而过一个时代，或即不作兴了，或另有一种可吃之物起而代之。我们光就中国方面说罢，据史籍所载，我们在商朝时代有所谓豢龙氏、屠龙氏两氏族。龙者，大爬虫也，豢者，驯养之也。大爬虫已被驯养，想来便如今日我们之驯养大蛇者然。驯养了干什么呢？自然为的杀了来吃。有专门杀此大爬虫者，大约特别有杀之技巧，父子兄弟相传，故名之曰屠龙氏。环境转移，大爬虫不适于生存，抑或也和大象一样，驯养了便难于生育传种，以致徒留龙之名，故到周朝时代，便不再见有以龙肉所作的食品。虽然迄今在小说上尚时见有龙肝凤髓之说，那也不过用来形容食品之稀有珍贵罢咧。龙肉之不再盘餐，以其无有，此可不谈。至若《周礼》上所列的许多酱类（都是一些特殊字体，若一一引出来，便得劳烦印刷者逐字刊刻，予人不便，何必炫博，故不录引），至今还是有的，姑举一例，如蚳酱，据考证家说，即是蚁子酱。此蚁子，是否即为今日寻常蚂蚁之卵，因考证家未曾确说，想来总是蚁类。然而今日有吃鱼子酱的，却未看见有用蚁子酱的（听说南非洲倒有食蚁的人），曾见明人某笔记上说华南瑶人或苗人有用蚁卵作酱，但今日仍未见此特殊食品传到汉人席上，想来也已过时了。此已足证我所说食品也有其时代性。还有一例，如吃狗肉。在《周礼》上看来，中国古人已常吃狗，《礼记》也说过：士大夫无故不杀犬豕，可见中国古人是把狗当猪羊一般宰了吃的，而且屠狗这门职业中，还出过好些英雄好汉，如专诸，如樊哙。不知为了什么原故，后世忽然不作兴了。虽然今日也还有一部分要人一年吃它几回，甚至也还吃得香。听说考较的还特别把狗关在栏里，像喂猪样用粮食荤腥喂得肥肥的，到冬季打杀了来吃，说是壮阳补血。而广东朋友还能从经验中告诉你：吃狗要嫩，不要过一岁；吃猫要老，定要过三岁。不过把狗肉当作珍馔，搬上大餐台子，以宴嘉宾的终究没有，而最大部分人，还是不要吃它。此外，我本人记得在很幼小时——由今言之，大约五十三年前了——随大人走人家坐席，吃过一样乌鱼蛋，以后便少吃过，民国十八年在北平东兴楼才吃到第二次，及至回川，偶见南货店中有此物事，问他们销行地方，据说只有外州县或四乡厨子来买。如何作法，连南货店的老主人都不知道。后来翻到外家一本旧帐簿，才知道在一百三十年前，成都宴席上，原来每次都有乌鱼蛋汤的。

十六

中国食单除了环境常变，时代推移，肉蔬配合，愈演愈变愈精致外，其所以能够超越其他古老民族，而无止境的达到今日这种境地的原故，仔细寻思，这于中国民族博大容忍的特性是大有关系的。中国人的这种特性，第一表现得非常显著的，在于宗教信仰之自由。窃考古中国人自商朝信鬼重巫教、重祭祀以后，它本应该一如其他民族滚到宗教界阈上去以求禳解，然而不知怎么突然大跨一步，跨到重理智、重人物的周朝，于是思想马上得致解放，而孔夫子的"未知生，焉知死""未能事人，焉能事鬼""祭如在，祭神如神在"的至理名言，也才立稳了脚跟，传诸后世。请想，这是何等的进步，何等的自由！自此，中国的宗教便没有成立。我们可以说墨教之中衰，并不因为它的巨子丧失，而确是由于人民之没有宗教信仰。诚然，其后也有海滨的方士，也有西南山岳的"米贼"，也有由二者结合而成的道教，但我们只能说这是由于印度佛教传入后的一种自尊的反动，绝非出于民族狂热之不得不有也。而且佛教也罢，道教也罢，即读书人强勉凑成的儒教也罢，巫教也罢，乃至随后传入的景教也罢，天方教也罢，拜火教也罢，以及近五百年追踪而来，凭借物质文明以展布其野心的天主教（基督教旧派）也罢，娶妻生子而与中国人见解大不相同的耶稣教（基督教新派）也罢，总之，一到中国，中国人都能容纳之。你以为他们毫无信仰吗？未必然也，奉行的人还是那么多，而且中国的哲学、文学曾受过外来宗教的绝大影响，甚至影响到普遍的人生行为与思想。你以为他们果真信仰吗？又未必然。首先，凡宗教信仰应具有的排它性和"之死矢靡它"的狂念，在中国人身上就发现不当，别的不说，我们但看欧洲中古世纪，只由新旧两种教派之争，可以大群大群地杀人，可以因为不改变教宗而活活地被烧死；"五月花船"之去美洲，也是由于此一教派不胜彼一教派之压迫虐杀，乃至希特勒之残杀犹太教徒，也一小半下根在宗教的排它性上。然而在中国哩，我们却看见某一代皇帝喜欢佛教，他可以下令天下道士全剃头发做和尚，下一代皇帝忽然喜欢了道教，他又可以下令天下和尚蓄起头发来做道士。其他势力的宗教，更不必说，统名之曰旁门小道，曰邪教，曰污民的邪说，随时可以剿杀之，扑灭之，而奉行这种宗教或邪说的人民也并不见得有什么至死不悟的狂热，而竟成千成万地去殉道。一般尚有所谓通品者，无所不信，其实是无所信。例如六朝时张融病卒，遗言左手执《孝经》《老子》，右手执小品《法华经》，这就是一般艳称的三教归一的办法，也就是多数中国人对于宗教的态度。至今，听说四川新津县某一大庙，一夜之内就供奉着孔子、老子、释伽牟尼、耶稣、穆罕默德，称为五圣，愚夫愚妇求子求财求福求寿的，全可燃烛焚香，磕头礼拜，而并不分彼此。像这样的宗教信仰态度，你们能在别一民族内发现得出吗？如其不能，这便是中国人的特性，也可誉之为中国本位文化。中国人既是修养到了无须乎有宗教信仰的狂热，那么，关于一种什么主义的奉行，也就不能以洋国情形来说明中国，谓洋国曾是如何如何，中国未来也定然会如何如何，那也便错了。所以大而言之，治理中国，绝不是光能懂得洋道理，光能博得洋人之首肯称誉，而便可也。小而言之，知道了中国人的这种特性，也才理会得出中国菜单何以能至今日的境界啊！

十七

表现中国人博大容忍之二，就在中国人能够接受各地方民族所固有的文化之一的食，而毫不怀疑地将其融会贯通，另自糅合成一种极合人类口味的新品，又从而广播于各地方各民族；既无丝毫"中学为体，西学为用"的妄解，也无所谓"尊王攘夷"的谬想，更无所谓唯美主义的奴见。例如在西汉时候，西南夷特产的蒟蒻酱，只管西南夷诸国被灭亡了，其后全改土归流了，然而这食品却被汉族采纳，遗留至今，是即今日成都所通用的木芋（亦作磨芋）豆腐，又称为黑豆腐的便是。从酱而至豆腐，已经不是原先作法了，现峨眉山僧再将其置于冰雪中，令其发泡坚实，谓之雪豆腐（也称雪魔芋），或共鸡鸭肉红烧，或置于好汤内同烩，较之以生木芋豆腐作来，果然别有风味。有人说，用生木芋豆腐作的豆腐乳，其美味实不亚于旧金山的华侨豆腐乳，其他如烤羊肉之来自东胡，鱼生粥之遗自南越，亦斑斑可考。目前云南人的耳块，岂非就是僰人的成饭米粑的译音乎？昆明有谣曰："云南有三怪，姑娘叫老太，青菜叫苦菜，粑粑叫耳块。"所谓怪，就因名称之怪。足以征见这可怪的名称，绝非由于明朝初年，大部分南京富豪被谪居时所遗下，而实实由土著摆夷所传留也。四川尚流行（目前已经稀少了）一种咸甜俱可的，米粉包馅的，旋蒸旋食的东西，名曰哈儿粑，此为满族人席上的点心之一。哈儿粑也是译音，犹之甜点心中之"撒其玛"也。满族人全席今已不兴，但哈儿粑与叉烧小猪与挂炉烤鸭，却单独地被流传下来了，而后二者且成为中国食单中可以炫耀的美肴。自对日战争以后，与洋国交往日频，由洋国传入的食品和作法，被采纳而融会贯通的也不少，例如鸡鸭清汤煨露笋，蒜苔烩"马喀洛里"（macaroni，即意大利通心粉），番茄酱烧海参，咖喱炒虾仁等，岂但已经成了中国的固有菜，而且实在比其原有作法还好吃得多，若将中国食单仔细研究，可以看出大部分食单的来源，皆不免如我上来所说。这种态度，也与容纳外来的宗教一样，只有中国人才具有。你们不信我这说法吗？但请想想，并且多问，无论哪一洋国人说到中国菜，都恭维，都喜欢吃，但若干年来，他们的菜单上几曾采用过好多的中国菜来？诚然，技术之不容易学得，也是一因，然而没有中国人这种风度，却是顶重要了。

十八

食单因宗教之说而受限制，这真是一桩最可悲的事件。

清真教徒不吃猪肉，并且不吃无声无脾无鳞的好多生物，这不但使食单的范围业已缩得过小，而且在配合与作法上，也失却了许多自由。婆罗门教徒尊视牛为神物，不敢吃它，这也使完备的食单，失去了一根重要支柱。至于佛教徒之什么生物都不吃，只吃谷物与蔬菜，虽然成都许多大丛林的香厨师和上海居士林素饭馆的大司务，可以从豆类、菌类、笋类与芝麻油、橄榄油，以及其他植物油中，想方设计，作出种种鲜美而名贵的素菜，然而一则过于精致，再则也不免于单调，无论如何，终不能作出多大的花样。我这里且举出两色寻常川菜，一是家常式的，一是餐馆式的，并不算精致，也不算名贵，但一涉及宗教，则皆作不出来。家常式的，如将盐水泡青菜的叶茎横切成丝，加盐水泡过的辣椒丝，加黄牛肉丝，以熟炼后之纯菜油炒之（凡以牛肉炒菜，必用植物油而忌猪油，此经验中之定例也），这样菜，如不加牛肉丝，光是素炒出来，未尝不可口，但加牛肉丝炒后，而又不必吃牛肉丝，仍然只吃盐水泡青菜的叶茎，其味就大大的美妙了。餐馆式的，如将较嫩之黄豆芽摘去两头（即芽苞与脚须），加入煮至刚熟后而又缕切成丝的猪肚丝，以熟猪油炒之，佐料除黄酒外，光用盐与白胡椒末，作法也简单透了，然而比起光是素炒豆芽，光是荤炒猪肚，那真不可以道里计。仅就这两样寻常用的菜而论，除了干犯三种宗教（回教，婆罗门教，佛教）不计外，即令顶讲究口欲的洋国人，又何能懂得其奥妙！第一是，青菜必须用岩盐的盐水泡熟，而只用叶茎；第二是，猪肚必虽煮至刚熟，而不用生炒。这中间自有其道理，而不仅仅关乎技术，非有悠长历史及本位文化之中国人，真不易语此也！

十九

中国之有许多行事，是行之有素有效，而并不知所以然者。究其行事之初何以致此，则十九先出于偶然，其后乃成于经验。以其说不出一个"为什么"，故自清末维新以来，许多略窥门径之徒，遂不惜本其半罐水的科学常识（蜀语之半罐水，即长江流域所谓之半吊子，盖指千钱得半也，甚至再打对折而谓为二百五，斯更刻薄之至），而动辄訾议之曰不科学。延长之则不卫生，则不文明。不文明，便是野蛮啦！但又念及我们到底是个古国。也有文化，而文化中更有食之一种足以骄人，于是只好改而自谦曰：我们是弱小民族，是积弱之邦。于是民族自尊自信之心，乃为此等宣传一扫而光。例如我们以往有好多人，在无意间将指头弄破，血淋血滴，如何是好呢？于是香炉灰，蜘蛛网，腐烂鸡毛，门斗内积年尘垢，在乡间则是污泥黄土都是止血上品。在毫无科学头脑的人说来，则曰："从祖先人起就是这么干的，有啥道理可言！"有完全科学头脑的见之，便应该细心研究，从而说明其所以然。但半罐水的先生却只摇头叹息曰："岂不怕染上有毒害的微生物乎？"然而其结果偏又出乎所谓科学常识之外，不但血居然可止，疤居然可结，而创伤居然痊可，此又何也？曰：彼时尚未知积垢污秽之中，有般尼西林之妙药藏焉。此种似是而非之行言，在讨论食物时，尤为显见。例如洋人曾说菠菜中含有维生素甚多，食之卫生，于是许多高等华人（因为半罐水中十九皆高等华人也），皆奉为圣旨，不惜什么更富滋补养料的好东西皆不敢吃，而乃专吃半生半熟之白水菠菜。洋人在昔一闻未达时，又曾说过动物内脏都不卫生，尤其是猪的。因而亦有若干高等华人便炒腰花、炒肝片都拒绝入口，甚至连叉烧大肠头（雅名叫"叉烧搬指"）、藜霍汤煨心子，也不免望之蹙额。然而至于今日，由于较为完全的科学证明，动物的肝与血岂特食之卫生，而且还是妙药，还更证明，内分泌荷尔蒙也应该从动物的肾脏去设法，这已甚为合乎中国古老就已行之有素有效，而不知其所以然的道理："你的血虚吗？多吃点牛羊猪的血吧！鹿血顶好了，但是难得，鹿茸则血气两补。""你的心神不交吗？那是用心过度，心血亏耗，煮个神砂猪心子来补一补，包管见效。""你肾亏腰痛吗？赶快吃点甘枸杞煨牛鞭，或常常吃点炒羊肾也好。"而且一九四八年三月，我们最可相信的某美国医生复证明说，菠菜不宜多吃，吃多了无益有害。按照他的意见，岂独菠菜如此，无论其他什么有利东西，都不可服用过多，过多则一定会出毛病。在吃的这一点上证来，此理尤为不可动摇。我向来就感到，像我们中国的食单，有时表面论来，好像都不大科学，即是说都不大卫生和文明，其实只要多多研究一下，倒是许多东西，颇多作法，都甚合卫生之理，只要你吃得不太多，太多了，弄到消化不良，那才真个不卫生哩！

二十

半罐水的科学说法中，尤其不伦不类的，便是"北方人好吃生葱、生蒜，西南方人好吃辛麻的辣椒、花椒，如此过分的刺激之物日常用之，岂但肠胃容易受害，即清明的头脑也会因之而弄到麻木不仁。西国人之所以比华人强健聪明者，食物之清淡卫生合乎科学，实为一大原因。"呜呼！其然，岂其然乎？我们姑试一追究英国与荷兰的东印度公司因何而成立？及印度、南洋群岛与爪哇因何而被夷为殖民地？无它，只缘胡椒、豆蔻、肉桂、咖啡等调味品之作祟耳！并闻之西班牙、意大利以及法国南部地方，亦颇产牛角红辣椒，据说，那般西国人之吃起来，不但不比中国西南人弱，似乎比自流井人吃七星辣椒的还要狠些。又闻俄罗斯人除生葱、生蒜不吃外，还在火酒"伏特加"中加入辣椒末或胡椒末，这比一般中国人都厉害了。以前还听说有某一德国人常常出售本身血液而不匮竭，后经医生考验，始知其人惯食生葱，于是证明生葱乃生血之物。又闻一九二二年法国巴黎某医生发表论文，谓大蒜精为扑杀肺病菌之良药，一时称为伟大发现。由此，足见中国人自古以来莫之而为之的吃生葱大蒜，在东方环境中，实为卫生之至。辣椒、花椒之在西方潮湿之区，其必然之需要，亦犹生葱、生蒜之于风沙地方也。只不过辣椒多吃，或不惯而乍吃后，容易使人脸红出汗，在仪容观瞻上，未免面对尊容稍感忸怩耳！生葱、生蒜则因吃后口臭，第一，在想象中似乎不宜对天神祈祷，故古者斋戒，必避五荤，五荤即葱姜韭蒜薤（也称"藠头、藠子"）也，并非如今日居士们之以血腥为荤；第二，不便迎待嘉宾。

二十一

一面夸奖中国菜，不愧为孙逸仙先生的忠实信徒，一面又诋其不卫生，则又无惭于洋人的应声虫。我前已说过，中国菜并非不卫生，乃至如半数中国人所不能吃的红辣椒，以其所含维生素及铁质甚富，而又适合卤气甚重的潮湿地方人的胃口，

亦复甚合科学，甚为卫生，所云不大卫生者，实为一般有钱人
之桌上餐耳！有钱人的食品，大都过于刁巧，过于精致，致令
食物上许多有益于人的东西，每于加工之后，丢个干净。米的
谷皮，若是全碾为糠，不留丝毫余痕，煮而成饭，粲白则诚粲
白矣，但是吃久了，却不免于脚气病。故凡害脚气病的人，大
抵不是惯吃糙米饭的穷人。为了弥补此种缺乏维生素的缺憾，
乃有于饭后调服药房精致过的细糠一盏。此新法，恰如俗话说
的"脱了裤子放屁"，何若不必考较，就吃糙米饭之较为明智
合理？如已为人众周知之无聊举动，可无论矣。至于富人所常
服燕窝，鱼翅，银耳，哈士蟆等物，穷人因为吃不起，故不敢
吃，或做梦也未吃过。纵令傲天之倖，偶然得吃，亦因其为高
贵之品也，震惊则有之，适口而充肠则未必焉。此缘穷人的
吃，主旨皆在吃得饱（生命的卫生），吃得有正味；而富人的
吃，主旨则在于滋补（胃脘的卫生），在于色香味以及形式的
技巧和美观。由前言之，为实际之需要，得之则生，不得则
死，因有种种道理可谈，由后言之，为技术之欣赏，得与不得
生死无干，已无许多至理。所谓卫生云云，非为一般而设，故
不具论。

二十二

考较吃，如何才得吃，才吃得有味道，才好吃，这可以说
是中国人的通性。自然啰，没有钱的穷人，其基本吃法，便是
见啥吃啥，主旨在一个饱字。然而待到他稍有力量，则他所要
求的，就不止一饱，而是如何弄来才有味，才不至于死板板的
一个呆样子。举例说吧，一块猪肉一把蔬菜，若将其放在美国

中等人家的主妇手上，她的作法，大约从元旦到除夕，永远是那样；肉哩，非烤即煮，以熟为度；蔬菜哩，可生拌则生拌，不生拌即以白水煮熟，要以吃得下去，合乎书本上所说，与夫能够发生若干卡路里热量为止，其最大要求，不过如见啥吃啥的中国穷人，取其一饱而已。然而要是这一块肉和这一把蔬菜。落到了中国人的中等人家主妇手上，那么，我敢担保说，至少三天就有一个变化。我们可以想象得到：第一次是白煮肉和炒素菜；第二次必然是红烧肉和肉丝炒菜；第三次必是肉菜合作。这一来，花样就多了，煨啦，炖啦，烧啦，蒸啦，甚至锅辣油红哗喇喇地爆炒啦，生片火锅般地烫一烫或涮一涮啦，诸如此类，其要求只在怎样将其变一变，而吃起来味道不同，不至于吃久生厌。从元旦到除夕，虽然这只是一块猪肉一把蔬菜，总之作出来的，绝不止是一个永远不变的味道也。为什么如此？说来简单，即是中国人对于吃的要求，在饱之外，还要求不常。而主妇们的脑经，又乐于用在此上，因为她们把这个吃字看得甚重故也。看重吃字，乃有欣赏之情绪。岂非人生之要义也欤？

二十三

中国菜之何以能传之久，传之远者，还幸亏中国人对于这类艺术尚不怎样的神秘视之，神秘葆之。中国人向来有个大毛病，即是对于所谓"道"，很愿意传授人，而且还拼命地想传授人；对于所谓"术"的技巧，即技术，进一步言即艺术，却异常悭吝，异常自私，每每秘而不传；不得已而传，也必将其顶精奥处留下来，以防弟子打翻天印时，有一手看家本领，这在技击和音乐上，尤为痼疾。在作食的艺术上，也有这类人，如西晋时，石崇家咄嗟可办的豆粥，就偏偏不肯告人。这犹可说是因他要与同时代的豪门王恺竞争，不得不尔。但如《南史》所载："虞悰家富于财，而善为滋味。宗武帝幸芳林园，就悰求味，悰献栅及杂肴数十舆，大官鼎味不及也。上就悰求饮食方，悰秘不出，上醉后，体不快，乃献醒酒鲭鲊一方而已。"这就未免太那个了！从人品上讲，虞悰不屑对权贵低头，这比起成都那个动辄以御厨自称，动辄以亲自伺候过叶赫那拉氏、又伺候过蒋中正委员长为荣的黄某，其高尚真不知到何等地步，可惜的就是虞悰未能超越那时的环境，敢于出头开一个大餐馆，将其治味之秘，公诸大众，即不尔，也应该勒成专书，让大家抄传于世，岂不更值得后人钦佩？从心胸和见识上讲，我们该责备他太悭吝，太自私，岂但不及苏子瞻（因有东坡肉作法传世）、袁子才（因有随园食谱传世）之为人，甚至连北平、成都作豆腐的查与陈，连北平作鱼的潘与吴，连广东作脍面的伊，皆远不如也。幸而中国善治味作食的人如石崇、如虞悰者，尚不多，而大都在自己欣赏之余，还高兴表暴出来，教育大众，使众人都能像自己一样地欣赏而享受。此是传艺术者之心胸，也是传道者之心胸，确乎值得我们的歌颂。

二十四

作中国菜的要诀，以及要研究中国菜之何以千变万化，我告诉你们，唯有一字真言曰：火。秦始皇嬴政的生身父亲邯郸奸商吕不韦，使其食客们所代辑的《吕氏春秋》上，便曾点明出来，曰："凡味之本，水最为始；五味三材，九沸九变，火为之纪。"水，且等说到饮字上再论。兹只言火。不过要言火，必先详知其器具，换言之，炉灶是也。除了高等华人外，一般中国人的炉灶，一如一般中国人的肚皮，也是随方就圆，见啥吃啥，从一切草一切木，直到一切煤一切炭，凡可烧者，并无择别。我们知道外国科学家就以煤的不同，炭的各异，而特为设计出种种适合煤质炭质的锅炉，中国人作饭治味的炉灶，又何独不然？他们虽画不出什么方程式，虽不明白 XY 等于什么，可是凭了需要，凭了经验，凭了常识，他们也居然能够作出经济的适应。我们且说成都吧。成都是平原地带，产煤产炭的地方都在西北百里以外的灌县、彭县，而且皆不通水道，也无铁路，虽有短短一段公路，可是用汽油用酒精的大车，连载人且不够，而又向不知道利用兽力来拉运；以前人工便宜时，多费些劳力汗水，倒不算什么，但是愈到近来，人工愈贵，而我们成都百分之二十的住户，仍然在烧着这种不经济的煤炭。因为烧炭也有条件，比如人口众多，时间较长，方划得来，无此条件的其余百分之八十的住户，便只好烧木柴了。而木柴的出产地，在一百五十里外眉山县和青神县。幸此二县皆在岷江之滨，虽是逆流上行，到底比在几十里的陆地上，纯用人力搬运的，较为便宜。却是也因运费日昂，使得七十余万的成都市民，对于必须生活费用中，最感头痛而开支最大的，就是这个燃料。成都人为了要非常经济地来使用木柴，岂但是古人所说的像烧"桂树"，而且吻合了许多田舍人家所讥讽的在烧"檀香"，确乎其然，柴是劈的那么短，那么细，那么匀，排在小巧的灶肚内的铁桥上，又那么精致；弄菜弄饭要大火时，可以一口气排上四五根，只要菜饭一熟，喊声"退火"，便立刻将柴拉出弄熄。成都人得燃料不易，故于用火亦极为考较，作饭不说了，其技之精，能在一口铁锅内，同时作出较硬较融两样米饭。即以作菜言，无论蒸炒煎炖，也极讲究火候，而尤长于文火的煨、炝、㸆、熘、焅。以成都为例，便可推而知之在烧草根兽粪的地方，用火方法又不同，作食方法自必随之而异。一言蔽之，中国之大，燃料来源各殊，炉灶不能划一，大抵只能以食品去将就火，不能全燃以火来将就食品。但大体别之，火分文武，文火者，小火也，微火也，加热于食品也渐，所需时间较长；武火者，猛火也，其焰熊熊之火也，作食极快，例如炒猪肝片，爆猪肚头，只在烈火熟油的耳锅中，几铲子便好也。无论文火武火，而要紧者端在火候，过与不及皆不可；其次，即在调味用铲，如何先淡后浓，如何急挥缓送，皆运用于心，不可言宣。故每每同一材料，同一用具，同一火色，而治出之菜公然各殊者，照四川人的说法，谓"出自各人身手"，意在指明每一样菜皆有作者的人格寓乎其间，此即艺术是也。

二十五

艺术，就免不了艺术界的通例：有派有别。所谓派，并非有东西南北地域之分，亦不在山珍海味材料之别，而是统地域，统材料，专就风格及用火方面，从大体上辨之，为家常派、馆派、厨派是也。此三派，犹一树之三干，由干而出；当然尚有大枝，有小枝，有细枝，有毛枝，甚至有旁生侧挺之庶枝蘖枝，但皆不能详论，仍止就三干略道其既焉可耳。先言厨。厨者，厨子也，法国人视作厨之艺术甚高，并建筑、音乐、绘画、裁缝等列为人生十大艺术之之一。中国古人更重视之，考于古籍，有彭铿和滋鉴味事尧，有伊尹以割烹要汤，而助天子为治的宰相，称为调羹手，即喻其能调和五味，善用盐与梅也。因其在历史上有地位，故我们在口头上辄尊称之曰：某大师傅，简称曰某师。此一派，介乎家常与馆之间，能用文火，也能用武火，也讲求色香，也讲求刀法形象，但不专务外表，同时又能顾到菜之真味，例如作笋子，就不一定切得整齐，用水漂到雪白，漂到笋味全失，他就敢于迅速地将笋剥出切好，并不见水，即下油锅。尤其与馆特殊者，因能作小菜，与家常不同者，因能调好汤。短处在好菜不多，气魄不大，勉强治一抬席面，尚觉可以，两桌以上，味道就不妙了。以前专制时代，士大夫阶级同巧宦人物，大都要训练培养一二名小厨房的厨子（也有不是外雇的厨子，而是姨太太或通了房的丫头。据说，比雇的厨子可靠，因能体贴入微，而又听说听教，决不会动辄跳槽也），除了自奉之外，还用以应酬同寅，巴结上司，或者盒奉精馔数色，或则柬邀小集一叙，较之黄金夜赠，岂不既风雅而又免于物议？此等厨子，都有其独到之处，或长于烧烤煨炖，或长于煎炒蒸溜，除红案外，兼长作面点之白案，此又分工专业之馆所不及处。凡名厨，必非普通厨子、伙房之终日牢守锅边，故其空闲较多，能用心思，其本人也定然好吃好菜，好饮美酒，好品佳茗，绝不像普通厨子、伙房成日被油烟熏得既不能辨味，而又口胃不开，临到吃，只是一点咸菜和茶泡饭。而且此等名厨，脾气极大，主人对之须有礼貌，不然，汤勺一丢，掉头便走。记得清朝光绪庚子前后，江西巡抚旗人德寿，便曾为了发膘劲，厨子不辞而去，害得半个月食不下咽。然而倘遇内行，批评中窍，亦能虚心下气，进而请益，或则犹挽起衣袖，再奉一样好菜。自从几度革命后，此等阶层已有转变，风尚所趋，亦渐不同，许多私家雇用的厨子，大都转至于馆，易伺候少数，为服务大众。不过公共会食之制未立，私门治味之习犹在，人口稍众，经济宽裕之家，依然有所谓厨子或伙房在焉。只是战火频仍，生活太不安定，征逐酒食，大多改用西餐，谁复有此空时闲心，作训练厨子雅事？故至目前此派渐衰，能执刀缕切，不动辄使用明油、二六芡者，已为上乘，无论如何实实说不上什么艺术矣。

二十六

馆是餐馆，越是人口集中的都市，餐馆越发达，越利市，四面八方的口味都有。顶大顶阔顶有为的餐馆，人人皆知，可以不谈，所欲谈者，乃中等以下之馆，及专门包席之馆耳。中等以下之馆，大多为本地口味，以成都市上者为例，在三十年前，红锅菜馆最为盛行，虽然水牌上写着蒸炒俱全，其蒸的只有烧白和蒸肉，白菜卷酥肉等；炒哩，大抵肉片、肉丝、肝花、腰花、宫保鸡丁、辣子鸡丁等。最会用猛火，即武火是也。最不会作蔬菜，有些甚至连炝白菜都炒不好。如其菜品较多，加有海味，加有鱼虾，则称之南馆，这大概是南派馆子之简称。以前，此等馆子，只能临时点菜，备客小吃，而不能备办席面。专备席面的，为包席馆。包席馆可以一次办席几十桌，专供红白喜事之用，也可精心结撰地办一桌两桌，以供考较口味者，应酬宴客，但是馆内并无起坐，只能准备好了，到人家去出菜。此两派虽历有变化，但有一与前之厨不同者，即菜单有定型，甚至刀法及放在碗内的形式，通有定型。吃一次是此味觉，吃百次还是如此味觉，所谓落套是也。此缘人人口味各殊，不能将就人人口味，只好取得一种中庸之味，使人人感到"都还下得去"而已。及至私家之厨，分人于馆，虽在菜单及口味上起了变化，多了些花样，然而久而久之，还是要落套的，其故即是厨只在服事少数人，只求馔之如何精，脍之如何细，而用钱则不计。馆哩，除了服事多数人外，而每一席的成本，终不能不有所打算也。

二十七

家常菜的味觉范围更窄，经之营之的时间更从容，故一切都与厨、馆不同，除了馆派之"纯"不能用，除能兼用之文火外（以岚炭为原料，必使火焰熊熊高出炭外数寸者，为武火，宜于煎炒煠烩，器为耳锅。亦用岚炭，而不用火焰过大，有时须专用木炭，即枫炭，即硬木如青枫、檀木等烧出者，更有专用泡木烧成之炭，名桴炭，或桴楂者，名文火，宜于煨煮焖焐，红烧清炖，器以沙的陶的为最佳，搪瓷者次之，不得已而再思其次，则点锡纯银之器差可，顶不可用者为铜与锑。据说，法兰西之煨家常牛肉汤，至今仍用陶罐，此一色菜，即曰"火煨罐"也），尤能用温火，温火之器曰"五更鸡"，成都人曰"灯罩子"，以竹丝编成，中间置燃棉绳之菜油壶，比燃煤油之"五更鸡"尤佳。举实例言之，如用温火制燕窝、银耳，可使融而不化，软而有丝；以煨鸡汤海参，则软硬之间，尤难言喻。然而前者一器，须费十小时，后者一器，须费三十小时，其软化如烂熟了的寻常的红烧肉，苟以此法此器为之，已绝非文火所做出者可比，自然更谈不到武火。即此一例，厨派、馆派如何梦想得到？

最近，报上曾载美国正在试验之雷达炉，据说：煮鸡蛋七秒钟即熟，以纸裹包饺入之，三秒钟熟，而纸仍完好，科学诚科学矣！然而未必艺术，亦唯美国人能发明之，能利用之，何也？因其距吃的艺术之宫，尚有十万八千里途，此途又非飞机可达，必须脚踏实地，一步一步地走也。然而高等华人，未必解此，据说他们已科学化了，早饭是白蒸猪肝和花旗橘子，如此的自卑自贱，还有何说？自然雷达炉子首先采用的，便是此等人了。

二十八

上面所举用温火之例，未免太贵族，其实家常菜之可贵，是不讲形式，不讲颜色，只考较香与味。比如作笋，如上面所说，馆派则难免加上一些二六芡，厨派则不用芡，但必须将其漂之至白，取其悦目，而味则无有，家常作之，乃有菜之真味。又如上面说的冬寒菜——川人以为胜于莼菜——馆派就根本不能作，若叫强勉作之，必仍油大味重，而菜未必熟。厨派作之过于精致，每每只摘取嫩苞，不惜好汤火腿口茉以煨之。好却好吃，然而绝吃不出冬寒菜之味，这就须家常作法了：连苞及嫩叶先以酱油炒之，加入米汤烹煮，不加锅盖，色自碧绿，若于沸之后，再加入生盐合度，菜既熟而微带脆意，无其他佐料，乃有清香，有真味。然而为其寒伧，只好主人自享，以为奉客，客则不悦，故为显客者，殊无此口福。不过已往士大夫之家常菜，重在精致刁巧，以求出奇争胜，故往往在大厨房之外，更有小厨房。主持小厨房者，多半为姨太太，或由太太训出之丫头，收用了为姨太太者，如西门大官人府上之孙雪娥焉。初不解为何必用姨太太，后闻人曰：凡雇用的厨子，每不可靠，学到了手艺，不是骄傲得忘其身份，就是动辄喜欢跳槽，或一跳就跳进了馆，而自立门户，于是思之思之，鬼神通之，乃有专门训练姨太太之一法。而今只有抗战太太、前线太太、接收太太——民国初出，成都尚有义务太太、启发太太，以地方色彩太浓，不必具论——已无姨太太制度，故此种封建风尚，不愁不连根拔去。得亏我们许多有识的太太们，尚未整个走出厨房，故家常菜仍得保留一部份，将来之变化如何，不可知。或许再进步后，此种古典派的艺术，便将成为历史的名词而已。

二十九

譬如为山，馆派是基层，厨派是中层，家常派则其峭拔之巅也。无论走到何处，要想得其地方风味，只到馆子中吃吃，未可也。能进而尝试一下私家厨味，庶乎齐变至鲁矣！除非你能设法吃到若干家的家常菜，而确乎出于主妇之手，或是主妇提调出来的，那才是鲁变至道，你才可以夸说登了山顶，不管风景如何，奇妙不奇妙，总之是山顶也。本此途往，便知中国菜到底算是何处好，何处更好，何处最好，何处绝好，殊不易言！何哉？以无此一人吃得遍全中国之馆、之厨、之家常，而又非常内行，起码也得像清道人之"狗吃星"一样也。无此种人，便不可表论中国菜，尤其不可作食谱；食谱或亦可作，但不可妄标科学方法，譬如说某菜煮若干分钟，今试问之：用何种火具？而火的温度，究在华氏或摄氏之若干度上？如不能表而出之，则所云科学者，只半吊子科学，亦只一知半解之高等华人信之耳。何况说到底，好的菜品，根本就不能太科学，例如利用外国机器切刀来切肉丁，你用最精密的尺子来量，几乎每颗肉丁，其六面俱相等，但是你炒熟来，却绝对没有用不科学的手，切出来的其大小并不十分一致样的肉丁好吃，何也？
盖面积大小相等了，则其受热和吸收佐料的程度亦相等，在味
觉上显出的只是整齐划一的一种激刺，而参差不齐的激刺，好
不好吃分别在于此；馆派、厨派、家常派之差别，高低亦在于
此。本此孤证，便知道一门艺术，真正说不上科学也。

三十

　　中国人对于其他生活要素，由于顶顶重要的"自由"，
大概都可模糊，有固然好，精粗美恶倒不十分计较，只要有
哩，并不一定拼身心性命以求之。独于食，那便不同了，在
川人中间，按照旧习，见面的第一句话，并非是"你过得怎
样？""你好吗？"而是"你吃了饭没有？"或曰"吃过了没
有？"而且在询问时，还带有时间性，在上午，问的是早饭；
过午，须问午饭，四川语谓之"饷午"，读若"少午"；入暮
则问晚饭，谓之"消夜"；其严格犹洋人之问早安、日安、晚
安也。其他，凡与人相交接，团体与团体相交接，大至冠婚丧
祭，小至邻里往返，庄严至于纳贡受降，游戏至于"撒烂"打
平伙，甚至三五小儿聚而拌"姑姑艺儿"——黄晋龄的餐馆
名，引用为"姑姑筵"，亦通——无一不有食之一字为其经
纬。笔记载：以前漕河总督衙门，顶考较吃了，诸如吃活猴
脑，吃生鹅掌，一席之肴，可以用猪八九头，每头只活生生地
取肉一块，余皆弃之。这种暴珍之处，姑不具论，甚至一席之
肴，必须吃到三整天方毕，这真可以表现中国人好吃的整个性
格，而且不吃不行。乡党中许多事故，大都由于不具食而起，
谓人悭吝，辄曰：某人是不肯请客的，"要吃他么？除非钉狗

虫！"言之痛切如此，甚至"破费一席酒，可解九世冤；吝惜九斗碗，结下终身怨。"可以说，中国人对于吃，几乎看得同性命一样重，这不但洋人不能理解，就是我们自己，亦何尝了解得许多！

三十一

中国人只爱重视吃，而孙逸仙先生也不惜称之赞之。但是就各文明国家说来，却顶不平等，而阶级性带得顶强烈的，也是中国人的食。别的一切倒姑且不举，只请你们——读者先生们随处留心瞧瞧吧！是不是从古至今，从这儿到那儿，都有点"朱门酒肉臭，路有饿死骨"的诗味儿？如其有，这就是中国，而且也是现代的中国。然而在讲究命定的中国人来说，并不认为这是社会的不平等，与乎有什么阶级，跟美国人，尤其是苏联人的讲法不一样，这般中国人的解释，则全是归于命，可以傲然曰："我之吃得好，是我的命好，换言之，即我之福气好也！"吃有吃的福，即所谓口福是也，大抵都是命中注定，不可非分希冀，亦不可妄自菲薄。于此有二例焉，都是说了出来，便可令你们咬菜根的，甚至吃观音土的穷汉心安而理得焉。

其一例：在若干无聊文人的笔记上载得甚多，无非是某达官某贵人也者，平生好吃什么什么，总之，吃得多，而且吃法出奇。考其所以然，原来某人少年时，就曾做过一梦，梦见有了许许多多东西，据说全是他的口粮，非吃完了，不能寿终正寝，于是仍然吃之，"颠沛必于是，造次必于是"者，贵人之口福然也。

其二例：亦见于什么文人的笔记，云：有一泥工在一富室工作，日见主人食必四盘八碗，而皆少尝辄止，乃喟然叹曰："暴殄哉，若人！设以我当之，必餐足焉！"主人闻之，乃令庖人具食如常倍之，邀泥工共盘餐，谓曰："尽尔量，勿拘礼教！"泥工啖之露盘底，余汁亦必啜尽。不一周，食渐减，迨后，乃对食颦蹙，若不胜苦楚。主人笑劝之。工曰："真不能下咽，强之，胃不纳，必哇出乃快。"于是主人大噱曰："我早知尔必如此，尔岂不闻人各有其口福哉？……"

有钱人仗此福气，故敢大吃特吃，吃到发生胃病，丝毫不怨。而一般民众，纵即隔朱门而嗅到肉香，甚至回味黎藿而馋至口角流涎，亦丝毫无此怨尤者，诚自知无此福气故也。得方定命论，于是中国人至不平等之食单，乃能维持于不败。

三十二

中国人的菜单，从品质上讲，确实越到晚近越是进步；但讲到吃起来的形式，恰相反，越到晚近，倒越简朴得不成名堂。在昔，我们原是讲究礼貌的，讲究排场的，考之三礼，斑斑可见。就是士大夫平常服食的方式，在《论语·乡党》篇也载得颇详细，但是一到革命生活情形变了，譬如，汉刘邦业已从马上抢得天下，而一般从龙的臣子，尚能在金銮宝殿上大吃大喝，大呼大叫，甚至于毛手毛脚，拔剑砍柱，但生活安定了，礼貌排场便随之而兴。倘把十月革命后的苏联人的废除礼貌运动，及至十余年来，苏联在外交酬酢上的节仪思索一下，更可证明中国从前的那种对于饮食的排场，实是跟社会经济的安定与否有绝大的关系。我们现在只重实际的吃，不重形式的吃，是从清朝末年，宴客改用圆桌时就兴起了。愈到后来，愈是简朴，一张大圆桌，一次可以请上十六位佳宾，而且纵然在某些必须讲究礼节的场合中，也可大打赤膊，表示豪放。一直到现在，这种不拘的形式，说来好像是中国所独有。不过近年盛行的洋式鸡尾酒会，却也表现出繁重的洋式外交宴会，也渐渐从庙堂风、沙龙风，而趋于乡野风了。时代大轮随时在向前滚动，此即中国古代《易经》的大道理：豪杰之士，明顺逆，知时务，便能操纵之，创造之，自己更新，与人更始，丢了旧的，成功一个新的。而非豪杰之士，才会时时想到持盈保泰，巩固他非法的既得利益，拼命迷恋骸骨，歌颂骸骨，并且时时提倡些什么本位，什么运动，其实只显得糊涂而已。试问他：请客时还能不能用八仙桌子？还能不能摆上二十围碟的大席面？还能不能吹吹打打音尊候教？至少，还能不能穿起大礼服，用包金的象牙筷恭恭敬敬去奉贵宾一枚清汤鸽蛋？

三十三

汉朝人有句挖苦暴发户不懂得穿、吃艺术的成语："三世长者，知服食。"后世，将其译为白话，便成为，"三代为宦，才知穿衣吃饭。"虽也有点道理，但舍艺术而就形式论，还是经不住谈驳也。三世之岁月，不能不算久矣，倘以中华民国建元以来说，三十五年又两个月，尚不过一世多点，其间变动而不居的情形，则如何？小的不论，先看大的：袁贼世凯，强奸舆论，费了九牛二虎之力，丧尽祖先一十八代的德，不过想把时代向后挪一挪，将中华民国的民字，改为帝字而已，他成吗？张贼勋只管做了民国贪财好色的武官，老留着一条油光发辫，自以为愚忠砥柱，在民国六年时，把溥仪捧出来，不过浑水摸鱼，自己想当几天军机大臣而已，他成吗？历历数来，如此违反时潮的大事尚多，一直到目下，还像灰里余烬般，一伙非法的既得利益者，犹汲汲然在作扭转乾坤的努力，不管这伙人声势多大，手法多新，说的话多巧，你能担保他们都成吗？苟一切不成，则知三世相传的老形式，实在不能原封原样地保留它。即进而论到艺术，那也不是一成不变的，例如：祖老太爷时代，吃白水豆腐的蘸料，仅仅是温江白酱油里面加一点红油辣椒，加一点葱花，再多哩，加一点蒜泥，吃起来，已算了不起的美味了。然而到老太爷时代，就变了，不知不由地在这蘸料中，还要加一点芝麻油，或是芝麻酱，或是炒熟的芝麻，才感觉要这样，味道才好，前一代的人未免太单纯了。然而到老爷时代，交通方便，市面上有了洋广货品，而老爷又有了点半吊子的科学脑经，同一样白水豆腐，但蘸料却大变了，首先被革命的，便是红油辣椒和蒜泥，被认为过于激刺肠胃，不卫生，而代之的，乃是湖南的菌油，广东的蚝油，或竟是西餐上的德国"麻鸡"，法国的"鬼布"——按此必是穿过西装，能稍说几句洋话之新式老爷——你以为到此就止了步吗？然而不然也，到了现在的少爷时代，又变啦！首先，白水豆腐就改名号，被名为"老少平安"——此乃广东馆菜单上之芳名——蘸料哩，倘若少爷出过洋，尤其是到英美两国去看过洋景致的，他的办法很简单，不然，就根本不吃白水豆腐，而只吃洋国的"鸡丝"——译音，即"岂士"，即奶饼，已见前考——或只吃蒸得半生不熟的猪肝，搭两枚美国橘子；不然就根本不用蘸料，光吃白水豆腐，顶多加一点生盐；倘若少爷还讲究口腹的话，则蘸料中间必加入日本的"味之素"，爱国的则为天厨味精之类，以及峨眉或清溪的花椒油。请想，光是蘸料配合一项，就跟着时代发生了偌大而偌多的变化，你能老抱着三世以前如何如何，来评论现代，而迷恋骸骨，歌颂骸骨，大大兴起九斤老太之一代不如一代之感吗？所以我说，苟不着眼现代，而徒然提倡什么名为新，而其实是旧得不堪的什么生活方式，那简直是大种糊涂虫，更谈不上中国人的食也！

三十四

中国菜的作法，是随着时代在改进，此可颂道者也。而吃的形式，也是随着时代在改变，此则有可论说之处。不过，我论说的主旨，得先声明：我绝对不赞成复古，或是泥古，像中国以前那种吃的形式，只可说是为了虚伪的礼貌，而太蔑视吃的事实。比方说，在大宴会时，席面是一百多样，水陆俱备，作法齐全的满汉大菜，而主要吃的人，却是一人一桌，顶寒伧的也是六人一桌的开席。每一样菜端上来，必须主人举箸相让，客人始能拿起筷子，大约讲礼的每菜只一箸，主人再让，可以再来一下。因此，笔记上乃载有裴文达公吃了一整天满汉全席，竟至不能饱的叙述。即寻常专讲应酬的人们，在乡党间极可脱略的宴会上，也往往吃了全席回家，还要捞一碗茶泡饭。像这样，只可说是暴珍，哪能说得上享受？此犹可说宴会之义，本意在吃，吃多了，显得穷相，不斯文。所以至斯文之女客，乃有吃得少，检得多之诮。女客走时，取各人面前茶碟中所堆积者，汇为一处，谓之曰聚珍，又曰：万仙阵。盖缘主人每菜所亲奉者皆为珍品，而客人则为礼貌所拘，又未便取食也。即在小布尔乔亚之日常食桌上，父子夫妇，兄弟姊妹，姑嫂妯娌，伯叔娘婶之间，亦复有许多只顾礼节，而实在说不到享受之处。每每上好的菜，亦为了礼节，长者纵只下一二箸，小辈虽然馋到眼红吞口水，设若长辈不打招呼，仍然只好撤下桌去，让用的人吃。于是小房间中，乃有私房菜之兴起，本来和气一团的人家，可以因了一点菜，弄到很生疏，甚至引起争执。像这样，我就宁可称颂一般大多数平民之蹲住一块，各捧着一碗白饭，共同享受着一样菜，或两样菜而吃得嘻嘻哈哈的方式。你以为大家的筷子搅做一团，没有三推五让的节仪调乎其间，便会因为半箸不匀，遂红眉毛、绿眼睛地抢起来，打起来，那么你只管放心！我们全中国三亿六千万的平民——以最近内政部公布的全中国人四亿五千万打八折，系根据一般说法，中国农民占人口百分之八十，照愚见，农民大概可算是小布尔乔亚阶级以下的平民了吧——很少听见为了争半箸菜，而在坚苦的抗战十四年以后，还挽住领口，又吐口水，又诀娘骂老子的吵打一年而不歇的。而且相反的，任凭你有什么了不起的道理，也不许在吃饭时候理论，更不许说毛了就出手打人。一出手便错，理由是："天雷也不打吃饭人。"

三十五

中国平民之捧着一碗白饭，不一定要有桌子板凳，随蹲随站地吃，诚然较之小布尔乔亚阶级以上的人，吃法简朴天真，比起专讲虚伪的礼貌，固自值得颂道了，可是在态度和情绪上，还是有问题。其问题，在光是有了不得不已而吃它呢？抑或为了人生要素的享受？由前而言，那不过一任本能的冲动，犹之中国之打内战，无论如何说法，总难抬出一个使人心服的理由。由后而言，这来头就重大了，不管人生的意义在哲学上如何讲解，要之，不吃既无人生。粗浅地说吧，一日二日不吃，尚可也；三日四日不食，起码就精神萎靡。倘不出于自动的绝食，已经是社会问题；如其不出于自动绝食的人数上了一大群，那可了不得！不但成了政治问题，而且也成了国际问题。中国理学家只管奖励人"饿死是小事"，但是苏武老爹在贝加尔湖饿得用毡子裹着雪嚼，也还未曾受多大的责备，并且理学家前辈的儒家，到底不能不恭维法家管仲的说法："衣食足而后知礼义，仓廪足而后知荣辱，"以今为证，在河南、湖南、山东、河北一些饥馑地方，要是不用物质去救济，你纵然将上海用霓虹灯照的"礼义廉耻"四个字扛了去，再请会弄黑白的宣传部长天天舌敝唇焦的广播，教训了再教训，辱骂了再辱骂，诬蔑了再诬蔑，恐骇了再恐骇，而其结果，还只是一个乱字。但是"一吃而安天下"，张道陵的后裔，凭了汉中的米，可以成为宗教；李密凭了陈仓的米，可以建立瓦岗寨，你想吃之于人，何等重要！而且吃一顿饱饭，顶多只能管八小时，又不比衣服，作一件可以抵挡相当久的时日，因此，这意义，又更重要了。如其逐日吃得停匀，吃得好——即是说营养够了——则红光满面，精神饱满，气力充实，不说别的，就用来打内战，也理直气壮得多呵！所以古人才说："民以食为天"；所以孔夫子之许可子路，亦以其在"足兵"之先，提出了个"足食"；所以征实敝政，只管大家都晓得，一年当中，从入仓到船运，不知糟蹋了若干粮食，引坏了若干人心。然而当局宁可屡失大信于民，仍要征……征……征……！

三十六

上来所言不免过于啰嗦，而且野马跑得太远，如单就吃的态度与情绪说吧，中国古人对于吃，原是认真的，为了鼎尝异味，可以翻脸弑君。因此，先王欲以礼节之，不图矫枉过正，其归结是，认真的情绪竟为礼貌淹没了，而流于虚伪的应酬，流于暴殄。自清末季以来，礼乐不作，衣冠未制——此理言之太长，如其将来有兴写到谈中国人的衣冠娱乐，再细说吧——在吃的方式上，乃得返于简朴，于是，一般人的情绪，也才渺渺地认真起来。李梅庵清道人之"道道非常道，天天小有天"，梁鼎芬之被名为"狗吃星"，都是认真的表现。然而说到态度，则不免由超脱而流为苟且，脱，即四川话之"骚脱"，普通话谓之不拘，尚可也，以其情绪论近乎认真，并不是见啥吃啥，捞饱作数；至于苟且，那便是为了不得已而吃，甚至为了对付肚皮而吃的，其情绪出于勉强。兹借两个故事说明，以免言费：其一，是一位到过法国的仁兄，叙说他亲眼看见的一件事。时为一千九百二十一年，地点在法国南部某城，事情是：一个乞丐模样的中年人，当正午十二点半钟，全城人家应该吃午饭时，这位乞丐先生遂也坐在一座大理石纪念碑下的，挺宽而挺平的石阶上，面前铺上一块白布，随在全身衣袋中，摸出了许多油纸包的东西，极有秩序地摆设起来，有黄油，有果酱，有黄莎士拌好的生菜，有干牛脯，有干鳖鱼，有两块大面包，有两瓶红葡萄酒，也有刀叉，也有一只小瓷盘。一切摆好之后，才舒适地坐好了，把当天的一份报纸展开，既富于礼貌，而又旁若无人地旋看报，旋用起午餐来。那位一直在他旁边窥伺过的异国仁兄，不由向我感叹说："他竟然具有在他公馆的大餐厅里用餐的气概，那种安然享受的情绪，真动人！"其二，是在民国十八年秋冬之交，不知因了一桩什么事情，得以参加卢作孚先生北碚峡防局内一次盛大的聚餐，那时，并非兵荒马乱，而聚餐的人，也大都是有教养的，有素修的小布尔乔亚一类的人士，而且菜也相当考较，饭也是洁白的。但是吃饭的人却都站在桌边，从卢先生起，一举筷子，全牢守着"食不语"的教条，但闻稀里哗啦，匙箸相击，不到十分钟，这顿盛大的聚餐便完毕了。我当时不胜诧异，何以把聚餐也当作打仗？而卢先生的解释，则谓：人要紧张的工作，一顿饭慢条斯理地吃，实无道理可说，徒以养成松懈的习惯，故不能不改革之。呜呼！吃为人生大事，只顾捞饱作数，而不以咀嚼享受的情绪出之，此苟且之至，可乎？

三十七

一直到今日，可说一般中国人在吃的方式和态度上，简朴是很简朴了，认真也很认真了，只是嫌其不甚了解吃于人生的意义，而往往过于苟且，除了正正经经的大宴，稍存雍容的礼貌外，无论大布尔乔亚、小布尔乔亚，乃至平民——我只承认中国有世家，而不承认有贵族。由于历史太长，代谢频频，一切阶级，颇难维系。在目前，老实说吧，只有的是既得利益阶级和贫穷阶级而已——对于吃，只能说是暴殄与捞饱作数。至于作为有意义的享受，那真说不上。我诚心恭维中国菜，我不赞成半吊子的科学化，我尤不赞成提倡大众菲薄的吃，像平民之弄到吃观音土，吃自家的儿女；兵士弄到吃泥沙和发霉的"八宝饭"，那真可说不成为国家。执政者苟有丝毫良心，何能口口声声，专门责备人民的不对，而自己便显得毫无责任似的！我的意思，愿意四万万七千万的大众每顿都有肉吃，每顿都有叫洋人看了而羡慕的四菜一汤吃饭；更祷告：燕窝、鱼翅等珍贵之品，每一个月，要有一二次作为平民大众桌上佐餐的菜；而牛奶，不光是给与贵妇人去洗澡，即穷乡僻壤的小儿，每天都能分享半磅。尤其重要的是，平民大众的食桌上都能有一瓶花；虽然不必都照西餐的办法，各人吃一份，但碗盏杯盘总得精巧而光致。更根本的，则在吃的时候，大家都能心境坦然，不把这事当作打仗，当作对付，也无须要感谢什么神、什么人之赏赐我们一饱，而确实认得清楚这是人生的要义，非有享受的情绪不可。无谓的礼貌可以不必，而雍容的态度则不可不有。

像这样，庶几中国太平！要打仗，也可以认认真真地打呵！

成都的一条街

李劼人

　　我要讲的成都的一条街，便是现在成都市人民委员会大门外的人民南路（按照前市人民政府公布过的正式街名，应该是人民路南段，但一般人偏要省去一字，叫它人民南路。这里为了从俗，便也不纠正了）。

　　要说明人民南路的所在，且让我先谈一谈旧成都的形势。

　　目前正在带动机关干部、部队、学生、居民、农民，分段包干拆除的旧城墙，是一个不很整齐的四方形。据志书载称，周围二十二里八分。因为从前的丈尺略大，最近据成都市城市建设委员会测量出来，是二十四里二分多（当然是华里）。又志书载称，这城东西相距九里三分，南北相距七里七分。

　　成都说起来是个古城市。若果从战国时候秦惠王灭蜀国、秦大夫张仪于公元前三一〇年开始建筑成都城算起，它的确已有二千二百六十八年的历史。但是，成都城随着朝代的变更，它也变了无数次，始而是大小两座城，继而剩下一座城，后又扩大了变为二重城、三重城，后又变为一座完整的大城。今天的规模，是唐僖宗乾符三年（公元八七六年）高骈作西川节度使时建筑唐城的规模。可是现在拆除的城墙，不但不是八世纪的唐城，也不是十三世纪后半期的明城，甚至不是张献忠之后、清朝康熙四年（公元一六六五年）所重修的城，而实实在在是在清朝乾隆五十年（公元一七八五年）彻头彻尾用砖石修成，算到今年仅止一百七十三年，并非古城。

成都位置，偏于川西大平原的东南，地势平坦。当初规划城市时，本可以像北京市街一样，划出许多正南、正北、正东、正西的区域来的。但是不知为了什么原故，城内街道全是西北偏高、东南偏低的斜街。我们把成都市旧街道图展开一看，便看得出，只有略微偏在西边一点、大致处于城市中心的旧皇城，是端端正正坐北朝南的一块长方形。

旧皇城，一般人都误会为三国时代刘备称帝的故宫，其实不是，它是唐末五代、前后两个蜀国在成都建都时的皇城。这地方，经过宋元两朝的兵燹，不但城垣宫殿早已无存，就连清人咏叹过的摩诃池，也逐渐淤为平陆，变成若干条街巷。到明朝第一代皇帝朱元璋册封他的第十一皇子朱椿为蜀王，为了使朱椿就藩，于洪武十八年（公元一三八五年）才在前后蜀国修建过的宫垣基础上，更加坚固、更加崇宏地造了一座和当时南京皇居相仿佛的蜀王宫。蜀王宫的规模很大，几乎占去当时成都城内总面积的五分之一。宫殿圆囿之外，有一道比大城小、比大城狭的砖城，名宫城。一道通金河的御河，围绕四周。御河之外，还有一道砖城，叫重城。宫城前面是三道门洞。门外是广场，是足宽一百公尺以上的御道。与门洞正对，在六百三十余公尺远处，是一道二十余丈长、三丈来高的砖影壁，因为涂成红色，名为红照壁。在门洞外二百五六十公尺的东西两边，各有一座高亭，是王宫的鼓吹亭，东亭名龙吟，西亭名虎啸。明朝藩王就藩后，虽无政治权力，但以成都的蜀王宫来看，享受也太过分了。这王宫，到明朝末年（公元一六四四年），张献忠建立大西国，在成都即位称尊，改元大顺元年时候，又改为了皇城。不满两年，张献忠于公元一六四六年，统率军民离开成都，皇城内的一切全被烧毁、破坏，剩下来的，就只一道宫城、三道门洞，以及门外横跨在御河上的三道不很大的石拱桥（比横跨金河上的三桥小而精致）。十九年后（是时为清朝第二代皇帝玄烨的康熙四年），四川的政治中心省会，由保宁府（今阆中县）移回成都。为了收买当时的知识分子，开科取士，又将废皇城的部分地基（前中部的一部分），改建了一座相当可观的贡院。一九五一年被成都市前人民政府加以培修利用，作为大小会议场所的至公堂、明远楼，就是这时候的建筑物。

从我上面所略略交代的历史陈迹看来，这地方，实实应该叫作明蜀王故宫，或贡院。本来在门洞外那条街，早已定名为贡院街的。但是百余年来，人们总是习惯了叫它作皇城，把门洞外的一片广场叫作皇城坝，习惯真是一件可怕的事情！

现在我所介绍的这条街——人民南路，便是从旧皇城门洞（今天应该正名为成都市人民委员会大门）向南，六百三十余公尺，到红照壁街的一段，恰恰是明蜀王故宫外整整一条御道。不过今天的人民南路宽仅六十四公尺，比起三百年前的御道，似乎还窄了一些。这因为在一九五二年扩建这条街时，曾于东御街的西口、西御街的东口，在积土一公尺下，把那两座鼓吹亭的石基挖出，测度方位与距离（横跨在金河上的三桥，也是很好的标准），看得出，当时的御道，应该有一百公尺以上的宽度。

这条人民南路，以现在成都市的市政建设规划来说，恰好处在中轴线的中段。这条中轴线，向北越过旧皇城，经由后载门（现在街牌上写成后子门）、骡马市、人民中路、人民北路，通长四公里（从人民南路的北口算起），而达今天的宝成铁路、成渝铁路两线交会的成都火车站，可能不久时将改称为北站。因为现在从人民南路南端红照壁起，已新辟一条通衢，通到南门外小天竺，不久，还要凭中通过四川医学院（原华西大学），再延伸四公里，直抵成昆（成都到昆明）铁路起点车站，也可能将来会改称为南站。由人民南路北口到成昆铁路起点站的黄家埝，有六公里。将来这条联系南北两车站的中轴线为十公里。请将我所说的距离想一想，现在的人民南路，岂不恰恰处在中轴线的中心一段吗？

在这条中轴线的南段，即是说在今天的人民南路之南，将来是会出现不少的崇丽宏伟的大建筑的。今天的人民南路，仅只在东西御街街口以南摆上了一些大厦，如新华书店、人民剧院、百货商店等。旧社会的卑鄙窳劣，几乎等于棚户的房屋，尤其在北段地方，还遗留得不少，当然，不久的将来都会拆除改建的。

人民南路的北段，不像南段布置有街心花圃。这里是每年五一、十一两个大节日，广大群众为了庆祝佳节而集会的场所，旧皇城门洞，这时恰好就作为一座颇为适用的检阅台和观礼台。按照城市建设规划，这地方将来还要向东、向西、向南拓展若干公尺，使其成为一片名符其实的广场。

人民南路的兴建，它向成都人民说明了新社会的可爱；它增强了成都人民对美好远景的憧憬，也增强了成都人民对社会主义建设的信念。不要看轻了这条街的兴建，它确实具有很浓厚的政治意义的！

这里我应该谈一谈人民南路的前身了。

我前面所说的贡院，从清朝末叶废科举之后，它就几经变化：清朝时候是几个高、中学校兴办之所；辛亥革命（公元一九一一年）是军政府；其后是督军公署；是巡按使和省长公署；再后又是高级、中级学校汇集地方。抗日战起，学校迁走，起初是无人区域，其后便成为贫民窟。解放后，成都市人民政府于一九五一年迁入（仅占旧皇城的四分之一，其余地方作为别用，不在此文范围之内，便不说它了）。为了要利用至公堂，特别在新西门外修了一片人民新村，光从至公堂上迁走的贫民，差不多就上百家。几十年间，御河已经淤为一道臭阳沟，不但两岸变成陋巷，就河床内也修了不少简陋房子。至于宫墙，那是早已夷为旱地，不用说了。

四川督军公署

旧皇城门洞外直抵红照壁的那条宽阔御道，在清朝时候，便已变成了三条街道。北面接着皇城坝。南面到东西御街口的一段，叫贡院街。这条街，是废科举之后才修起来。科举未废之前，因为三年必要开一次科（有时还不要三年），要使用这地方，在平时只能容许人民，尤其聚居在这一带的回族人民搭盖临时房子，要用时拆，不用时再搭。科举既废，再无开科大典，这条街因才形成而固定下来。

这条街的特色是，卖牛羊肉的特别多。因为上千家的回族人民聚居在四周，所以这里便成了回民生活上一个重要的交易场。除了牛羊肉外，几乎所有的饮食馆都标有"清真"二字。

贡院街之南一段叫三桥正街。三桥，便是横跨在金河上的三道砖石砌成的大桥。这桥的建造，可能还在明朝以前。但构成三桥那种规模，却与明蜀王宫的修建同时。若照三道桥的宽度来看，是可证明从前御道很宽。但是到清朝后期，这里变成街道，街道的宽度，就比中间一道桥的桥面还窄。六十年前，成都有句流行隐语，叫"三桥南头的石狮子——无脸见人！"意思便是三道桥当中一道桥的南头的一对大石狮，早已被民房包围，等于石狮躲进人家，无脸见人。街道比桥面窄，因此桥面的两旁，也被利用来做了卖破烂、卖零食的摊子。

三桥正街之南一段，正式名字叫三桥南街，一般人却叫它为"韦陀堂"。原因是这条街的西边有一座韦陀庙宇，街的东边，本来是一座戏台和一片空坝，辛亥年以后，也变成了一条窄窄的小街。

再南便是红照壁。六十年以前，照壁跟前不过是些棚户，清朝末年，照壁跟前成了一条街，所谓照壁，早已隐在店铺的后面，不为人知。一九二五年才被当时反动政府发现，以银洋一万元的代价抵给当时的商会，拆卖得一干二净。

今天的人民南路，宽度六十四公尺（三桥也联成了一片路面），不但有街心花圃，不但有行道树，而且是柏油路面，它是中轴线上的通衢，它也是人民集会的广场。今天看来，它是何等壮阔，足以表现新社会人民的雄伟胸襟。然而它的前身，却原是那么污糟的三条街！可惜那些旧街景的照片已难寻觅，是请伍瘦梅画家默画出来。请看一看那是何等可怕的一种社会生活！

不过今天的人民南路还在变化中。它将随着社会主义社会的建设，而一年一年地变。肯定地说，它将愈变愈雄阔，愈变愈美好。现在我所叙说的人民南路，还只限于一九五八年秋的人民南路。

一九五八年十一月八日写完

选自《李劼人全集》（第7卷），四川文艺出版社2011年9月版

成都城也有别号

李劼人

一人一名。这是近几年来，因了编制户籍，尤其因了在财货方面的行为，便于法律处理，才用法令规定的。行得通否，那是另一问题。

中国人从"书足以记姓名"起，每一个人的称谓，就不止于一个。例如赵大先生，在他的家谱上是初字派，老祖宗在谱牒上给他的名字叫初春，字元茂。到他学会八股，到县中小考时，自嫌名字不好，遂另取一名叫德基，是谓学名，或称榜篆，除谱字元茂外，又自己取个号，叫启成。后来进了学堂，并且还到日本东京留了八个月的学，人维新了，名字当然不能守旧，遂废去德基、元茂，以肇成为名，另取天民二字为号，同时又取了两个别号，一曰啸天。一曰鲁戈。后来做了县知事，还代理过一任观察使，觉得新名字和别号都过激了一点，于是呈请内务部改名为绍臣，号纯斋。中年以后，转入军幕，寄情文酒，做官弄钱之外，还讲讲学，写写字；讲学时，学生们呼之为纯斋先生，写字落款，则称乐园，乐园者，其公馆之名也。据说，公馆的房子倒修得不错，四合头而兼西式，但是除了前庭后院有几株花树外，实在没有园的形迹。近年，赵大先生渐渐老了，产业已在中人之上，声誉著于乡里，儿子们不但成立，还都能干，大家更是尊敬他，称之曰纯老，纯公，或曰乐园先生。总而言之，统赵老大一生而计之，除了写文章用的笔名，除了不欢喜他的人给他的诨名而外，确确作为他的正经的名称，可以写上户籍，以及财产契约上，以及银行来往户头上的，便有赵初春、赵元茂、赵德基、赵肇成、赵天民、赵啸天、赵鲁戈、赵绍臣、赵纯斋、赵乐园，足足十个，还不必算入他的乳名狗儿、金生两个，与夫三个干爹取的三个寄名。

中国人名字太多，遂有认为是中国人的恶习。我说，不，中国人的恶习并不在名字之多，而在生前之由于崇德广业，以地名人，如袁世凯之称袁项城，冯国璋之称冯河间，和以官名人，如李鸿章之称李宫保，或李傅相，如段祺瑞之称段执政，甚至如章士钊之在《新甲寅杂志》上之寡称执政；至于死后之易名，只称谥名，无数的文忠，无数的文正，无数的文襄，这才是俗恶之至。

名字多，倒不仅只中国"人"为然，一座城，一片地，一条街，也如此；有本名，有别名，有古名，有今名，还有官吏改的雅名，还有讹名。

成都南城，由老半边街东口通到学道街的一条小巷，本名老古巷，一音之转，讹成了老虎巷；从前的成都人忌讳颇多，阴历的初一十五，以及每天大清早晨，忌说老虎鬼怪，不得已而言老虎，只好说作"猫猫儿"，而土音则又念作"毛毛儿"；原来叫老虎巷的，一般人便唤之为毛毛儿巷。东门外安顺桥侧的毛毛儿庙，其实也就是老古庙。少城内有一条街，在辛亥革命以前，少城犹名为满城时，此街叫永安胡同，革命后把胡同革成了巷，改名叫毛毛儿巷（即猫猫巷），到一九二四年（即民国十三年），四川督理杨森尚未经营"蓉舍"以前，曾卜居此巷，于是随员副官和警察局员都紧张了，他们联想力都很强：毛毛巷即猫猫巷，即老虎巷，杨、羊同音，杨督理住在毛毛巷，等于羊入虎口，不利，幸而杨森那时还带有一个什么威字的北洋政府所颁赐的将军名号，于是才由警察局下令将巷名改过，并升巷为街，改为将军街焉。

一条街，有本名，有别号，而且也有其原委。一座挺大的城，难道就不吗？当然，城，也如此，有它的别号，例如成都。

成都，这名称，据《寰宇记》讲来，颇有来历。它说："周太王迁于岐山，一年成邑，二年成都，故名曰成都。"意若曰，成都这城，建立不久居民就多了起来。这名字是否该如此解，暂且不管它，好在它与人一样，本名之外，还有几个别号，读读它的别号，倒满有意思。

目前顶常用的一个别号叫芙蓉城，简称之曰蓉城，或曰蓉市，一如今日报纸上常称广州为穗城，或穗市一样。

芙蓉，本应该唤作木芙蓉，意即木本芙蓉，犹木棉一样，用以别于草本芙蓉和草本棉花。草本棉花之为物，我们不待解释即知，而草本芙蓉，大约已经没有更多的人知道即池塘中所种的荷花是也。荷花的名字颇多，最初叫芙叶，一曰芙蓉，古诗云：涉江采芙蓉，即涉江采荷花；唐诗云：芙蓉如面柳如眉，即是说杨玉环之脸似荷花，也如说四川美人卓文君的美色一般。大约即自唐代起，才渐渐把木本芙蓉叫作芙蓉，草本芙蓉便直呼之为荷花，为莲，为藕花，为菡萏去了。

芙蓉城的来历如何呢？据宋朝张唐英的《蜀梼杌》说，则是由于五代时，后蜀后主孟昶于"城上尽种芙蓉，九月间盛开，望之皆如锦绣。昶谓左右曰：'自古以蜀为锦城，今日观之，真锦城也！'"这只叙述芙蓉城的来源。另外一部宋人赵林的《成都古今记》，就稍有渲染地说："孟蜀后主于成都城上遍种芙蓉，每至秋，四十里如锦绣，高下相照，因名锦城。"

木芙蓉一名拒霜，叶大丛生，虽非灌木，但也不是乔木，其寿不永，最易凋零；在孟昶初种时，大约培植得还好，故花时如锦，高下相照，但是过些年就不行了。明朝嘉靖时陆深（子渊）的《蜀都杂钞》便说："蜀城谓之芙蓉城，传自孟氏。今城上间栽有数株，两岁著花，予适阅视见之，皆浅红一色，花亦凋瘵，殊不若吴中之烂然数色也。"同时另一诗人张立，咏后蜀主孟昶故宫的一首七言绝句，也说："去年今日到成都，城上芙蓉锦绣舒，今日重来旧游处，此花憔悴不如初！"岂不显然说明在南宋时，城上芙蓉已经是一年不如一年？自此而后，所谓芙蓉城，便只是一个名词罢了。大约这种植物宜于卑湿，今人多栽于水边，城墙比较高亢多风，实不相宜，故在清乾隆五十四年，四川总督李世杰曾经打算恢复芙蓉城的旧观，结果是只在四道瓮城内各剩一通石碑，刊着他的一篇小题大做的《种芙蓉记》；民国二十二年拆毁瓮城，就连这石碑也不见了。幸而文章不长，而且又有关于城墙历史，特全钞于下，以资参考。

李世杰《成都城种芙蓉碑记》：

考《成都记》，孟蜀时，于成都城遍种芙蓉，至秋花开，四十里如锦绣，因名锦城。自孟蜀至今，几千百年，城之建置不一，而芙蓉亦芟薙殆尽，盖名存而实亡者，久矣。今上御极之四十八年，允前督福公之请（按：福公即福康安，在李世杰之前的四川总督），即成都城旧址而更新之，工未集，适公召为兵部尚书。余承其乏，乃督工员经营朝夕，阅二年而蒇事。方欲恢复锦城之旧观，旋奉命量移江南，亦不果就。又二年，余复来制斯土，遂命有司于内外城隅，遍种芙蓉，且间以桃柳，用毕斯役焉。夫国家体国经野，缮隍浚池，以为仓库人民之卫，凡所以维持而保护之者，不厌其详；而况是城工费之繁，用币且数十余万，莅斯土者，睹此言言仡仡，宜何如慎封守、捍牧围，以副圣天子奠定金汤之意！然则芙蓉桃柳之种，虽若循乎其名，而衡以十年树木之计，则此时弱质柔条，敷荣竞秀，异日葱葱郁郁，蔚为茂林，匪唯春秋佳日，望若画图，而风雨之飘摇，冰霜之剥蚀，举斯城之所不能自庇者，得此千章围绕，如屏如藩，则斯城全川之保障，而芙蓉桃柳又斯城之保障也夫？是为记。乾隆五十四年五月立。

　　另有一个别号以前常用，现在已不常用，锦官城是也，简称之曰锦城。这也和广州的另一别号一样，以前叫五羊城，简称之曰羊城，而今也是不常用之。

　　锦官城原本是成都城外相去不远的一个特别工业区的名字。据东晋蜀人常璩的《华阳国志》说，夷里桥直走下去，"其道西，城、故锦官也。"另一东晋蜀人李膺的《益州记》说得更为清楚："锦城在益州南，笮桥东，江流南岸，昔蜀时故锦官处也，号锦里，城墉犹在。"益州，查系汉武帝元封二年（公元前一〇九年）分牂柯郡的一部分加于蜀，故谓之益，益者加也，一曰益者隘也，现在由陕西宝鸡县南渡渭水，相距四十华里之益门镇，古称隘门，即就一例云。汉晋之益州即今日之成都，"在益城南"即在成都之南。所说锦城方位，与《常志》同。略异者，只《李记》说是在笮桥东，《常志》说是在夷里桥南。笮桥是古时成都西南门外有名的索桥，夷里桥则在南门外，此二桥都是李冰所建的七桥之二，早已无迹可寻，不过此二桥皆跨于大江之上。大江即锦江，一名流江，故林思进所主修的《华阳县志》，以为李膺《益州记》所说的"江流南岸"，实即"流江"之误，这是很合理的。

成都在古时李冰治水之后，有两条江绕城而过，一曰流江，一曰沱江。以前代记载看来，这两条江并不像现在的样子：一由西向北绕而东南，一由西向南绕而东南，这样的分流，是在唐僖宗时高骈建筑罗城后始然。之前，这两条江都是平行并流，都是由西向南绕而东南流去，故左思的《蜀都赋》才有这一句："带二江之双流"，言此二江并流，如带之双垂也。同时刘逵为之注释亦曰："江水出岷山，分为二江，经成都南东流经之，故曰带也。"

我们必须知道流江、沱江是平行而并流，才能明白《华阳国志》所说："锦工织锦，濯其中则鲜明，濯它江则不好，故命曰锦里也。"所谓濯其中者，乃濯于流江之中，所谓濯它江者，即指其并流之沱江也。魏郦道元的《水经注》，虽引《常志》，而就老实这样说了："夷里道西，故锦官也。言锦工织锦，则濯之江流（照林修《华阳县志》，实应写作流江，已见前）而锦至鲜明，濯以它江，则锦色弱矣，遂命之为锦里也。"倘若沱江在城北绕东而南流，那么，锦工在城南江边织锦，无论如何，也不会特别跑到城北或城东去洗濯，而又批判它不好。即因流江适于濯锦鲜明，所以此一长段流江，也才称为濯锦江，简称之曰锦江、曰锦水。此一片地方，即名锦里。锦工傍流江而居，特设一种技术官员来管理之，并在工厂周遭筑上一道挺厚的墙垣，一用保护，一用防闲，这就叫锦官和锦官城，简称锦城。

如此说来，锦官城实在成都之南，夷里桥大道之西的流江之滨。在西汉以后，这种组织已废，锦工们便已散处成都城内，故《常志》《李记》说起这事，才都作故事在讲。然而何以会把成都附会成锦官城呢？说不定在隋朝蜀王杨秀扩展成都时，旧的锦官城故址竟被包入，或者挤进郊郭，混而为一，因而大家才把成都城用来顶替了这个特区的名字。林修《华阳县志》以为由于宋朝欧阳忞的《舆地广记》有成都旧谓之锦官城，一语之误，则是倒果为因，于理不合了。

锦官当然是管理织锦的一种专贾，像这类的官，汉朝相当多，犹之抗战中间，孔祥熙这家伙在四川所设的火柴官、糖官等等一样。汉朝的四川，除了锦官外尚设有工官、铁官、锦官、橘官、盐官，但皆不在成都附近，可以不谈。在成都城外，接近锦里左近的尚有专门管理造车的官，叫作车官，而且也像锦官样，有一道挺厚的墙垣，以为保护防闲之用，叫作车官城。《华阳国志》说："西，又有车官城。其城东西南北，皆有军营垒城。"看来，规模比锦官城大得多。当时四川初通西南夷，而车道通至夜郎国外，平常交通以及军戎大事，无不以车，故汉时在成都造车，确是一桩大工业。不过车，毕竟是普通工业，不如锦之特殊，其后湮没了终于就湮没了，所以不能如锦之保有余辉者，即普通与特殊之判别故也。

织锦是成都的特殊工业，其所以致此者，由于成都在古代有这种特产：蚕丝。此事且留待后面说到蚕市和蜀锦时再详。现在我要告诉大家的，即是这种特殊工业已没落了，虽然在历史上成都曾被南诏蛮人围攻过几次，并掳走过若千万巧工，但是终不如张献忠在清顺治三年由成都撤走时，把所有的技工巧匠剿杀得那么馨尽，故丹稜遵泗的《蜀碧》乃说："初，蜀织工甲天下，特设织锦坊供御用。……至此，尽于贼手，无一存者；或曰，孙可望独留十三家，后随奔云南，今'通海缎'其遗制也。"

《蜀碧》系清嘉庆十年（公元一八六〇年）出版的，所谓今之"通海缎",不知是指清初而言吗,抑指嘉庆年间而言?总之,"通海缎"绝迹已久,无可稽考。

岂止"通海缎"绝迹,即光绪年间曾经流行过一时的"巴缎",和民国初年犹然为人所喜爱的"芙蓉缎",也绝迹了。迄今尚稍稍为人称道的,仅止作为被面的一种十样锦缎,以及行销西藏的一种金线织花大红缎,然而持与偶尔遗留的宋锦比起来,则不如远甚!

蜀锦已落没了。关于锦官遗迹,只有东门外上河坝街还有一个锦官驿的名称,大约再几年,连这名称也会澌灭了。成都县衙门侧近的锦官驿,不是早随驿站之裁撤,而连名称都没有了吗?

此外,成都尚有一个不甚雅致的别号,叫龟城。龟本来是个好动物,中国古人曾以龙凤麒麟配之,尊为四灵;又说龟最长寿,与白鹤相等,故祝人之寿,辄曰"龟鹤遐龄";并且以龟年,龟寿取名者也不少,明朝人尚有以龟山为号的。大约自明末起,规定教坊司只能戴绿头巾,着猪皮靴,骑独龙棍,到处缩头受气,被人形容为龟之后,这位四灵之一,于是方被世俗贬抑得不屑置诸口吻。我说,这未免太俗气了!

谓成都为龟城,始于扬雄的《蜀本记》。此书已失传,唯散见于各家记载所引,其言曰:"秦相张公子筑成都城,屡有颓坏,有龟周旋行走,巫言依龟行迹筑之,既而城果就。"到宋朝乐史作《太平寰宇记》,便演化得更为具体了,大概后来的传说都根据于此。他说:"成都城亦名龟城。初,张仪、张若城成都,屡坏不能立,忽有大龟出于江,周行旋走,巫言依龟行处筑之,城乃得立。所掘处成大池,龟伏其中。"这种传说,在古代原极平常,因为筑城乃是大事,如其不能一次成功,其间必有什么原由,而在屡筑屡坏之余,忽然又筑成了,这其间必又有什么神助。比如胡三省注《通鉴》引晋《太康地记》说马邑之所以名为马邑一样："秦时，建此城，辄崩；有马周旋走反覆，父老异之，周依次筑城，遂名马邑。"马邑是山西之北、雁门关外，由大同到朔县铁路旁边的一个小城，现在虽不重要，但在历史上倒是一座名城。北方是干燥的黄土高原，故于筑城不就，云得其助者为马；成都泽洳多水，云得其助者，便是龟了。马邑、龟城，情形相同，恰好又可作对联。

龟城又称龟化城，一写作龟画。扬雄所言，是否可信？我以为只是故神其说而已。五代时，李昊作《创筑羊马城记》有云："张仪之经营版筑，役满九年"，成都城之初筑，虽不见得就费了九年之久，想来一定花费了不少时间。为什么呢？就因为成都当时在李冰治水之前，满地尚是洳泽，土质疏劣，筑城极不容易，屡筑屡坏，便因此故。唐僖宗时，王徽作《创筑罗城记》就曾说道："唯蜀之地，厥土黑黎，而又硗确，版筑靡就。"这是实情。至何以会说到龟的身上？王徽《记》上比较说的颇近情理，他说："蜀城即卑且隘，像龟形之屈缩。"这更明白了。换言之，即是说成都城虽建筑在平原上，却为了地形水荡所限，不能像在北方平原上那等东南西北的拉得等伸而又廉隅，却是弯弯曲曲，弄成一种倒方不圆，极不规则的形势，很像龟的模样，故称之曰龟城。龟城者，像龟之形也；再一演绎，便成为"依龟行迹"，于是龟就成为城的主神了，似乎成都城之筑成，全仰仗了乌龟的助力。

先是附会一点乌龟懂得筑城术，倒没什么要紧，顶不好的就是还要在龟的身上，附会出一些祯祥灾异的色彩，那就未免无聊。例如通江李馥荣在清康熙末年所著的《滟预囊》，叙到流寇摇天动、黄龙等十三家，和张献忠将要屠杀四川时，便先特提一笔说："崇祯十七年，成都濯锦桥下绿毛龟出，约五丈为圆，小龟数百相随，三日后入水不见。"同样，在叙到吴三桂将要反叛清朝，派兵入川之年，又先特提一笔说："康熙十二年癸丑，成都濯锦桥下绿毛龟现，大如车轮，见背不见首；有小龟数百，浮于水面。三日后乃不见。"

如果《滟涵囊》所记二事都确切可信的话，那就太稀奇了！三十年间，同样大小的绿毛龟，带着几百只龟子龟孙，特为向大家告警，不上不下，偏偏在东门大桥的顶浅而又顶湍激的水中浮上来，也不怕喜欢吃补品的人们将其弄来红烧清炖，居然自行示众三天，悠然而逝，这岂是物理？也不近乎人情！大约只是由于成都原有龟城之说，不免把龟当作了成都的主神，认为主神出现，便是这一地方有刀兵的先兆。但李馥荣也并非故意造谣，说大龟出现，本亦有据，王士禛的《陇蜀余闻》，就有一条同样记载说："成都号龟城，父老言，东门外江岸间，有巨龟大如夏屋，不易见出，出则有龟千百随之。康熙癸丑，滇藩未作逆时曾一见之。"按王士禛即清初有名诗人，号贻上，别号渔洋山人者，是也。此人曾两次入川，第一次是康熙十一年，奉命到成都来当主考，是时成都才被清兵收复不到十三年，城郭民舍都还在草创之际，他作了一部《蜀都驿程记》，描写当时大乱后的情形，颇为翔实；第二次是康熙三十五年，奉命到陕西祭华山，到成都来祭江渎祠。这时是在平定吴三桂之后，四川业已步入承平阶段，他作了一部《秦蜀驿程记》，描写成都，较第一部游记为详。此外，他又写了三部笔记：一曰《香祖笔记》，一曰《池北偶谈》，一曰《陇蜀余闻》，都有关于四川的耳闻目睹的记载。尤其最后一部，记得更多，上面所引记大龟那段，便是一例。

可见成都东门外，在康熙十二年癸丑，出现主神大龟一事，实在由于古老传说。《陇蜀余闻》尚能比较客观地说是出现在江岸间，不过太大了，是否有关灾异，他还未曾确定，只是说明其与成都号称龟城为有关联而已。事隔二十余年，到李馥荣的笔下，于是就由一次出现，演为二次；由泛泛的江岸间，演为确指的东门大桥之下；由与龟城的偶合，演为主神的预兆。我说，《滟滪囊》的话，诚然不可靠，《陇蜀余闻》的话，其可靠也只有一半，即是说，成都城外江水中或有几头较寻常所见为大的大乌龟，偶尔浮游水上，但是绝不能大如夏屋，大如车轮，大至周圆五丈；如其不在流水中的老龟，或许背壳上生有一些苔藓之类的东西，乍眼看来，好像是绿毛，但若潜伏在湍激的水中，尚未必然，则绿毛之说，显为附会，至于前后两次都在水面自行示众三天，那更说不通。

总而言之，龟是寻常介类，到处可见，即令大如夏屋，也并非什么了不起的东西。若说它与成都城有关系，则是古人有意附会，至于引经据典，像一般野老样，说成都人动辄骂人为"龟儿子"，便由于成都初筑城时，是凭了龟鳖之故，那么，重庆人之开口老子，闭口老子，则又如何解释呢？

选自《李劼人全集》（第7卷），四川文艺出版社2011年9月版

九里三分的来历

李劼人

现在的成都城，可以说从福康安、李世杰彻底重修以来，迄至今一九四九年，经过一百六十六年，虽然从前曾小小培修过多次，而现在已到颓堕阶段，但就它的基址说，到底还是一百六十六年前的老地方，这城墙圈子并未丝毫变更。它的全貌，据清同治十二年重修《成都县志》载：

顺治十七年，我兵平蜀后，巡抚司道由保宁徙至成都，无官署，建城楼以居。康熙初，巡抚张德地、布政使郎廷相、按察使李翀霄、知府冀应熊、成都县知县张行、华阳县知县张暄，同捐资重修。东南北枕江，西背平陆，高三丈，厚一丈八尺，周二十二里三分，计四千一十四丈；垛口五千五百三十八；东西相距九里三分，南北相距七里七分；城楼四；堆房十一；门四；东迎晖、南江桥、西清远、北大安；外环以池。雍正五年，巡抚宪德补修。乾隆四十八年，总督福康安奏请发币银六十万两，彻底重修。周围四千一百二十二丈六尺，计二十二里八分；垛口八千一百二十二；砖高八十一层，压脚石条三层；大堆房十二，小堆房二十八；八角楼四，炮楼四；四门城楼顶高五丈：东溥济、南浣溪、西江源、北涵泽。

同治元年，四隅添筑小炮台二十四，浚周围城壕。

即因为东西门相距九里三分，许多人遂称成都为九里三分，二十年前，这几乎成了一个名词，也几乎成为成都的另一别号，甚至有人误会为即成都周遭的里数，那未免把成都城估量得太小了。

所谓垛口，即古代所称的陴，又曰雉堞，是古昔守城者凭以射箭的掩蔽物。民国十三年以前，成都城墙的垛口尚极整齐完好，远望之，确像锯齿。向内尚有一道矮矮的砖墙，约高二尺许，厚八寸多，名曰女墙，或曰腰墙。堆房大约是特为守城时堆置军需用品之所，在城墙上面，每隔半里一所，高丈余，深广亦丈余，瓦顶砖壁，一门一窗。城墙两面皆大砖所砌，向内一面壅以泥土，形成斜坡，便于上下。城墙顶上之平面，砌砖三层，名曰海面。东南西北四敌楼，皆五楹二层，即所谓八角楼，极宏丽，也是隔若干年必修理一次，最后一次之修理，为清光绪二十三年（公元一八九七年）。敌楼古称谯楼，谯者望也，即《华阳国志》所称之观楼；大抵古代的谯楼，作兴宏丽，故谓之"丽谯"，现在看北平的正阳楼，尚可恍然。四瓮城上又四楼，名曰炮楼，又名箭楼，各高三层，有炮窗，无栏楯，北平前门上之楼制是也。至成都四城楼名，何以皆取水旁之字？自然是为了以水制火之故，说不定是在清乾隆五十九年成都一次大火灾后，才这样改取的名字（《成都县志》说，那一次火灾，由三义庙烧起，延烧一千余家。故老相传，则说烧了几昼夜，东大街完全烧光，是一次有名的大火）。

选自《李劼人全集》（第7卷），四川文艺出版社2011年9月版

张献忠攻破成都城

李劼人

考之历史，成都城在宋朝，仅仅修葺过两次，并且都在北宋时候。宋末元初，元兵曾几次侵扰四川，两度占有成都，杀人之多，好像比巴西氏人李氏时代还厉害。据旧《成都县志》载：明朝人赵防作的《程氏传》，引元朝人贺清权的《成都录》说："城中骸骨一百四十万，城外者不计"；又引《三卯录》说："蜀民就死，率五十人为一聚，以刀悉刺之，乃积其尸；至暮，疑不死，复刺之。"于是赵防慨叹曰："元人入成都，其惨如此！"《成都录》《三卯录》所记果实，真可谓惨绝人寰，明末清初的扬州十日，嘉定三屠，焉能比拟！《杨升庵遗集》亦有曰："宋宣和中，成都杨景盛一家，同科登进士第十二人，经元师之惨，民靡孑遗，以百八十年犹未能复如宋世之半也！"杀人已如此，其于城市之破坏不顾，当然不在话下。何况终元之世九十几年中，四川省治在成都时少，在重庆时多，省治不在，则于修治城市，当然更不注意。因此，我们方明白明太祖洪武四年，傅友德平蜀之后，何以接着就令李文忠到成都来拊循遗民，建筑成都新城。这城大约是草率筑成，并不怎么结实，所以在二十二年，又命蓝玉到成都督修城池，因无详细记载，实不知道明初筑的成都城，到底有好大，而且是个什么形势。我们但知道终明之世，成都城曾大大修治过一次，并用砖石砌过。不过一定砌得不周到，北城那方，就没有砌砖石，以致后来张献忠攻打成都，便从这里下手，而将城墙轰垮了的。

大概明朝所建的成都城，其城墙圈子所在，当然不会超越罗城城基，或许还要小些。一则，成都人民经元兵屠杀之余，当然人口大减；二则，前后蜀宫苑废址腾出的很多，以蜀王藩府所占地比起来，不过其中之一角，其余空地，即在南宋时候已开为稻田菜圃，有江村景致，何况再经若干年惨毒的兵燹！地旷人稀，则所筑新城，当然不能甚大。现在我们要谈到它更大一次的变化，即张献忠的屠城史了。

张献忠于明末思宗崇祯十七年阴历八月初九日攻入成都，也即是清初顺治元年的阴历八月九日，当公元一六四四年，迄至今一九四九年阴历八月，算起来实为三百零五年。三百多年，不算很短的时间，然而四川人至今谈起张献忠，好像还是昨天的样子，而且并没有什么演义小说为之渲染，只凭极少一些记载，而居然能够使他在人们的记忆中，传说中，像新生一样的遗留至今，单凭这一点，也就可以想见其屠杀破坏的成绩。

关于张献忠的平生，和他与李自成。与摇天动、黄龙等十三家，如何起事作乱，如何流窜陕西、河南、山西、河北、湖北、四川，以及他死了之后，余毒流播于西康、贵州、云南、湖南、广西等省的经过和事迹，太复杂了，当然不能去说，即张献忠一股，两次杀到成都城下，以及他从川北杀到川南，从川东杀到川西，仅这一点，牵连也太广泛，不单属于成都方面，也不能说。不但此也，就是他在成都的行为，凡是和成都城市无直接关系的，还是不能牵涉，因为可说者太多，不说倒好，一说起来便不免挂一漏万。设若大家有意思要想多知道一点张献忠乱川的故事，而又不打算零零碎碎在正史去找的话，我这里且介绍几部在今日成都尚能买得到的书，以供浏览吧！一、费密著的《荒书》；二、沈荀蔚著的《蜀难叙略》；三、欧阳直著的《遗书》三种。此三部书的作者，都是明末清初的人，并且都是亲身经历战端，所记大都是直接见闻，极可珍贵。其次为：四、李馥荣著的《滟滪囊》尤详于摇黄十三家，系康熙末年成书；五、孙瘦石著的《蜀破镜》；六、彭遵泗著的《蜀碧》，皆嘉庆年间成书，材料虽然间接一点，但采纳遗闻尚多，而又特详于川西。还有：七、刘景伯著的《蜀龟鉴》，系道光年成书，出世最晚，而是采辑各书，照《春秋左传》例，纂成的一部张献忠乱川编年史，此外零零碎碎，记载张献忠逸闻的东西尚多，但都不成片段，只须看了上列七部，也满够明了张献忠在四川的一切。

我这里虽然不能多用笔墨来写张献忠的平生，但是他的简单履历总得给他开一个。

张献忠，陕西肤施县人，明神宗万历三十三年生，当公元一六〇五年。出身富农，本身在县衙门当过壮勇，升到什长。二十三岁，即明思宗崇祯元年，当公元一六二八年，就因犯事革职，而逃去与陕北的高迎祥、李自成，打起"反"字旗号。不过五年，便有了名，号称黄虎，自称八大王，慢慢就打出陕西，到了湖北，自己就成立了一个独立的队伍。从此与李自成时分时合。但结果还是胜不相谋，败不相救，各自打各自主意，而成为死对头。这中间，张献忠也曾惨败过几次，投降过一次。到崇祯十七年，李自成由山西向河北进攻时，张献忠又第三次从湖北西进，杀入四川的巫溪、大宁、平山等地，正月攻陷夔府，六月二十日攻陷重庆，八月初九日，便攻进了成都。

根据《明·通鉴》及各种记载说，当张献忠尚未陷夔府以前，四川情形已经不大好，当时成都县知县吴继善（明末清初有名诗人吴梅村的哥哥）、华阳县知县沈云祚（他的儿子就是著《蜀难叙略》的沈荀蔚）都曾上书或托是时蜀王的兄弟劝蜀王朱至澍，把宫中所储积的钱财拿出来，募兵打仗。但朱至澍一直不肯，托言是祖宗成法，藩王不能干预军政。及至张献忠由重庆西上，一路势如破竹时，朱至澍才拿出钱来，捐作军费，但已来不及了。成都一般有地位有钱的绅士，和闲职官员、蜀王宗人等，早已自行疏散，官眷军眷们也先已送到安全地带。沈荀蔚那时才七岁，也是这样在七月十四日，就同着老太太跑往邛崃县去的。蜀王朱至澍也打算偕同家室兄弟疏散到云南，却为那时的巡按刘之渤阻止，同时守城兵也哗闹起来，大概是：要死得大家死罢！而后朱至澍才留下了。这时，新任巡抚龙文光和总兵刘佳允恰带了三千兵马，由北道到来，大家才赶紧来做防守准备。及至八月初五日，张献忠已到成都城外，扎下了二十几个大营，守城兵已经与之接触了两次，方才发现城壕是干涸的。龙文光才赶快命令郫县知县赵家炜到都江堰去放水，水尚未来，献忠兵已攻到城下。知道东北隅八角楼处的城墙是泥土筑成，没有砌砖石，于是便一面攻城，一面就在这地方挖了一个大洞，装满火药，引线牵到两里以外，上面盖着泥土；一面又用几丈长一段大木头，假装成一尊大炮，来恐吓城上的守兵。到八月初八日，献忠兵忽然退了两三里。守城的人们很是高兴，以为也同前几年，张献忠由泸县回师川北时，围攻成都一样，只几天便各自退走了，认为这次或者也可幸免。但是到八月初九日黎明，献忠兵点燃引线，霎时间，据说："炮声如暴雷，木石烟雾，迷漫数里，城崩数十丈，守陴者皆走，"张献忠挥兵入城。其结果：第一次屠城三天，说是还不怎么凶；朱至澍夫妇先吞了冰片，而后再投井；文武各官有当时就杀了的，有自行解决的，有拘留相当时间，誓不投降而后死了的，也有一部分武官乘机逃脱，再打游击，毕竟把张献忠打跑了的，都与我的题目无关，不必讲它。

这里，只说张敬轩（即张献忠的雅号，但后来一直没有人用过）既入成都，因为明思宗已死，听说李自成已在北京做了皇帝，他不服气，于是在十月十六日，也在成都登了宝位，改国号为大西国，改年号为大顺年，改蜀王藩府为皇宫，宫城为皇城；也有左右丞相，也有六部尚书，四个干儿子，都挂了将军印；几月之后，还开了一次会考，一次科考。但是到底没有政治头脑，虽然打了十几年的仗，却始终不懂得什么叫政治，以为能够随便杀人，便可使人生畏，便可镇压反抗，便可稳固既得地位；尤其将金银尽量收集到他一个人的手上，就是他认为独得之秘的经济政策。这样，只好打败仗了。几次打败下来，地盘小到只有川西一隅，于是动摇了，自言流年不利，又打算跑到武当山去做道士，又打算逃往湖广一带去做生意，一言蔽之，不当皇帝了，只想下野。到顺治三年六月，即是说攻陷成都的一年又九个月，称孤道寡的一年又七个多月，他便决意放弃成都，决意只带领五百名同时起事的老乡，打回陕西去作一个短期休息。于是便宣言必须把川西人杀完，把东西烧光，不留一鸡一犬，一草一木，给后来的人。果然言出法随，立刻兑现，先杀百姓，次杀军眷，再次杀自己的湖北兵，再次杀自己的四川兵。七月，下令隳城，凡他势力所及的城墙，全要拆光，搜山烧屋，不留一木一椽；成都的民房，早就当柴拆烧了。八月，烧蜀王藩府，一直把成都搞个精光，方率领残余兵丁数十万，一路屠杀到西充扎营。听说北道不通，清兵与吴三桂已到汉中，他又打算折往重庆，由水路出川。正当他犹疑未决之时，他的叛将统领川兵的刘进忠，已引导着清朝肃王豪格的少数轻骑，袭击前来，于是只一箭，就被射死。关于他的死，有几种不同的记载，随后有机会说到时，再为补充，这里得先说的，乃是他与成都城门的关系。

张献忠和成都城市最有关系的事件如下：

一、命令"省城内外通衢房屋，皆自前檐截去七八尺；两旁取土覆道上，以利驰驱。"（沈荀蔚《蜀难叙略》）

二、"城门出入必有符验，登号甘结，犯则坐，死者甚众。入城者面上犹加印记，若失之，则不得出。"（同上）

三、"宫中患鼠，忽令兵各杀一鼠，旦交辕，无，代以首。是夜，毁屋灭鼠，门外成京观焉。"（张邦伸《锦里新编》）

四、"献忠入蜀王府，见端礼门楼（按：端礼门即现在业已半毁的旧皇城门）上奉一像，公侯品服，金装人皮质，头与手足俱肉身。讯内监，云：明初凉国公蓝云，蜀妃父也，为太祖疑忌坐以谋反，剥其皮，传示各省；自滇回，蜀王奏留之，祀于楼。献忠遂效之，先施于蜀府宗室，次及不屈文武官，又次及乡绅，又次及于本营将弁。……凡所剥人皮，渗以石灰，实以稻草，植以竹竿，插立于王府前街之两旁（按：即在今贡院街迄三桥一带），夹道累累列千百人，遥望如送葬俑。（欧阳直遗书之一《蜀乱》）

（按：明史，蓝云系洪武二十六年被族诛，虽无剥皮之文，但《海瑞传》上，却有请后太祖剥皮囊草之语，足见朱元璋实曾剥过人皮。又曾见某笔记——今已忘其名，并作者之名——说：昔满城之奎星楼街，原有小楼一座，其上曾藏有张献忠所剥人皮一张，乾隆某年，为驻防副都统所见，恶之，乃烧灭其迹云云）

五、"丙戌（按：即顺治三年，即张献忠退出成都，被杀死的那年，当公元一六四六年，张献忠出生之四十一岁）二月，献忠自蜀王府移出城东门中园居焉。……张兵樵采者，尽于城中毁屋为薪"。（费密《荒书》）

六、"焚蜀王宫室，并未尽之物，凡石柱庭栏皆毁。大不能毁，则聚火烧裂之。"（同上）

"王府数殿不能焚，灌以脂膏，乃就烬。盘龙石柱二，孟蜀时物也，裹纱数十层，浸油三日，一火而柱折。"（沈荀蔚《蜀难叙略》）

成都城经张献忠这一干，所有建筑，无论宫苑、林园、寺观、祠宇、池馆、民居，的确是焚完毁尽。但是也有剩余的：一、蜀王宫墙和端礼门的三个门洞以及门洞外面上半截砌的龙纹凤篆的琉璃砖；二、横跨在金河上的三道石栏桥和凭中一桥南块的两只大石狮；三、一座长十多丈，高一丈四五尺，厚四尺以上的蜀王宫的红色照壁；四、北门一道红石牌坊，南门一道红石牌坊；五、大城的瓮城和门楼以及没有完全隳尽的城墙。除此之外，未曾毁到的，恐怕只是造在地面之下的古井和有名的摩诃池与西苑荷池，以及几只为人所不重视的石犀和一头石马了。总而言之，自有成都城市以来，虽曾几经兴亡，几经兵火，即如元兵之残毒，也从未能像张献忠这样破坏得一干二净！

　　选自《李劼人全集》（第7卷），四川文艺出版社2011年9月版，原标题为"前所未有的大破坏——地上一切全变成了无"，标题为编者所加

成都的皇城、皇城坝、明远楼

李劼人

　　说是正午行礼，但从吃早饭时候，各街各巷的人众已一群一浪地向皇城涌来。

　　好多人都以为这个皇城就是三国时候蜀汉先主刘备即位登基的地方。其实，它和刘备并无丝毫关系。它在唐朝时候，靠西一带，是有名的摩诃池，靠东一小块，是节度使府，大家耳熟能详的诗人杜甫，曾在这里陪严武泛过舟，还作过一首五言律诗。唐末五代，王建、王衍父子的前蜀国，孟知祥、孟昶父子的后蜀国，即就此地大修宫室苑囿，花蕊夫人作了宫词一百首来描写它的繁华盛景。但到南宋诗人陆游来游览时候，已说摩诃池的水门污为平陆，大概经过元朝的破坏荒芜，摩诃池更污塞干涸了许多。明太祖朱元璋封他第十一爱子朱椿为蜀王，特意派人给修一座极为雄伟的藩王府，据说，正殿所在恰就是从前摩诃池的一角。明朝末年，张献忠在成都建立大西国，藩王府是大西国皇宫。张献忠由于情势不妙，退向川北时，实行焦土政策，藩王府在一夕之间化为乌有；而且十八年之久，成为虎豹巢穴。清朝康熙十几年，四川省会由保宁迁还成都，才披荆斩棘，把这片荒场，划出前面一部分，改为三年一考试的贡院，将就藩王府正殿殿基修成了一座规模不小的至公堂（与藩王府正殿比起来，到底不如远甚。因为摆在旁边未被利用的一些大石础，比至公堂的柱头不知大多少倍，而至公堂的柱头并不小)，又将就前殿殿基，修成一座颇为崇宏的明远楼。史书和古人诗词所记载咏叹的摩诃池，更从明藩王府的西池，缩小到一泓之水，不过几亩大的一个死水塘。然而大家仍称之为摩诃池。犹之这个地方尽管发生过这么多的变迁，贡院也有了二百多年历史，而人民还是念念不忘，始终呼之为皇城，还牵强附会，硬说它是三国时候的遗址，都是一样不易解说的事情！

光绪二十八年废止科举，开办学堂，三年才热闹一回的贡院，也改作了弦歌之所。从前使秀才们做过多少噩梦，吃过多少辛苦的木板号子，拆除得干干净净，使明远楼内，至公堂下，顿然开朗，成为一片像样的砖面广场。部分房舍保留下来，其余都改修为讲堂、自习室与宿舍。到辛亥年止，光是贡院的部分，就前后办了这么一些学堂：留东预备学堂，通省师范学堂，优级师范选科学堂，通省补习学堂，甲等工业学堂，绅班法政学堂，通省师范附属高等小学堂，以致巍峨的皇城门洞外，长长短短挂满了吊脚牌。而且就在皇城门洞两边，面临两个广大水池，背负城墙地方，还修建了两列平顶房子：西边的叫作教育研究馆，东边的叫作教育陈列馆。

还没有到正午，傅隆盛到底忍耐不住，拉起田街正，就随着人群向皇城走来。

一过东御街，向北去的那条贡院街上，人更多了。因为由红照壁、韦陀堂、三桥这一路上来的人，比由东、西御街来的人多得多。并且越走越挤，走到皇城坝"为国求贤"石牌坊和横跨御河的小三桥跟前，人挤得更像戏场似的。

皇城坝有三道石牌坊：正中向南一道，是三架头形式，横坊上刻着"为国求贤"四个大字；东边一道，正对着尚未成为街道的东华门，这石坊小些，刻着"腾蛟"两个大字；西边一道，大小与东边的一样，刻着"起凤"两个大字。东边的东华门虽未成为街道，到底还零零星星有几处人家，而且近年还开了一家教门站房，专住由甘肃、陕西而来的回教商旅。而西边的西华门，简直连街的影子都没有，从一片垃圾泥土荒地望去，可以看得见回教的八寺红墙。

皇城坝在没有开办学堂之前，是一个百戏杂陈，无奇不有的场所。有说评书的，有唱金钱板的，有说相声的，有耍大把戏的，有唱小曲子的，有卖打药和狗皮膏药的，有招人看西湖景的，也有拉起布围、招人看娃娃鱼的，有掏牙虫兼拔痛牙的，也有江湖医生和草药医生。但是生意最好的，还是十几处算命、测字、看相、取钱不多而招子上说是能够定人休咎、解人疑难、与人以希望的摊子。不过也就由于这些先生说话不负责任，才使皇城坝得了个诨名，叫扯谎坝，和藩台衙门外面那个坝子一样。

自从开办学堂，在三道牌坊外面加了一道漆成蓝色的木栅栏。御河之内，又东西掘了两方水池，修了两列平房。空地无多，即使不由警察驱逐，这些临时摊子也不能不迁地为良。几年以来，这里已相当清静了。

今天——辛亥年十月初七日，这皇城坝一带，人又挤得像大戏场似的！

田街正虽也六十出头的人，因为有一把气力，人也高一些，瘦一些，还累得；遂挤在前头开路，叫傅隆盛紧紧跟在背后。今天皇城的三个门洞都是敞开的，挤进门洞里面，坝子比较宽大；门洞旁边有两道很窄的石梯，可以通上城门楼，许多人没法进龙门（就是贡院的二门，门基比较高，从前考试时候，点名领卷在这里，故称为龙门），便跑到门楼上去眺望。

不过，向龙门涌去的人还是不少。

龙门的台阶上，站了一排穿青色服装的警察，又一排穿黄色服装的陆军。陆军拿的枪上，没有上刺刀，警察连枪都没拿，仍拿着一根黑漆棍子。拦住涌去人群，不让进去。几个声音喊说："等行了礼后，同胞们再进去参观，现在还没行礼哩！……有标记的代表，拿出标记来……可以进去！"

傅隆盛、田街正连忙从怀里把白布条取出，在脑壳上挥着道："我们有！我们有！"

从龙门到明远楼，是一片横比直大得多的坝子；从明远楼到至公堂，是一片横直俱大的四方大坝子。前后坝子下面是青砖面地，上面是红彩天花，不仅堂皇，而且富丽。

到这里的人已不很多。但是举眼一看，把发辫剪了的，十成中间便占了七成。拖着辫子的也有，却很少很少。其余，脑后只管没有发辫，显而易见，都是傅隆盛所发明的办法，不是盘在头上，便是撇在脑顶上。

说到穿戴，更花哨了。有穿短打的，有一件长袍上面套一件窄袖阿依袋，或一件大袖鹰膀的，甚至还有套一件高领缺襟背心的。有戴瓜皮帽的，有戴遮阳帽的，有类似戏台上家院帽而加一片搭搭的，也有洋人戴的那种有檐的燕毡帽，总而言之，好像开了一个帽子赛会，就中也还有穿洋装而不戴帽子的人。

他们到此，也学着众人，把写了字的白布条拿来，斜系在左肩之上和右胁之下。

人们各自找着熟人，一堆一堆地在广场中游动。傅隆盛在人丛中碰见了商会洋广杂货帮代表之一邓乾元，也碰见了赠送过布伞的吴凤梧。吴凤梧穿一身军装，也佩了一柄指挥刀，头发剪到后脑勺上。他身上并未系有标记，似乎不是代表。他从人丛中经过，步子跨得那么急，以致傅隆盛唤了他两声，他才回过头来，啊了一声，淡淡地点了点头，便一直向至公堂东阶上走去。

傅隆盛很想跟去，可是至公堂露台上站了很多警察与陆军，正在向一群打算上去的代表吆喝："同胞们，这里是礼堂，不要上来了！"

"可是刚才我那个朋友又上来了呢？"

"他是军政府的人，你没看见别个右膀上缠得有出入证吗？"

由明远楼那畔来的人更多了。

至公堂高高的前轩檐口外，撑出两面写有红汉字、画有十八个墨圈的大旗，是白大绸缝制的，在太阳光下闪出缕缕射眼豪光。

至公堂凭中靠前、正对露台上那座雕花的、刻有"旁求俊乂"四个大字的石牌坊处，摆了一张大得出奇的桌子，上面蒙着白布。至于桌上放了些什么东西，便无法知道，因为从桌子到露台下面的石陛，既不算近，而又是从下面看上去的原故。

由明远楼进来的人，并不全是各街各巷、各行各业，以及各界的代表，还有整队而来的学生。学生都意气扬扬地踏着正步，一直走到露台下，排列在代表们的前头，把顶好的地位全占了去。

偌大的广场，已是人众济济。强烈的太阳透过染成粉红布匹（即所谓的天花）射到人身上，使得个个都面带喜色，个个都感到小阳春的暖气。傅隆盛的棉瓜皮帽已经戴不住，但是不便揭下，他深悔早晨不该犹豫，"倒是一剪刀把帽根儿剪掉的好！……"

轰隆隆！……轰隆隆！……轰隆隆！三声震耳欲聋的铁铳，很像就在明远楼那畔响了起来。接着至公堂内一派军乐悠扬。广场上人声立刻嘈杂，不管是不是代表，都争先恐后拥向前来，把列着队的学生都挤乱了。只管有人大喊："文明点！文明点！……同胞们，大家维持秩序！……"谁管这些？谁不想逼近露台瞻仰一下都督的风采？顿时，至公堂下的广场也变成了大戏场，甚至比大戏场还加倍的热闹！

军乐声中，至公堂背后的屏门洞然大启。一个穿军装的大汉，双手捧着一面三尺见方的红汉字旗子，首先走出。跟在后面走到桌子跟前的，便是正都督蒲殿俊、副都督朱庆澜，两人都穿着深蓝呢军服，戴的是绣有金绦的军帽。各人手提一柄挺长的金把子指挥刀。接踵走出的，是三十来个外国人，是上百数的、有穿军装、有穿洋装、有穿学生装、也有穿长袍马褂、有剪了发辫、也有未剪发辫，一时看不明白，不知道是一些什么人。

"万岁！……万岁！……大汉中国万岁！……大汉万岁！……中国万岁！……"先从至公堂上喊起。一霎时，广场中间也雷鸣般响应起来。并且此起彼落，喊了又喊。在呐喊声中，还有拍巴掌的，有打唿哨的，有揭下帽子在空中挥舞的。傅隆盛、田街正以及邓乾元一般人，却戴着帽子又鞠躬，又作揖。秩序更加凌乱了！

傅隆盛已经挤到石陛脚下，清清楚楚看见两个都督品排站在桌子跟前。朱庆澜身材高大，军装穿得很巴适；蒲殿俊和他一比，不特瘦小萎琐，就是穿着也不合身，上装长了些，衣袖更长，几乎连手指头都盖过了。似乎有人在司仪，听不清楚吆喝了一些什么。只见朱庆澜两腿一并，向着国旗，不忙不慢地把手举在帽檐边。蒲殿俊也随着举起手来，可是两只脚仍然站的是八字形，而且五根指头也侈得老开，似乎还有点抖颤。

傅隆盛眯起水泡眼看了下，便凑在田街正耳边说道："你觉得吗？正都督仿佛有点诧生的样子。"

田街正也轻声说道："这不叫诧生，这叫怯场。"

"这们大个人，啥子世面没见过，还会怯场，也怪啰！嗯！兆头不好！……"

许多人都拥在两个都督身边。有向都督举手的，有作揖打拱的。洋人便一个一个来跟都督拉手。朱庆澜笑容可掬，蒲殿俊不惟不笑，反而一脸不自在。

军乐悠扬。

"万岁！……万岁！……大汉万岁！……中国万岁！……"

傅隆盛大为诧异地向田街正说道："你看，那不是路小脚吗？狗日的东西，又有他！"

"我早看见了。还有周秃子，还有王壳子。他们这伙人硬是会钻！"

傅隆盛摇头叹道："我看军政府开张不利，要倒灶！"

田街正忙用手肘在他腰眼里一捅道："莫乱说！"

傅隆盛大不高兴，拉着田街正回身便走。

"你不等到礼完再走？听说正都督还要演说哩。"

两个人从人丛中一直挤到明远楼，回头一看，至公堂前果有一个人在演说。却不是穿军装的都督，而是一个穿长袍马褂的人。要是广场里不那么乱哄哄的，也还可以听得见他说些什么。

傅隆盛气呼呼地站在明远楼高台阶上，向至公堂方面把拳头扬了扬道："老子从此不听你们的球说书！"

田街正看见许多人在注视他们，遂把傅隆盛一推道："走哟！你才在球说书！"

越走越拥挤，挤到贡院街，几乎寸步难移。因为所有的人都朝皇城走，独他两个人走的是相反方向。

挤到卡子房跟前，马回子的卤牛羊杂碎摊尚没有摆出来。傅隆盛踮上檐阶，舒了口气，把棉帽子揭下，也不怕人笑他还没剪帽根儿。一面拿一张布袱子揩额脑上的汗，一面向跟着走上檐阶的田街正叹道："这样就叫改朝换代了，你信不信？"

田街正笑道："你又要说怪话了。"

"不是怪话。光看样子，就不像。"

"难道你看见过改朝换代？"

傅隆盛大张着口，回答不出。

选自《李劼人全集》（第3卷·大波），四川文艺出版社2011年9月版，标题为编者所加

皇城内外

李劼人

　　还是一身旧式便装，仅止把头发剪短、齐到后颈窝的黄澜生，心事重重地走出皇城门洞。

　　他进皇城去找颜伯勤颜老太爷商榷他功名大事时，"为国求贤"石牌坊内外的空坝上，已经摆上了不少赌博摊子。这时节，这类摊子更多了；甚至蔓延到东华门的回回商馆门前，西华门的八寺巷口。当中的过道还留得相当宽。因为从外州县整队开进军政府去庆贺的同志军，一直到今天，还时不时地要排成双行，或者四行，揣着刀刀枪枪，拥着高头大马，打从坝子当中通过，虽然没有前几天那样首尾相接的盛概。

　　每一个赌博摊子跟前，都聚有一大堆人。每一个摊子，除了骰子掷在磁碗中响得叮叮当当外，照例有呼么喝六的声音，照例有赢家高兴的哗笑声音，照例有输家不服气的愤恨声音，同时照例有互相争吵，理论曲直的声音。

　　军政府告示上只说军民休假十日，以资庆贺，并未叫人公开赌博，更没有叫人把赌博摊子摆在观瞻所系的军政府的大门前。但为什么会搞成这种模样呢？叙说起来却也简单。首先，在成立军政府之后，一连几天不安门警，允许人民随意进出参观、游览，表示大汉光复，与民同乐。成都人民的脑子里，老早老早就有一个观念，认为皇城硬是刘皇叔和诸葛军师住过的地方。从前是贡院时候，除了三年一试，秀才们得以携着考篮进去外，寻常百姓是难以跨进门洞一步的；后来改成了学堂，城门洞的铁皮门扉尽管大开着，但平常百姓仍然不能进去，门洞两边砖墙上，不是钉有两块粉底大木牌，牌上刻有"学堂重地，闲人免进"八个大字吗？现在既然允许人们进去观光，谁能不想利用这个机会，看一看金銮宝殿到底是个什么样子？人来得多，自然而然把皇城内变成一个会场。会场便有会场的成例。要是没有凉粉担子、莜面担子、抄手担子、蒸蒸糕担子、豆腐酪担子、鸡丝油花担子、马蹄糕担子、素面甜水面担子（这些担子，还不只是一根两根，而是相当多的）；要是没有茶汤摊子、鸡酒摊子、油茶摊子、烧腊卤菜摊子、蒜羊血摊子、虾羹汤摊子、鸡丝豆花摊子、牛舌酥锅块摊子（这些摊子，限于条件，虽然数量不如担子之多，但排场不小，占地也大；每个摊子，几乎都竖有一把硕大无朋的大油纸伞）；要是没有更多活动的、在人丛中串来串去地卖瓜子花生的篮子、卖糖酥核桃的篮子、卖橘子青果的篮子、卖糖炒板栗的篮子、卖黄豆米酥芝麻糕的篮子、卖白糖蒸馍的篮子、卖三河场姜糖的篮子、卖红柿子和柿饼的篮子、卖熟油辣子大头菜和红油莴笋片的篮子；尤其重要的，要是没有散布在各个角落的装水烟的简州娃，和一些带赌博性的糖饼摊子，以及用三颗骰子掷糖人、糖狮、糖象的摊子，那就不合乎成例，也便不成其为会场。而且没有这一片又嘈杂，又烦嚣，刺得人耳疼的叫卖声音，又怎么显示得出会场的热闹来呢？

两三天后，皇城门洞内换了一番景象，各州县的同志军来了。他们来庆贺军政府，他们尤其要"亲候"一下蒲先生（他们尚不熟习这个崭新的名称：都督）。但是蒲先生忙得很，一刻也难于离开他那间办公事的房间和那一间大会客室。会不到蒲先生，那就"亲候"一下罗先生也罢。罗纶当着交涉局局长和同志军接洽，正是他的职务，也是他的愿欲。同志军大伙大伙地来，把观光的人同摊、担、提篮全都排挤到皇城门洞之外的空地上。

皇城内没有什么看头，皇城外光是一些管吃喝的摊、担、提篮，也难于满足赶会场的人的心意，因而赌博摊子，应运而生。在警察兴办以前，这也是坝坝会中应有的一种顽意。头两天有不怕事的大爷出来试了试，几张小方桌上尚只悄咪咪跳着三三猴儿，要是警察来干涉，好对付，"跳三三猴儿嘛，小顽意，不算赌博！"不知道什么原故，自从独立，警察一下"文明"了，在十字街口站岗的警察兵，已经不像争路风潮前那样动辄干涉人；热闹地方，更其看不到他们的影子。两天之后，赌博摊子摆多了，三颗骰子变成六颗骰子时候，他们当中甚至有穿上便衣，挤到赌博摊来凑热闹的哩。

黄澜生行近一个赌博摊子，从几个人的肩背缝隙间望进去。一张黑漆剥落的大方桌上，放了一只青花大品碗。上方的高脚木凳，巍巍然坐着一个流里流气的汉子。一顶崭新的青绒瓜皮帽，歪歪扣在脑壳上；松三把发辫，不是长拖在背后，而是紧紧盘在帽子外面。颧骨高耸的瘦脸，浮了一层油光光的鸦片烟气；尖下巴和陷得老深的脸颊，盖满了青郁郁的胡子碴儿。由于浓黑短眉下一双鹞子眼睛骨碌碌转着，把相貌衬托得越发奸险，越发凶恶。一件细面子黑羔子皮袄，并非好好穿着，却是敞胸亮怀披在肩头上；外面套的雪青摹本缎半臂，大襟上一溜串黄铜钮子，只在膈肢窝里扣上了一个。从汗衣到半臂的几层高领，全然分披在一段又粗又黑的脖子周围。这时，两脚蹬在方桌栓子上，从挽着龙抬头的袖口中，伸出的两只骨节粗大的手掌里，搓着六颗说方不方，说圆不圆的牛骨骰子。

三几个似乎是他手下弟兄的精壮小伙子，也都歪戴帽子斜穿衣地拥在他的身前身后，一个个凝神聚气死盯着那些正在下注的赌客。

一个戴破毡帽，穿旧短袄的装水烟的老头，正给那个摆赌汉子装水烟。

两股灰白烟子从鼻孔里呼出，摆赌的汉子开了口，声音虽然有点嘶哑，但颇威严，俗话说的有煞气："婊子养的，主意打定啦！押天门就押天门，押青龙就押青龙，快点！老子掷啦！"

"我要押穿。"一个岁数不大、土头土脑的赌客，神魂不定地把十个当十紫铜元在桌子前方摆成一列，一头指着青龙方，一头指着白虎方。两方都胜，摆赌的赔他二百钱；两方都败，他的注，自然一卡子揽了去；一方胜，一方败呢？平过，没输赢。

但是一般认真赌博的人都瞧不起这样赔法。他们宁肯输掉裤子，也要占个独门，这才是赌四门摊的品德。

桌上已经摆了不少独门注，天门最旺。押角的没有，押穿的只那一个年轻人，注也不大。

"婊子养的，又是穿！老子不打你龟儿这注。捡起来，爬开些！"摆赌的把眼睛一泛。

不但几个帮手在助威吆喝："爬开！爬开！"就那一般讲究赔品的人，也气鼓鼓地叫吼道："输不起，就莫来！手气瘟的人，别带行了我们！"

那年轻人却不肯收注。说，大小也是一注。并且说，押穿、押角、押独门，看各人的欢喜，这是场合上的规矩呀。

摆赌的愣起两眼骂道："你欢喜下注，老子不欢喜打你娃娃的注，这也是场合上的规矩！你娃娃还嘴硬！……"

已经斗起口来，进一步就该动手。黄澜生大吃一惊，连忙抽身退出，向贡院街南头，加紧脚步便跑。

一个沙嗓子突然在耳朵边猛喊起来："嗨！走路不带眼睛么？撞翻了老子的东西，你赔得起！"

黄澜生一凝神，才发觉自己的大腿正撞在一只相当大的乌黑瓦盆上。要不是两只大手把瓦盆紧紧掌住，它准定会从一条板凳头上打碎在地。光是瓦盆打碎，倒在其次，说他赔不起，是指的盛在瓦盆内、堆尖冒檐、约摸上千片的牛脑壳皮。这种用五香卤水煮好，又用熟油辣汁和调料拌得红彤彤的牛脑壳皮，每片有半个巴掌大，薄得像明角灯片，半透明的胶质体也很像；吃在口里，又辣、又麻、又香、又有味，不用说了，而且咬得脆砰砰地极为有趣。这是成都皇城坝回民特制的一种有名的小吃，正经名称叫盆盆肉，诨名叫两头望，后世易称为牛肺片的便是。

黄澜生又是一怔，急忙后退一步，偏又撞在一个卖和糖油糕与黄散的菜油浸饱的竹提篮上。卖油糕的老头不比卖盆盆肉的中年汉子火气大，只用没曾揩得很干净的油手，把他攘了下，痰呵呵地叫道："慢点！慢点！打脏了你的狐皮袍子，怪不得我呀！"

其实，黄澜生身上那件豆灰下路缎皮袍面子的后摆上，已着油糕篮子搭上了很宽一条油渍，不过他看得见的，只是前摆当大腿地方的一块熟油痕。

卖盆盆肉的壮年汉子犹然气呼呼地鼓起眼睛在谩骂："妈哟！老子刚摆下来，就遇着这个冒失鬼，几乎买了老子一个趸！……红油的，盆盆肉！两个钱三块！三个钱五块！……"还将一把计数目用的毛钱，从枣木钱盘上抓到左掌上，右手几根指头非常灵巧地抡着、数着。

黄澜生定睛瞅着那汉子，心里怒气仿佛春潮一样，一股接一股直向上涌，耳根面颊都发起烧来。假使有个底下人——不管是年轻力壮的高金山，或是骨瘦如柴的罗升——在身边仗胆，即令不便再摆出官架子来派骂一番，至少也要开几句教训。眼看围绕在四周的，大抵都是不可理喻的下流社会的人，甚至还有几个打扮得稀奇古怪的巡防兵。这不是较量高低的地方，如其不隐忍一下，准定还会遭到奇耻大辱。他猛然想到圣人的教训："君子犯而不校"。又想到韩信甘受胯下之辱的故事，他于是喟叹了一声，把一伙涌过来吃盆盆肉，兼带存心要看吵嘴骂架热闹事情的闲人，环顾一下，一言不发地走了。

选自《李劼人全集》（第3卷·大波），四川文艺出版社2011年9月版，标题为编者所加

大变的世道

李劼人

　　王奶奶端了一盘黄澄澄的炒嫩鸡蛋出来，大家又盛了饭。

　　王中立话头一转道："现在新名词叫社会，社会大概就指的世道吧？也就坏得不堪！我们就说成都，像你父亲以前挑着担子来省做生意的时候，那是何等好法！门门生意都兴旺，大家都能安生。街上热闹时真热闹！清静时真清静！洋货铺子，只有两家。也不讲穿，也不讲吃。做身衣裳，穿到补了又补，也没有人笑你。男的出门做事，女的总是躲在家里，大家也晓得过日子，也晓得省俭。像我以前教书，一年连三节节礼在内不过七十吊钱，现在之有几个吃饭钱，通是那时积攒下来的。但我们那时过得也并不苦，还不是吃茶看戏，打纸牌，过年时听听扬琴，听听评书？大家会着，总是作揖请安，极有规矩。也信菩萨……"

　　他的老婆一口接了过去道："不是喃！就拿我来说，当我二十几三十岁时，多爱烧香拜佛的，每月总要到城外去烧几次香。那时还无儿女，不能不求菩萨保佑。可是菩萨也灵，拜了两年佛，果然就生了玉儿。那时，信菩萨的实在多，再不像现在大家都在喊啥子不要迷信。菩萨也背了时，和尚也背了时，庙产提了，庙子办了学堂，不说学生们，就多少好人家的人，连香都不烧了。可是菩萨也不灵了，也不降些瘟疫给这些人！"

王中立已吃完了饭，一面抽水烟，一面拿指甲刮着牙齿，接着说道："变多了！变得不成世界了！第一，就是人人都奢华起来，穿要穿好的，吃要吃好的，周秃子把劝业场一开，洋货生意就盖过了一切，如今的成都人，几乎没有一个不用洋货的。聚丰园一开，菜哩，有贵到几元钱一样，酒要吃啥子绍酒；还有听都没有听过的大餐，吃得稀奇古怪，听说牛肉羊肉，生的就切来吃了，还说这才卫生。悦来戏院一开，更不成话，看戏也要叫人出钱，听说正座五角，副座三角，我倒不去，要看哩，我不会在各会馆去看神戏吗？并且男女不分的……"

吴鸿道："那是分开的，女的在楼上。"

"就说分开，总之，男的看得见女的，女的也看得见男的。我听见说过，男的敬女的点心，叫幼丁送信，女的叫老妈送手巾，慈惠堂女宾入口处站班，约地方会面，这成啥子名堂！加以女子也兴进学堂读书，古人说，女子无才便是德，如今却讲究女教。教啥子？教些怪事！一有了女学生，可逗疯了多少男子！劝业场茅房里换裤带的也有了，两姊妹同嫁一个人的也有了，怪事还多哩！总之，学堂一开，女的自然坏了，讲究的是没廉耻！男的哩，也不必说，'四书''五经'圣贤之书不读，却读些毫不中用的洋文，读好了，做啥子？做洋奴吗？一伙学生，别的且不忙说，先就学到没规矩。见了人，只是把腰杆哈一哈，甚至有拉手的。拉手也算礼吗？男女见面，不是也要拉手啦？那才好哩！一个年轻女子，着男子拉着一双手，那才好哩！并且管你啥子人，一见面就是先生，无上无下，都是先生。你看，将来还一定要闹到剃头先生，修脚先生，小旦先生，皂班先生，讨口子先生，大人老爷是不称呼的了。朝廷制度，也不成他妈个名堂！今天兴一个新花样，明天又来一个，名字也是稀奇古怪的，办些啥子事，更不晓得。比如说，谘议局就奇怪，又不像衙门，又不像公所，议员们似乎比官还歪，听说制台大人，还会被他们喊去问话，问得不好，骂一顿。以前的制台么，海外天子，谁惹得起？如今也不行了。真怪！就像这回运动会，一般学生鬼闹一场合，赵制台还规规矩矩地去看。出了事，由制台办理好咧，就有委屈，打禀帖告状好了，那能由几个举贡生员，在花厅上同制台赌吵的道理？如今官也背了时！受洋人的气，受教民的气，还要受学界的气，受议员的气。听说啥子审判厅问案，原告被告全是站着说话。唉！国家的运气！连官都不好做了！一句话说完，世道大变！我想，这才起头哩，好看的戏文，怕还在后头吧？"

他还在叹息，他老婆已把碗洗好了出来，大声喝道："胡说八道些啥子！肚子撑饱了，不去教书，看东家砸了你饭碗，只好回来当乌龟！"

他赶快收拾着走了。

选自《李劼人全集》（第1卷·死水微澜），四川文艺出版社2011年9月版，标题为编者所加

讲讲成都

李劼人

邓幺姑顶喜欢听二奶奶讲成都。讲成都的街，讲成都的房屋，讲成都的庙宇花园，讲成都的零碎吃食，讲成都一年四季都有新鲜出奇的小菜："这也怪了！我是顶喜欢吃新鲜小菜的，当初听说嫁到乡坝里来，我多高兴，以为一年到头，都有好小菜吃了。哪晓得乡坝里才是个鬼地方！小菜倒有，吃萝卜就尽吃萝卜，吃白菜就尽吃白菜！总之：一样菜出来，就吃个死！并且菜都出得迟，打个比方，像这一晌在成都已吃新鲜茄子了，你看，这里的茄子才在开花！……"

尤其令邓幺姑神往的，就是讲到成都一般大户人家的生活，以及妇女们争奇斗艳的打扮。二奶奶每每讲到动情处，不由把眼睛揉着道："我这一辈子是算了的，在乡坝里拖死完事！再想过从前日子，只好望来生去了！幺姑，你有这样一个好胎子，又精灵，说不定将来嫁给城里人家，你才晓得在成都过日子的味道！"

并且逢年过节，又有逢年过节的成都。二奶奶因为思乡病的原因，愈把成都美化起来。于是，两年之间，成都的幻影，在邓幺姑的脑中，竟与她所学的针线工夫一样，一天一天的进步，一天一天的扩大，一天一天的真确。从二奶奶口中，零零碎碎将整个成都接受过来，虽未见过成都一面，但一说起来，似乎比常去成都的大哥哥还熟悉些。

她知道成都有东南西北四道城门，城墙有好高，有好厚；城门洞中间，来往的人如何拥挤。她知道由北门至南门有九里三分长；西门这面别有一个满城，里面住的全是满吧儿，与我们汉人很不对。她知道北门方面有个很大的庙宇，叫文殊院，吃饭的和尚日常是三四百人，煮饭的锅，大得可以煮一只牛，锅巴有两个铜制钱厚。她知道有很多的大会馆，每个会馆里，单是戏台，就有三四处，都是金碧辉煌的；江南馆顶阔绰了，一年要唱五六百台整本大戏，一天总是两三个戏台在唱。她知道许多热闹大街的名字：东大街、总府街、湖广馆；湖广馆是顶好买小菜买鸡鸭鱼虾的地方，凡是新出的菜蔬野味，这里全有；并且有一个卓家大酱园，是做过宰相的卓秉恬家开的，红糟豆腐乳要算第一，酱园门前还竖立着双斗旗杆。她知道点心做得顶好的是淡香斋，桃圆粉、香肥皂做得顶好的是桂林轩，卖肉包子的是都一处，过了中午就买不着了，卖水饺子的是厹饺子，此外还有便宜坊，三钱银子可以配一个消夜攒盒，一两二钱银子可以吃一只烧填鸭，就中顶著名的，是青石桥的温鸭子。

她知道制台、将军、藩台、臬台，出来时多大威风，全街没一点人声，只要听见导锣一响，铺子里铺子外，凡坐着的人，都该站起来，头上包有白帕子，戴有草帽子的，都该立刻揭下；成都、华阳称为两首县，出来就不同了，拱竿四轿拱得有房檐高，八九个轿夫抬起飞跑。有句俗话说："要吃饭，抬两县，要睡觉，抬司道。"她知道大户人家是多么讲究，房子是如何的高大，家具是如何的齐整，差不多家家都有一个花园。她更知道当太太的、奶奶的、少奶奶的、小姐的、姑娘的、姨太太的，是多么舒服安逸，日常睡得晏晏地起来，梳头打扮，空闲哩，做做针线，打打牌，到各会馆女看台去看看戏，吃得好，穿得好，又有老妈子、丫头等服伺；灶房里有伙房、有厨子，打扫、跑街的有跟班、有打杂，自己从没有动手做过饭，扫过地；一句话说完，大户人家，不但太太小姐们不做这些粗事，就是上等丫头，又何尝摸过锅铲，提过扫把？哪个的手，不是又白又嫩，长长的指甲，不是凤仙花染红的？

邓幺姑之认识成都，以及成都妇女的生活，是这样的，固无怪其对于成都，简直认为是她将来最好归宿的地方。

有时，因为阴雨或是什么事，不能到韩家大院去，便在堂屋织布机旁边，或在灶房烧火板凳上，同她母亲讲成都。她母亲虽是生在成都，嫁在成都，但她所讲的，几乎与韩二奶奶所讲的是两样。成都并不像天堂似的好，也不像万花筒那样五色缤纷，没钱人家苦得比在乡坝里还厉害："乡坝里说苦，并不算得。只要你勤快，到处都可找得着吃，找得着烧。任凭你穿得再褴褛，再坏，到人家家里，总不会受人家的嘴脸。还有哩，乡坝里的人，也不像成都那样动辄笑人，鄙薄人，一句话说得不好，人家就看不起你。我是在成都过伤了心的。记得你前头爹爹，以前还不是做小生意的，我还不是当过掌柜娘来？强强勉勉过了一年多不操心的日子，生你头半年，你前头爹爹运气不好，一场大病，把啥子本钱都害光了。想那时，我怀身大肚地走不动，你前头爹爹扶着病，一步一拖去找亲戚，找朋友，想借几个钱来吃饭、医病。你看，这就是成都人的好处，哪个理睬他？后来，连啥子都当尽卖光，只光光地剩一张床。你前头爹爹好容易找到赵公馆去当个小管事，一个月有八钱银子，那时已生了你了。……"

旧时创痕，最好是不要去剥它，要是剥着，依然会流血的。所以邓大娘谈到旧时，虽然事隔十余年，犹然记得很清楚：是如何生下幺姑之时，连什么都没有吃的，得亏隔壁张姆姆盛了一大碗新鲜饭来，才把肚子填了填。是如何丈夫旧病复发死了，给赵老爷、赵太太磕了多少头，告了多少哀，才得棺殓安埋。是如何告贷无门，处处受别人的嘴脸，房主催着搬家，连磕头都不答应，弄到在人贩子处找雇主，都说带着一个小娃娃不方便。有劝她把娃娃卖了的，有劝她丢了的，她舍不得，后来，实在没法，才听凭张姆姆说媒，改嫁给邓家。算来，从改嫁以后，才未焦心穿吃了。

邓大娘每每长篇大论总要讲到两眼红红，不住地擤鼻涕。有时还要等到邓大爷劝得不耐烦，生了气，两口子吵一架，才完事。

但是邓幺姑总疑心她母亲说的话，不见得比韩二奶奶说的更为可信。间或问到韩二奶奶："成都省的穷人，怕也很苦的吧？"而回答的却是："连讨口子都是快活的！你想，七个钱两个锅块，一个钱一大片卤牛肉，一天哪里讨不上二十个钱，那就可以吃荤了！四城门卖的十二象，五个钱吃两大碗，乡坝里能够吗？"

少年人大抵都相信好的，而不相信不好的，所以邓幺姑对于成都的想象，始终被韩二奶奶的乡思支配着。总想将来得到成都去住，并在大户人家去住，尝尝韩二奶奶所描画的滋味，也算不枉生一世。

选自《李劼人全集》（第1卷·死水微澜），四川文艺出版社2011年9月版，标题为编者所加

成都的夜生活

李劼人

成都市在抗战中扩大了，人口从战前的四十几万增加到八十多万。近郊许多地方，从前是纯农村世界，但自民国二十七八年起疏散的人出去的多了，而许多新兴的有关军事机构也尽量建立在郊外，这样一来城外一些地方电灯有了，马路有了，桥梁有了，粮食店、猪肉架子、小菜摊、杂货铺也有了，连带而及的茶铺酒店饭馆旅社栈房都有了，业已把城郊四周十来里地变成了半城半乡的模样；但是一种旧习还依然存留着，便是没有夜生活。

半城半乡之处，交通到底不大方便，只有一些越来越不像样的实心胶轮的人力车；而且一到夜里，还不大找得到。得了抗战之赐，使劳作收入较优的车夫们，辛苦了半天，足以一饱了，他们第一需要休息，第二对于比较寂静的黑魆魆的乡野道路，总不免存有几分戒心，虽然近几年来已不大有什么路劫事件发生。新兴的木箱式的马车和长途车式的公共汽车，路线既只限于四门汽车站以内的旧市区，而且一到黄昏也都要收车的。因为没有夜的交通，在近郊，遂也无夜的生活，大家仍然保存着农村的早作早歇的良好习惯，那是无怪的。

市区以内哩，则说不出什么原因，或者成都市还未进步到近代工业和近代商业的社会，好多生活方式，犹在迟缓的演变中；

一般人还是喜欢的日出而作；一清早是大家工作得顶忙碌的时候，入夜也需要休息了。娱乐场所也如此，白天是准备有闲阶级的人们去消遣，夜间则只能以很短时间来供应忙人，无论是书场，是戏园，是电影院，大抵在八点钟以后不久，就收拾了，而别的许多大都市的夜生活，在八点半钟起，才开始哩。

八点半是成都人最牢记不能忘的"打更时候"。只管大家已习惯了用钟用表，而打更仍是很有效的。小铜锣沿街一敲，于是做夜生意的铺店便关了，摆地摊的便收捡了，茶馆、酒馆、消夜馆一方面准备打烊，一方面也正是生意顶兴隆的时节，行人们纷纷倦游而归，人力车是最后的努力，马路女郎也到了最后关头，再过一刻，维持治安的人们便要用着他们遇啥都感到可疑的眼光，向寥落的夜徘徊者作绵密的侦察或干涉了。

没有八点半以后的夜生活，于是从下午的五点起，就几乎成为有定例的逛街，和欣赏窗饰，和寻找娱乐，和钻茶馆会朋友谈天消遣的必要时间。而成都市区又只有这么一点大。几条中心街道，像春熙路，像总府街，像几段东大街，便成为人流的交汇地方。因此，周安拉着陈登云的车子也和适才在总府街东段时一样，不能凭着气力朝前直冲，只能随在一条长蛇似的车阵之后，而时时向后面车子打着招呼："少来！""前挡！"放缓脚步，徐徐通过了春熙路，通过了上中东大街。

选自《李劼人全集》（第5卷·天魔舞），四川文艺出版社2011年9月版，标题为编者所加

成都的茶铺

李劼人

茶铺，这倒是成都城内的特景。全城不知道有多少，平均下来，一条街总有一家。有大有小，小的多半在铺子上摆二十来张桌子；大的或在门道内，或在庙宇内，或在人家祠堂内，或在什么公所内，桌子总在四十张以上。

茶铺，在成都人的生活上具有三种作用：一种是各业交易的市场。货色并不必拿去，只买主卖主走到茶铺里，自有当经纪的来同你们做买卖，说行市；这是有一定的街道，一定的茶铺，差不多还有一定的时间。这种茶铺的数目并不太多。

一种是集会和评理的场所。不管是固定的神会、善会，或是几个人几十个人要商量什么好事或歹事的临时约会，大抵都约在一家茶铺里，可以彰明较著地讨论、商议、乃至争执；要说秘密话，只管用内行术语或者切口，也没人来过问。假使你与人有了口角是非，必要分个曲直，争个面子，而又不喜欢打官司，或是作为打官司的初步，那你尽可邀约些人，自然如韩信将兵，多多益善——你的对方自然也一样的——相约到茶铺来。如其有一方势力大点，一方势力弱点，这理很好评，也很好解决，大家声势汹汹地吵一阵，由所谓中间人两面敷衍一阵，再把势弱的一方数说一阵，就算他的理输了。输了，也用不着赔礼道歉，只将两方几桌或十几桌的茶钱一并开消了事。

如其两方势均力敌，而都不愿认输，则中间人便也不说话，让你们吵，吵到不能下台，让你们打，打的武器，先之以茶碗，继之以板凳，必待见了血，必待惊动了街坊怕打出人命，受拖累，而后街差啦，总爷啦，保正啦，才跑了来，才恨住吃亏的一方，先赔茶铺损失。这于是堂倌便忙了，架在楼上的破板凳，也赶快偷搬下来了，藏在柜房桶里的陈年破烂茶碗，也赶快偷拿出来了，如数照赔。所以差不多的茶铺，很高兴常有人来评理，可惜自从警察兴办以来，茶铺少了这项日常收入，而必要如此评理的，也大感动辄被挡往警察局去之寂寞无聊。这就是首任警察局总办周善培这人最初与人以不方便，而最初被骂为周秃子的第一件事。

另一种是普遍地作为中等以下人家的客厅或休息室。不过只限于男性使用，坤道人家也进了茶铺，那与钻烟馆的一样，必不是好货；除非只是去买开水端泡茶的，则不说了。下等人家无所谓会客与休息地方，需要茶铺，也不必说。中等人家，纵然有堂屋，堂屋之中，有桌椅，或者竟有所谓客厅书房，家里也有茶壶茶碗，也有泡茶送茶的什么人；但是都习惯了，客来，顶多说几句话，假使认为是朋友，就必要约你去吃茶。这其间有三层好处，第一层，是可以提高嗓子，无拘无束地畅谈，不管你说的是家常话，要紧话，或是骂人，或是谈故事，你尽可不必顾忌旁人，旁人也断断不顾忌你；因此，一到茶铺门前，便只听见一派绝大的嗡嗡，而夹杂着堂倌高出一切的声音在大喊："茶来了！……开水来了！……茶钱给了！……多谢啦！……"第二层，无论春夏秋冬，假使你喜欢打赤膊，你只管脱光，比在人家里自由得多；假使你要剃头，或只是修脸打发辫，有的是待诏，哪怕你头屑四溅，短发乱飞，飞溅到别人茶碗里，通不妨事，因为"卫生"这个新名词虽已输入，大家也只是用作取笑的资料罢了；至于把袜子脱下，将脚伸去登在修脚匠的膝头上，这是桌子底下的事，更无碍已。第三层，如其你无话可说，尽可做自己的事，无事可作，尽可抱着膝头去听隔座人谈论，较之无聊赖地呆坐家中，既可以消遣辰光，又可以听新闻，广见识，而所谓吃茶，只不过存名而已。

如此好场合，假使花钱多了，也没有人常来。而当日的价值：雨前毛尖每碗制钱三文，春茶雀舌每碗制钱四文，还可以搭用毛钱。并且没有时间限制，先吃两道，可以将茶碗移在桌子中间，向堂倌招呼一声："留着！"隔一二小时，你仍可去吃。只要你灌得，一壶水两壶水满可以的，并且是道道圆。

不过，茶铺都不很干净。不大的黑油面红油脚的高桌子，大都有一层垢腻，桌栓上全是抱膝人踏上去的泥污，坐的是窄而轻的高脚板凳。地上千层泥高高低低；头上梁桁间，免不了既有灰尘，又有蛛网。茶碗哩，一百个之中，或许有十个是完整的，其余都是千巴万补的碎磁。而补碗匠的手艺也真高，他能用多种花色不同的破茶碗，并合拢来，不走圆与大的样子，还包你不漏。也有茶船，黄铜皮揎的，又薄又脏。

总而言之，坐茶铺，是成都人若干年来就形成了的一种生活方式。

选自《李劼人全集》（第2卷·暴风雨前），四川文艺出版社2011年9月版，标题为编者所加

成都东大街

李劼人

自正月初八起，成都各大街的牌坊灯，便竖立起来。初九日，名曰上九，便是正月烧灯的第一宵。全城人家，并不等什么人的通知，一入夜，都要把灯笼挂出，点得透明。就中以东大街各家铺户的灯笼最为精致，又多，每一家四只，玻璃彩画的也有，而顶多顶好看的总是绢底彩画的，并且各家争胜斗奇，有画《三国》的，有画《西厢》《水浒》，或是《聊斋》《红楼梦》的，也有画戏景的，不一定都是匠笔，有多数是出自名手，可以供雅俗之赏。所以一到夜间，万灯齐明之时，游人们便涌来涌去，围着观看。

成都东大街

　　牌坊灯也要数东大街的顶多顶好，并且灯面绢画，年年在更新。而花炮之多，也以东大街为第一。这因为东大街是成都顶富庶的街道，凡是大绸缎铺，大匹头铺，大首饰铺，大皮货铺，以及各字号，以及贩卖苏、广杂货的水客，全都在东大街。所以在南北两门相距九里三分的成都城内，东大街真可称为首街。从进东门城门洞起，一段，叫下东大街，还不算好，再向西去一段，叫中东大街、城守东大街和上东大街，足有二里多长，那就显出它的富丽来了：所有各铺户的铺板门坊，以及檐下卷棚，全是黑漆推光；铺面哩，又高、又大、又深，并且整齐干净；招牌哩，全是黑漆金字，很光华，很灿烂。因为从乾隆四十九年起经过几次大火灾，于是防患未然，每隔几家铺面，便高耸一道风火墙；而街边更有一口长方形足有三尺多高、盛满清水的太平石缸，屋檐下并长伸出丁葆桢丁制台所提倡的救火家具：麻搭、火钩。街面也宽，据说足以并排走四乘八人大轿。街面全铺着红砂石板，并且没一块破碎了而不即更换的。两边的檐阶也宽而平坦，一入夜，凡那些就地设摊卖各种东西的，便把这地方侵占了；灯火荧荧，满街都是，一直到打二更为止。这是成都唯一的夜市，据说从北宋朝时候就有了这习俗，而大家到这里来，并不叫上夜市，却呼之为赶东大街。

　　东大街在新年时节，更显出它的体面来：每家铺面，全贴着硃红京笺的宽大对联以及短春联，差不多都是请名手撰写，互相夸耀都是与官绅们接近的，或者当掌柜的是士林中人物。而门额上，则是一排五张硃红笺镂空花，贴泥金的喜门钱。门扉上是彩画得很讲究的秦军胡帅，或是直书“只求心中无愧，何须门上有神”，以表示达观。并且生意越大，在门神下面，粘着的拜年的梅红名片便越多，而自除夕直到破五，积在门外，未经扫除的鞭炮渣子，便越厚，从早至晚，划拳赌饮的闹声越高，出入的醉人也越多！

除此之外，便是花灯火炮了。

从上九夜起，东大街中，每夜都是一条人流，潮过去，潮过来。因此，每年都不免要闹些事的。

这一年，自不能例外，在上九一夜，凡乡下人头上的燕毡大帽，生意人头上的京毡窝，老年人头上加了皮耳的瑞秋帽，老酸公爷们头上的潮金边子耍须苏缎棉瓜皮帽，被小偷趁热闹抓去的，有二十几顶；失怀表的，失鼻烟壶的，失荷包的，以及失散碎银子的，也有好几起。失主们若是眼明手快，将小偷抓住，也不过把失物取回，赏他几个耳光，唾他几把口水了事。谁愿意为这点小事，去找街差、总爷，或送到两县去自讨烦恼？何况小偷们都是经过教训，而有组织的，你就明明看见他抓了你的东西，而站在身边，你须晓得，你的失物已是传了几手，走得很远了；无赃不是贼，你敢奈何他吗？所以十有九回，失主总是叹息一声了事。

初十夜里，更热闹一点。上东大街与城守东大街臬台衙门照壁后的走马街口，就有两个看灯火的少妇，被一伙流痞举了起来。虽都被卡子上的总爷们一阵马棒救下了，但两个女人的红绣花鞋，玉手钏，镀金簪子，都着勒脱走了。据说有一个着糟蹋得顶厉害，衣襟全被撕破，连挑花的粉红布兜肚都露了出来，而脸上也被搔伤了。大家传说是两个半开门的婊子，又说是两个素不正经的小掌柜娘，不管实在与否，而一般的论调却是："该遭的！难道不晓得这几夜东大街多烦？年纪轻轻的婆娘，为啥还打扮得妖妖娆娆地出来丧德？"

选自《李劼人全集》（第1卷·死水微澜），四川文艺出版社2011年9月版，标题为编者所加

从督院街到西御街

李劼人

大家都走远了，黄澜生一个人还站在督练公所大门边踟蹰不定。手上一只皮护书，由于没有拿惯，不晓得如何拿才合适。

天上阴云密布，看来像个下雨天。要是步行回去，一定会遇雨。既无轿子，又没有雨伞，难道光着头皮去淋吗？那么，仍然回衙门去——徐保生说不能退回去，当然是王寅伯恐吓大家的话。尤安、蒋福不是声明一声，就大摇大摆地走了进去么——更不好。自己在公事房熬个夜倒不要紧，不走的人有那么多，说不上寂寞。但是一想到家，一想到从未无原无故与自己分别过一宵半夕的太太，再一想到绕膝索笑的小儿小女，恨不得一气就跑回，即令白雨倾盆，也无所谓了。决定走！好在自己也常常步行，今天步行一趟也算不得纡尊降贵。

门口一个站哨的陆军军人见他像要向西辕门走去的模样，便和颜悦色地对他说："你这位老爷为啥不朝那头走呢？"

"我住在西御街，是应该向西走的。"

"我劝你老爷多走几步路，绕过去的好。"

"却是为了啥？"

"我晓得辕门内外都布了岗，不准通过。学道街、走马街那一带已有命令叫阻断交通。除非你有特许状才能走。"那军人还在嘴角边露出一丝笑意说："若是我们陆军布的防哨，又好通融了，只要你说清楚，哪里来，哪里去……"

一个军帽上有一条金线标记的军官走出来，站哨军人连忙立正举枪。

黄澜生只好打定主意，也向东头的南打金街走去。

果然满街是兵，而且是青布包头、麻耳草鞋，两个肩头上各沉甸甸地斜挂一条也和所穿衣裤一样的灰布做的子弹带、手上一支九子枪并不好生拿着的巡防兵，一个个立眉竖眼，好像满脸都生的是横肉。光看外表，已和陆军不同。黄澜生捧着皮护书，小心翼翼地从行列中穿出，一直走到丁字口上。

向北一条就是南打金街，通出去是东大街。照路线说，黄澜生是应该打从这里走的。他本也安排从这里走。但是举眼一望，也和督院东街情形一样，在街上站成队的全是兵，全是那些令人望而生畏的巡防兵，没一个普通人在走路。

向南一条是向来就不当道的丝绵街。这时，更显得冷清清的也没有兵，也没有普通人。跨在金河上的古卧龙桥的重檐翘角的桥亭，更其巍然。虽是一条好像生气很少的街，但在黄澜生看来，反而感觉平安得多。他于是就取道丝绵街，过了古卧龙桥，走入更为偏僻、只有不多几家公

编草鞋的老者

馆门道而无一间铺面的光大巷，沿着汤汤流水的金河，静悄悄地一直走到一洞桥街。

有兵的街道走起来固然有点使人胆怯。但是没有人迹的街道走起来却也有点令人心惊。看来，还是该选那些有人无兵的街道才是办法。黄澜生站下来估量了一下：他目前走的是金河南岸的街道，过了一洞桥向西，便是金河北岸的街道。第一条是半边街，差不多都是绸缎铺和机房，街道不冷僻，并且有几家绸缎铺他还常有往来。像这样的街当然入选，但是也不对。因为半边街向西出去是青石桥，那个陆军军人不是说过青石桥就有巡防兵吗？走去被阻拦住了，反而不美。他想了想，遂向街的南口走去，再向西是东丁字街。

这条街倒不算怎么冷僻。街中还有一院大房屋，是湖北、湖南两省在四川做官的人，因嫌湖广会馆陈旧了，而且首事们大都是已在四川落了业的小绅士、小商人，做起会来，一同起居时，和他们的身份不相称，于是在湖广会馆之外，另自集资修建了一所堂皇富丽的两湖公所，用作他们聚会游谯地方。里面布置有一个"音樽候教"即是说请客坐席看戏的座落，黄澜生曾经应他湖南同寅之请，来坐过席，看过戏。这时，两湖公所也和这条街中其他一些公馆、门道、院落一样，两扇黑漆门扉关得死紧。

走到西丁字街才看见了人。黄澜生放缓脚步，吁了口气。不但感到头上背上全是汗，并且两只脚胫也确乎觉得有些疲软，尤其讨厌的是那个皮护书，穿着马褂靴子，而手上抱着一个皮护书，这成什么名堂！再向上一望：天更阴沉，雨好像等不到一顿饭的时候便要下了。"唉！如其有乘轿子坐上，好多哟！"

留心一看，一家铺面虽也阖上了铺板，但也敞开着两扇铺门。门外也有两个人，一个年轻些的站着，一个业已中年的衔了一根短叶子烟杆蹲在檐阶边。就人的模样而言，很像轿夫。再看屋檐口一块不很触目的吊牌，标题着："易洪顺花轿执事行"，岂不就是轿铺啦？

"轿子，打一乘出来！西御街！"

两个人都不开口。只那年轻一些的人泛起红砂眼瞅了他一下。

黄澜生再把吊牌看一遍，没有错；又进前两步走到铺门口，伸长脖子向里面一望，不是轿铺是什么？三面靠壁的通铺上还横七竖八地睡了几个人，架子高处，一排六乘小轿一乘不少，屋角上一个小行灶一个大炉子，两个人正在那里做菜，做饭。

"轿子，只要一乘，到西御街！"

毫无动静。一会儿才有一个苍老声音懒洋洋地答说："没人抬。"

"开玩笑的话！铺里铺外，睡着坐着的不都是人么？"

另一个声音："就是不抬！"

"路不远，充其量五条街嘛，多给几十个钱，好不好？"黄澜生的话不是商量，已经近乎恳求了。平常日子，不会有这种声口的！

"钱是小事，性命要紧啰！……"

就是那苍老声音接着说道："硬对！人无贵贱，性命都只有一条。今天不挣钱，明天还可以挣，今天丢了命，明天就找不回啦！"

黄澜生故意笑了笑道："何至于就要命！"

"你没有看见罢咧！文庙前街的口子上打死两个在那里摆着的，不就是云台司吗？"

这时已有四五人，大概都是左右几家做家具出卖的木匠师傅，也在街边闲望，便围拢来看。其中一个就搭起话来道："今天真是个大日子，成都省从来没有过的大日子！好端端地会开起红山来。我才从北门上回来，他妈的，大什字那头，听说打死三个。东大街、走马街、院门口，没一处没死人……"

另一个人抢着说道："制台衙门更多，死了一大坝，满地是血！"

"开红山，到底为了啥？"一个人这样问。

"他妈赵屠户杀人，还和你讲道理么？只能说今天大家背时，碰上了！"

一个老年人叭着叶子烟叹道："也是现在的世道哟！从前制台衙门杀一个人，谈何容易！写公事的纸都要几捆。人命关天的事，好不慎重。今天不讲究这些了。管你啥子人，管你啥子事，红不说白不说，噼呖叭喇一阵枪，成个啥名堂！说起来，总怪百姓不好，总怪百姓爱闹事，他们做官人总有理。今天呢？百姓不曾造反，做官人倒胡行非为起来，你们看，这是啥子世道！"

话一说开，听的人越多，登时就是一堆。

黄澜生晓得坐不成轿子，又怕下雨，遂耐住热汗和疲乏，取了条比较短些的路线，急急忙忙向西御街走去。

离大门还有几丈远，两个孩子便像飞鸟似的，从门旁石狮边跳出，对直向他跑来，一路喊着："爹爹！……爹爹！……"

黄澜生顾不得在街上被人看见会议论他有失体统，他已蹲了下去，把皮护书放在衣襟兜里，张开两手，让婉姑扑进怀来；一把抱起，在她红得像花红似的小脸蛋上连亲几下。只管作出笑脸在说："闹山雀儿！爹爹的闹山雀儿！爹爹的小乖女！"可是眼睛已经又酸又涩。

又伸手去把振邦的肩膀两拍道："你们怎么跑上街来了！……妈妈呢？"

两个孩子争着说道："妈妈急得啥样，……尽等你不回来。……街上人乱跑，……楚表哥也没回来，他在学堂里。……妈妈说，叫哪个人来找你呢？……全街闹震了，又不晓得啥子事。……后来，听说制台衙门的兵开炮火打死多少人。……你咋个这时候才回来？……妈妈在轿厅上等你。……"

皮护书交给振邦拿着，两手挽着孩子，还没走拢，看门老头已经满脸是笑地在大门外迎着道："菩萨保佑，老爷回来啦！"

选自《李劼人全集》（第3卷·大波），四川文艺出版社2011年9月版，标题为编者所加

三圣巷

李劼人

陕西街的三圣巷是容易找的。第一，巷口外一座三圣庙，虽然不大，却突出在街边上，非常触眼。第二，巷子不宽也不深，但住的人可不少，又矮又窄的木架泥壁房子，对面排列，密得像蜂房；十有八家都在拉篦子，深处还有两家大车缲房，等不到走进巷口，就已听得见木车轴的格轧格轧，和皮条拉着篦子长柄的嗯噜嗯噜；还有提着生丝把子的人匆匆走进去，挽着熟丝把子的人匆匆走出来；就是过路人行经巷口时，谁也要睃一两眼的。

走进巷口，嗨！真好看呀！窄窄一线天空，像哪家办大喜事样，全挂满了各色各式的彩旗！——哦！并非彩旗，原来是几十根竹竿上晒的衣裳裤子！一定是住户们从外面领来洗的，不然，不会那么多。而且几家铺面外的檐阶上，还放有三四只大木盆，一些大娘大嫂还正在一面摆龙门阵，一面哗哗地搓洗。彩旗下面，也不算宽的巷道，是儿童乐园，不可计数的娃儿，都赤着上身在那里跑跳吵闹，还不会走路的小娃儿，简直就像裸虫，在泥地上爬！

楚用上下一看道："想不到成都还有这样的地方，今天倒开了眼了！"

"真是少所见，多所怪，不如这里的地方还多哩！你以为成都住家人户，都像你黄表叔家那样么？……留心数一数，好像就是这里了。"

一间同型的小铺面，两扇木板门关得没一丝缝，在这热闹环境当中，显得非常寂寞。

楚用迟迟疑疑地说："数目倒对，左手第七家，为啥关着门？难道没人在吗？"

两个人把门拍了几下，又同声高喊着吴凤梧！吴先生！

门后一个苍老的女人声音回说："出去了，不在家。"

果不出黄澜生所料。再问："到哪里去了？"回说："不晓得。""什么时候回来？""不晓得。""那么，有笔墨没有？留个条子给他罢！""没有。"

再问时，连声气都没有了。

两个人互看一眼，只好退出巷口，商量着回到黄家写封信，叫罗升送来的好呢？还是就近找家杂货铺买张信纸写了，给他塞进门缝去的好？

选自《李劼人全集》（第3卷·大波），四川文艺出版社2011年9月版，标题为编者所加

总府街

李劼人

　　总府街是甲等街，街面不宽，人行道也窄。两面应该拆卸退让人行道的铺家，大概为了很多原因，有的照规定尺寸退进去了，有的依然如故，把一整条街的两面，遂形成了一种不整齐的锯齿。

　　只管划为甲等街，因为是市中心区，而繁华的春熙路和曾经繁华过的商业场又南北交叉在它的腰节上，以形势而言，实在是一条冲要街道。而人们也不因为它被划为甲等街，遂按照规定而减少往来的数目。

　　陈登云的包车一走到这里，也就不能由周安猛冲。满街的人，满街的车，彼此车铃踏得一片响，车夫也不住声地打着招呼："撞着！""左手！""右手！""少来！"但是，总没办法把一般踱着方步，东张张，西望望，颇为悠然的男女行人，全挤到人行道上去，将一些水果担子和临时地摊踩毁呀！

　　成都市街上行道的秩序，自清朝办警察时起，就训练着"行人车辆靠右走！"二三十岁的人早已有此素习了的。忽然由于国民党的"新生活运动"，一次手令，二次手令，强迫改为"行人车辆靠左走！"说是必如此才能救国，也才是新生活。几年来的强勉奉行，大家又已渐渐成为素习了。现在政府说是要将就盟友驾驶的方便，又要改回来，仍然"行人车辆靠右走"了。而且宣传上又这么说："倘若一齐靠右走，则行人脑后没有眼睛，车辆从后冲来，岂不有性命之忧？不如改为车辆靠右走，行人靠左走，不一齐右倾或左倾，那么，行人车辆迎面而行，彼此看得明白，便来得及互让了。"这是聪明人的想法，实开世界行道秩序之新纪元。总府街的行道秩序，可以说恰是在做这种宣传的实验。

陈登云的车子刚好拉到商业场门口人丛中放下，他也刚好下车时，一辆吉普车忽从西头驰来，活像艨艟大舰样，把一条活的人流，冲成两大片。这大舰上载了四个年轻的水手，也可说就是美国兵，只一个戴了顶黄咔叽船形帽，三个都戴的是中式青缎瓜皮帽，准是才在福兴街买来的。一路闹着唱着，同人浪里的哗笑和一片几乎听不清楚的"密斯特，顶好！"的声音，溶成了一股响亮的激流。

十字街口上的交通警察，只管笑容可掬地平伸左臂，礼让着要他们过去，可是那大舰也像喝醉了似的，并不一直向东头走，而只是绕着警察先生所站的地方打转转。警察先生很是惶惑，对于这辆过于活泼的吉普车，真不晓得如何指挥法。一条无形的线牵引着他，使他也面随着那车，一连打了三个转转，两条带有白袖套的手臂，一会伸起来，一会又放下去，脸上是很尴尬的一副笑容。

这简直是街头剧，而且是闹剧，从四条热闹街上走来的人啦车啦，也像朝宗于海的江淮河汉四渎，把十字街口挤成了一道潮样的墙。呼叫和哗笑的声音，确也像潮音，刚沉下去，又沸涌起来。

吉普车兜到第三个圈子，才在春熙路口侧停下了，也登时就被人潮淹没。许多人都不肯离开，好像在研究车，又像在研究人。一下流通了的人力车，凭车夫怎么喊叫，总喊不出一条可以走得通的路。几个火气大的车夫，一面用手推，一面又有意地用车杠去撞，可是无感觉的人潮，还是那么挤，还是那么涌，只有少数上了年纪的男女，才望一望就走开，却也要大声表示点意见："有啥看头！几个洋人罢咧！"

忽然间，停吉普车的地方，一串火爆响了起来。被爆炸的纸花，带着烟火，四面溅射，一派硫磺和火硝的浓烟，凝成簸筐大一团青郁郁的密雾。挤着的人墙登时就崩坍了。情绪好像更快活，"顶好，密斯特！……顶好，顶好！"比火爆的霹雳叭啦的响声还响。

陈登云这时才看见一个戴瓜皮帽的美国兵，单腿跪在地下，正拿着一只自动照相机向四面在照。

照相机好像是无形的机关枪，崩坍的人墙，一下子就变成碰上岩石自然粉碎的浪花，人人都在朝后蹿，人人都在呐喊："在照相了，躲呀！……莫把你个宝气样子照进去啊！"

十字街口的秩序乱极了，比"六·一一"和"七·二七"日本飞机盲目投弹时的秩序还坏。这可气煞了交通警察，红着脸跳下他的岗位，挥起拳头直向人堆中打去，口里大声叱骂着："走开！走开！外国人要照相啦！"

"你妈的打老娘！老娘打这里过的，惹着你龟儿子啥地方？你敢打老娘！"

"哈哈！打着了女太太！……你才歪哩！……看你脱得了手不？"人们是这样地吵着。

人潮又汹涌起来，要走的都不走了，才躲蹿到街角上和各铺门口去的，也飞跑拢去，一面像打招呼地喊道："快来看！……快来看！……警察把一个女太太打伤了！……抓他到警察局去，他龟儿敢乱打人！……"

这时群众的情绪是忿怒了。

警察连忙大声在分辩。仅看得见两条有白袖套的手臂一扬一扬，是在加重说话的分量。但他却终于敌不过那更有分量的女高声和评断道理的群众的噪音……

幸而事件立刻就解决了。三个戴瓜皮帽的美国兵早已分开观众，挤进核心，听不明白叽呱了几句什么，只见一个美国兵用手臂挟着朱太太的光膀膊，两个密斯特就分攘着人众，连那个惹起问题的警察先生也在内。接着吉普车开上去，看不明白是怎样一个情状，只听见噗噗噗几声，连喇叭都没响，那车已在人众拍掌欢呼声中，一掉头直向春熙路开走了。

"倒便宜了密斯特了！哈哈！"

"莫乱说！不见得人家就那么坏！"

"年轻小伙子，筋强力壮的，又吃醉了，哪能不……"

"人家都是大学生，有教育的，哪像我们这里的丘八，一见女人就慌了，人家分得出好歹来的！"

选自《李劼人全集》（第5卷·天魔篇），四川文艺出版社2011年9月版，标题为编者所加

天回镇

李劼人

由四川省省会成都，出北门到成都府属的新都县，一般人都说有四十里，其实只有三十多里。路是弯弯曲曲画在极平坦的田畴当中，这是一条不到五尺宽的泥路，仅在路的右方铺了两行石板；大雨之后，泥泞有几寸深，不在草鞋后跟拴上铁脚马几乎半步难行，晴明几日，泥泞又会变为一层浮动的尘土，人一走过，很少有不随着鞋的后跟而扬起几尺的；然而到底算是川北大道。它一直向北伸去，直达四川边县广元，再过去是陕西省的宁羌州、汉中府，以前走北京首都的驿道，就是这条路线。并且由广元分道向西，是川、甘大镇碧口，再过去是甘肃省的阶州、文县，凡西北各省进出货物，这条路是必由之道。

路是如此平坦，但不知从什么时代起，用四匹马拉的高车，竟在四川全境绝了迹，到现在只遗留下一种二把手从后面推着走的独轮小车；运货只有骡马与挑担，运人只有八人抬的、四人抬的、三人抬的、二人抬的各式各样轿子。

以前官员士子来往北京与四川的，多半走这条路。尤其是主考、学政、总督们上任下任。沿路州县官吏除供张之外，还须修治道路。以此，大川北路不但与川东路一样，按站都有很宽绰、很大样的官寓，并且常被农人侵蚀为田的道路：毕竟不似其他大路，名义是官道，却只能剩一块二尺来宽的石板给人轿、驮马行走，而这路，还居然保持到五尺来宽的路面。

路是如此重要，所以每日每刻，无论晴雨，你都可以看见有成群的驮畜，载着各种货物，掺杂在四人官轿、三人丁拐轿、二人对班轿，以及载运行李的杠担挑子之间，一连串来，一连串去。在这人流当中，间或一匹瘦马，在项下摇着一串很响的铃铛，载着一个背包袱、跨雨伞的急装少年，飞驰而过，你就知道这是驿站上送文书的人。不过近年因为有了电报，文书马已逐渐逐渐的少了。

就在成都与新都之间，刚好二十里处，在锦田绣错的旷野中，位置了一个不算大也不算小的镇市。你从大路的尘幕中，远远便可望见在一些黑魆魆的大树阴下，像岩石一样，伏着一堆灰黑色的瓦屋；从头一家起，直到末一家止，全是紧紧接着，没些儿空隙。在灰黑瓦屋丛中，也像大海里涛峰似的，高高突出几处雄壮的建筑物，虽然只看得见一些黄琉璃、碧琉璃的瓦面，可是你一定猜得准这必是关帝庙、火神庙，或是什么宫、什么观的大殿与戏台了。

镇上的街面，自然是石板铺的，自然是遭叽咕车的独轮碾出了很多的深槽，以显示交通频繁的成绩，更无论乎驮畜的粪，与行人所丢的甘蔗渣子。镇的两头，不能例外地没有极脏极陋的穷人草房，没有将土地与石板盖满的秽草猪粪，狗矢人便。而臭气必然扑鼻，而褴褛的孩子们必然在这里嬉戏，而穷人妇女必然设出一些摊子，售卖水果与便宜的糕饼，自家便安坐在摊后，与邻居们谈天、做活。

不过镇街上也有一些较为可观的铺子，与镇外情形全然不同了。即如火神庙侧那家云集栈，虽非官寓，而气派竟不亚于官寓。门口是一片连五开间的饭铺，进去是一片空坝，全铺的大石板，两边是很大的马房。再进去，一片广大的轿厅，可以架上十几乘大轿。穿过轿厅，东厢六大间客房，西厢六大间客房，上面是五开间的上官房。上官房后面，一个小院坝，一道短墙与更后面的别院隔断；而短墙的白石灰面上，是彩画的福禄寿三星图，虽然与全部房舍同样地陈旧黯淡，表白出它的年事已高，幸而青春余痕，尚未泯灭干净。

这镇市是成都北门外有名的天回镇。志书上，说它得名的由来远在盛唐。因为唐玄宗李隆基避安禄山之乱，由长安来南京——成都在唐时号称南京，以其在长安之南的原故——刚到这里，便"天旋地转回龙驭"了。皇帝在昔自以为是天之子，天子由此回銮，所以得了这个带点封建臭味的名字。

这一天，又是天回镇赶场的日子。

初冬的白昼，已不很长，乡下人起身得又早，所以在东方天上有点鱼肚白的颜色时，镇上铺家已有起来开铺板，收拾家具的了。

闲场日子，镇上开门最早的，首数云集、一品、安泰几家客栈，这因为来往客商大都是鸡鸣即起，不等大天光就要赶路。随客栈而早兴的，是鸦片烟馆，是卖汤元与醪糟的担子。在赶场日子，同时早兴的，还有卖猪肉的铺子。

川西坝——东西二百余里，南北七百余里的成都平原的通俗称呼——出产的黑毛肥猪，起码在四川全省，可算是头一等好猪。猪种好，全身黑毛，毛根稀，矮脚，短嘴，皮薄，架子大，顶壮的可以长到三百斤上下；食料好，除了厨房内残剩的米汤菜蔬称为潲水外，大部分的食料是酒糟、米糠，小部分的食料则是连许多瘠苦地方的人尚不容易到口的玉麦粉或碎白米稀饭；喂养得干净，大凡养猪的，除了乡场上一般穷苦人家，没办法只好放敞猪而外，其余人家，都特修有猪圈，大都是大石板铺的地，粗木桩做的栅，猪的粪秽是随着倾斜石板面流到圈外厕所里去了，喂猪食的石槽，是窄窄的，只能容许它们仅仅把嘴筒放进去。最大原则就是只准它吃了睡，睡了吃，绝对不许它劳动。如像郫县、新繁县等处，石板不好找，便用木板造成结实的矮楼，楼下是粪坑，楼板时常被洗濯得很光滑。天气一热，生怕发生猪瘟，还时时用冷水去泼它。总之，要使它极为舒适，毫不费心劳神地只管长肉。所以成都西北道的猪，在川西坝中又要算头等中的头等。它的肉，比任何地方的猪肉都要来得嫩些，香些，脆些，假如你将它白煮到刚好，切成薄片，少蘸一点白酱油，放入口中细嚼，你就察得出它带有一种胡桃仁的滋味，因此，你才懂得成都的白片肉何以是独步。

因为如此，所以天回镇虽不算大场，然而在闲场时，每天尚须宰二三只猪，一到赶场日子，猪肉生意自然更其大了。

就是活猪市上的买卖，也不菲呀！活猪市在场头一片空地上，那里有很多大圈，养着很多的肥猪。多是闲场时候，从四乡运来，交易成功，便用二把手独轮高车，将猪仰缚在车上，一推一挽向省城运去，做下饭下酒的材料。猪毛，以前不大中用，现在却不然，洋人在收买；不但猪毛，就连猪肠，瘟猪皮，他都要；成都东门外的半头船，竟满载满载地运到重庆去成庄。所以许多乡下人都奇怪："我们丢了不中用的东西，洋鬼子也肯出钱买，真怪了！以后，恐怕连我们的泥巴，也会成钱啦！"

米市在火神庙内，也与活猪市一样，是本镇主要买卖之一。天色平明，你就看得见满担满担的米，从糙的到精的，由两头场口源源而来，将火神庙戏台下同空坝内塞满，留着窄窄的路径，让买米的与米经纪来往。

家禽市，杂粮市，都在关帝庙中，生意也不小。鸡顶多，鸭次之，鹅则间或有几只，家兔也与鹅一样，有用篮子装着的，大多数都是用稻草索子将家禽的翅膀脚爪扎住，一列一列地摆在地上。小麦、大麦、玉麦、豌豆、黄豆、胡豆，以及各种豆的箩筐，则摆得同八阵图一样。

大市之中，尚有家畜市，在场外树林中，有水牛，有黄牛，有绵羊，有山羊，间或也有马，有叫驴，有高头骡子，有看家的狗，有捕鼠的猫。

大市之外，还有沿街而设的杂货摊，称为小市的。在前，乡间之买杂货，全赖挑担的货郎，摇着一柄长把拨浪鼓，沿镇街、沿农庄走去。后来，不知是哪个懒货郎，趁赶场日子，到镇街上设个摊子，将他的货色摊将出来，居然用力少而收获多，于是就成了风尚，竟自设起小市来。

小市上主要货品，是家机土布。这全是一般农家妇女在做了粗活之后，借以填补空虚光阴，自己纺出纱来，自己织成，钱虽卖得不多，毕竟是她们在空闲时拾来的私房，并且有时还赖以填补家缴之不足的一种产物。但近来也有外国来的竹布，洋布，那真好，又宽又细又匀净，白的雪白，蓝的靛蓝，还有印花的，再洗也不脱色，厚的同呢片一样，薄的同绸子一样，只是价钱贵得多，买的人少，还卖不赢家机土布。其次，就是男子戴的瓜皮帽，女子戴的苏缎帽条，此际已有燕毡大帽与京毡窝了，凉帽过了时，在摊上点缀的，唯有极寻常的红缨冬帽，瑞秋帽。还有男子们穿的各种鞋子，有云头，有条镶，有单梁，有双梁，有元宝，也有细料子做的，也有布做的，牛皮鞋底还未作兴到乡下来，大都是布底，毡底，涂了铅粉的。靴子只有半勒快靴，而无厚底官靴。关于女人脚上的，只有少数的纸花样，零剪鞋面，高蹬木底。鞋之外，还有专是男子们穿着的漂白布琢袜，各色的单夹套裤，裤脚带，以及搭发辫用的丝绦，丝辫。

小市摊上，也有专与妇女有关的东西。如较粗的洗脸土葛巾，时兴的细洋葛巾；成都桂林轩的香肥皂，白胰子，桃圆粉，砵红头绳，胭脂片，以及各种各色的棉线、丝线、花线、金线、皮金纸；廖广东的和烂招牌的剪刀、修脚刀、尺子、针、顶针。也有极惹人爱的洋线、洋针，两者之中，洋针顶通行，虽然比土针贵，但是针鼻扁而有槽，好穿线，不过没有顶大的，比如衲鞋底，绽被盖，便没有它的地位；洋线虽然匀净光滑，只是太硬性一点，用的人还不多。此外就是铜的、银的、包金的、贴翠的、簪啊、钗啊，以及别样的首饰，以及假玉的耳环，手钏。再次，还有各色各样的花辫，绣货，如挽袖裙幅之类；也有苏货，广货，京料子花，西洋假珍珠。凡这些东西，无不带着一种诱惑面目，放出种种光彩，把一些中年的、少年的妇女，不管她们有钱没钱，总要将她们勾在摊子前，站好些时。而一般风流自赏的少年男子，也不免目光睒睒地想为各自的爱人花一点钱。

本来已经够宽的石板街面，经这两旁的小市摊子，以及卖菜，卖零碎，卖饮食的摊子，担子一侵蚀，顿时又窄了一半，而千数的赶场男女，则如群山中的野壑之水样，无数道由四面八方的田塍上，野径上，大路上，灌注到这条长约里许，宽不及丈的、长江似的镇街上来。你们尽可想象到齐场时，是如何的挤！

赶场是货物的流动，钱的流动，人的流动，同时也是声音的流动。声音，完全是人的，虽然家禽、家畜，也会发声，但在赶场时，你们却一点听不见，所能到耳的，全是人声！有吆喝着叫卖的，有吆喝着讲价的，有吆喝着喊路的，有吆喝着谈天论事，以及说笑的。至于因了极不紧要的事，而吵骂起来，那自然，彼此都要把声音互争着提高到不能再高的高度，而在旁拉劝的，也不能不想把自家的声音超出于二者之上。于是，只有人声，只有人声，到处都是！似乎是一片声的水银，无一处不流到。而在正午顶高潮时，你差不多分辨不出孰是叫卖，孰是吵骂，你的耳朵只感到轰轰隆隆的一片。要是你没有习惯而骤然置身到这声潮中，包你的耳膜一定会震聋半晌。

于此，足以证明我们的四川人，尤其是川西坝中的人，尤其是川西坝中的乡下人，他们在声音中，是绝对没有秘密的。他们习惯了要大声说话，他们的耳膜，一定比别的人厚。所以他们不能够说出不为第三个人听见的悄悄话，所以，你到市上去，看他们要讲秘密话时，并不在口头，而在大袖笼着的指头上讲。也有在口头上讲的，但对于数目字与名词，却另有一种代替的术语，你不是这一行中的人，是全听不懂的。

选自《李劼人全集》（第1卷·死水微澜），四川文艺出版社2011年9月版，标题为编者所加

青羊场

李劼人

在前八年的光景，春夏之交，我不知为着什么事情，须出南门到青羊场去走一次。

青羊场在道士发源地的青羊宫前面，虽是距南门城洞有三四里，其实站在西南隅城墙上，就望得见青羊宫和它间壁二仙庵中的峨峨殿宇，以及青羊场上鳞鳞的屋瓦。场街只一条，人家并不多，除二、五、八场期外，平常真清静极了。

我去的那天，固然正逢赶场之期，但已在午后，大部分的乡人都散归了。只不过一般卖杂粮的尚在街的两侧摆了许多箩筐；布店、鞋店、洋货店等还开着门在交易；铁匠店的砧声锤声打得一片响；卖零碎饮食的沿街大叫。顶热闹的是茶铺和酒馆。

乡人们散处田间，又不在农隙之际，彼此会面谈天，商量事情，只有借赶场的机会。所以场上的茶馆，就是他们叙亲情、联友谊、讲生意、传播新闻的总汇。乡人们都不惯于文雅，态度是很粗鲁的，举动是很直率的，他们谈话时都有一种特别的语调：副词同感叹词格外多，并且喜欢用反复的语句和俗谚以及歇后语等，而每一句话的前头和后头又惯于装饰一种詈词。这詈词不必与本文相合，也不必是用来詈人或詈自己；詈词的意思本都极其秽亵，稍为讲究一点的人，定叹为"缙绅先生难言之"的（其实缙绅先生之惯用詈词，也并不下于乡人们，不但家门以内常闻之，就是应酬场中也成了惯用语），然而用久了，本意全失，竟自成为一种通常的辅语。乡人们因为在田野间遥呼远应的久了，声带早已练得很宽，耳膜也已练得很厚，纵是对面说话，也定然嘶声大喊，同在五里以外相语的一般。因此，每家茶馆里的闹声，简直比傍晚时闹林的乌鸦还来得利害。

乡人们不比城内人，寻乐的机会不多，也只有在赶场时，把东西卖了，算一算，还不会蚀本，于是将应需的买得后，便相约到酒馆中去，量着荷包喝几盅烧酒。下酒物或许有点咸肉、醃鸡，普通只是花生、胡豆、豆腐干。喝不上三盅，连颈项皮都泛出紫色。这时节，谈谈天气，或是预测今年的收成如何；词宽的，慨叹一会今不如古，但是心里总很快活，把平日什么辛苦都忘记得干干净净的

我那天也在茶馆里喝了一会茶，心里极想同他们谈谈，不过总难于深入，除了最平常的话外，稍为谈深一点，我的话中不知不觉，总要带上几个并不新奇的专名词。只见他们张着大眼，哆着大口，就仿佛我们小时候听老师按本宣科讲"譬如北辰，众星拱之"一段天文似的。我知道不对，只好掉过来问他们的话，可还是一样，他们说深一点，我也要不免张眼哆口，不知所云了。

及至我出了茶馆，向场口上走来。因街上早已大为清静了，远远地就看见青羊宫山门之外，聚有十来个乡下人，还有好几个小孩子，都仰面对着中间一个站在方桌上的斯文人。那斯文人穿着蓝竹布衫，上罩旧的青缎马褂，鼻上架着眼镜，头上戴的是黄色草帽；他手上执着一叠纸，嘴皮一张一翕，似乎在讲演什么东西。我被好奇心驱使着，不由就趱行上前，走到临近，方察觉这斯文人原来是很近视的，而且是很斯文的。他

的声音很小，口腔是保宁一带的人。川北口音本不算难听，不过我相信叫这般老住乡下的人们来听，却不见得很容易。

此刻他正马着面孔，极其老实地把手上的纸拿在鼻头上磨了磨，把眼一闭，念道："蟋蟀……害虫！……有损于农作物之害虫也！……驱小……"他尽这样念了下去。使我恍如从前在中学校上动物课，听教习给我们念课本时一样。

我倒懂得他所念的，但我仔细把听众们一看，只见他们都呆呆地大张着口仍把这斯文人瞪着，似乎他们的耳神经都失了作用，专靠那张大口来吞他的话一样。小孩子们比较活动一点，有时彼此相向一笑，或许他们也懂了。

约摸五分钟，那斯文人已把一叠纸念完，拿去折起插在衣袋里，这才打着他那社会中的通常用语道："今天讲的是害虫类，你们若能留心把这些害虫捕捉或扑灭干净，农作物自然就会免受损失的。但是，虫类中也还有益虫，下一次我再来讲吧！"

说完，他就跳下方桌去，于是我才看清楚他背后山门上还挂有一幅布招牌，写着"通俗讲演所派出员讲演处"。

听讲演的乡人们也散了，走时，有几个人竟彼此问道："这先生说的圣谕，你懂得么？"

"你骂他做舅子的才懂！他满口虫呀虫的，怕不是那卖臭虫药的走方郎中吗？"

那一霎时的情节，我历历在目，所以我说照这样的讲演，才真正有趣啦！

一九二五年四月脱稿

青羊宫

李劼人

青羊宫在成都西南隅城墙之外，是清朝康熙年间重新建筑，又培修过几次。据说是道士的元始庙子，虽然赶不上北门外昭觉寺，北门内文殊院，两个和尚的丛林建筑的富丽堂皇，但营造结构，毕竟大方，犹然看得出中古建筑物的遗规。

庙宇也和官署一样，是坐北朝南的。它的大门，正对着一条小小的街道，通出去，是一道五洞大石桥，名曰迎仙桥。这街道即以青羊宫得名，叫着青羊场。虽然很小，却是南门外一个同等重要的米市与活猪市。

青羊宫

　　青羊宫全体结构是这样的：临着大路，是一对大石狮子。八字红墙，山门三道。进门，一片长方空坝，走完，是二门，门基比山门高一尺多，而修得也要考校些。再进去，又是一片长方空坝，中间是一条石子甬道，两侧有些柏树。再进去，是头殿，殿基有三尺来高，殿是三楹，两头俱有便门。再进去，空坝更大，树木更多，东西俱是配殿；西配殿之西北隅，另一个大院，是当家道士的住处、客堂，以及卖签票的地方。坝子正中，是一座修造的绝精致的八卦亭，亭基有五尺多高，四道石阶上去；全亭除了瓦桷，纯是石头造成，雕工也很不错；亭中供的是一尊坐在板角青牛背上的老子塑像，塑得很有神气。八卦亭之北，就是正殿了，大大的五楹，建在一片六尺来高，全用石条砌就的大露台之上；殿的正中，供了三尊绝大的塑像，传说是光绪初年，培修正殿之后，由一个姓曹的塑匠，一手造成；像是坐着的，那么大，并不打草稿，而各部居然塑得很亭匀，确乎不大容易。据说根据的是《封神榜》，中间是通天教主，上手是太上老君，下手是元始天尊，道士又称之曰三清。殿中除了两壁配塑的十二门徒肖像外，当面的左右还各摆了一具青铜铸的羊子，有真羊大，形态各殊，而铸工都极精致灵活；道士说是神羊，原本一对，走失了一只，有一只是后来配的，只有一只角，据说也通了神，设若你身上某一部分疼痛，你只须在神羊的某一部分摸一摸，包你会好，不过要出了功果钱才灵。但一般古董家却说这一只独角羊原本是南宋朝宫廷中的薰炉，在康熙年间，被四川、遂宁张鹏翮大学士从北京琉璃厂买得，后来带回成都，施与青羊宫的。证据是，铜座上本有一方什么阁珍玩字样的图记，虽为道士凿补，痕迹却仍显然；其次是张鹏翮的曾孙、乾隆嘉庆之间、四川有名诗人张问陶号船山的一首诗和自注，更说得明白。不过古董家的考据，总不如道士的神话动人。

正殿后面空坝不大，别有一座较小的殿，踞在一片较高的月台上，那是观音殿。再由月台两畔抄进去，又是一殿，三楹有楼，楼下是斗姆殿，楼上是玉皇阁，殿基自然更要高点。东西两侧，各有一座四丈来高，人工造就的土台，缭以短垣，升以石阶，台上各有小殿一楹；东曰降生台，西曰得道台。穿过斗姆殿，相去一丈之远，逼着后檐又是一座丈许高的石台。以地势言，算是全庙中的最后处，也是最高处。台上一座高阁，祀的是唐高祖李渊的塑像，这或许是御用历史家所捏造的李渊与老聃有什么关系吧？

二月十五日，说是老子的诞辰。这一天，青羊宫的香火很盛，而同时又是农具竹器以及各种实用物件集会交易之期，成都人不称赶庙会，只简单称为赶青羊宫，也是从这一天开始，一直要闹到三月初十边。

四乡的人，自然要不远百里而来，买他们要用的东西。城里的人，更喜欢来，不过他们并不像乡下人是安心来买农具竹器的，他们也买东西，却买的小玩意、字画、玉器、花草等；而他们来此的心情，只在篾棚之下，吃茶吃酒，作春郊游宴罢了。就是官宦人家、世家大族的太太、奶奶、小姐、姑娘们，平日只许与家中男子见面的，在赶青羊宫时节，也可以露出脸来，不但允许陌生的男子赶着看她们，而她们也会偷偷地下死眼来看男子们，城里人之喜欢赶青羊宫，而有时竟要天天来者，这也是一种大原因。

青羊宫之东，一墙之隔，还有一所道士庙子，叫二仙庵。也很宏大，并且比青羊宫幽邃曲折，房屋也要多些，也要紧凑些。庙门之外，是一带楠木林，再外是一片旱田，每年赶青羊宫时，将二庙之间的土墙挖断，游人们自会从墙缺上来往。

青羊宫这面，是农具、竹器、字画、小饮食集合之所。二仙庵的旱田里，则是把小春踏平，搭上篾棚卖茶酒，种花草树木的地方，而庵里便是卖小玩意和玉器之处。

十多年前有一位由经商起家的姓马的绅士，在二仙庵道士坟之前，临着大路，又修造了一所别墅，小有布置。原为纪念他一个儿子和一个女儿的，因为好名心甚，遂硬派他这两个害痨病夭折的儿女，作为孝儿、孝女，花了好多银子，违例谋到一道圣旨，便在门前横跨大路，造就一道石坊，门上也悬了一块匾，题曰：双孝祠。平日本可借给人宴会，到赶青羊宫，更是官绅宴集之所了。

此外，在对门河岸侧，还有一个极其小巧的所在，叫百花潭，是前二三十年，一个姓黄的学政造作的假古董，也还可以起座。

选自《李劼人全集》（第1卷·死水微澜），四川文艺出版社2011年9月版，标题为编者所加

武侯祠

李劼人

　　城里人都相信轿行的计算，说出南门到武侯祠有五里路。其实走起来，连三里都不到。过了南门大桥——也就是万里桥，向右手一拐，是不很长的西巷子，近年来修了些高大街房，警察局制订的街牌便给改了个名字，叫染靛街。出染靛街西口向左，是一条很不像样的街，一多半是烂草房，一少半是偏偏倒倒的矮瓦房，住的是穷人，经营的是鸡毛店。这街更短，不过一两百步便是一道石拱小桥，街名叫凉水井，或许多年前有口井，现在没有了。过石拱桥向左，是劝业道近年才开办的农事试验场。其中很培植了些新品种的蔬菜花草，还有几头费了大事由外国运回做种的美利奴羊。以前还容许游人进去参观，近来换了场长，大加整顿，四周筑了土围墙，大门装上洋式厚木板门扉，门外砖柱上还威武地悬出两块虎头粉牌，写着碗口大的黑字：农场重地，闲人免进。从此，连左近的农民都不能进去，只有坐大轿的官员来，才喊得开门，一年当中官员们也难得来。过石拱桥稍稍向右弯出去，便是通到上川南、下川南去的大路。大路很是弯曲，绕过两个乱坟坡，一下就是无边无际的田亩。同时，一带红墙，墙内郁郁苍苍的丛林山一样耸立在眼面前的，便是武侯祠了。

　　武侯祠只有在正月初三到初五这三天最热闹。城里游人几乎牵成线地从南门走来。溜溜马不驮米口袋了，被一些十几岁的穿新衣裳的小哥们用钱雇来骑着，拼命地在土路上来往地跑。马蹄把干土蹴蹋起来，就像一条丈把高的灰蒙蒙的悬空尘带。人、轿、叽咕车都在尘带下挤走。庙子里情形倒不这样混乱。有身份的官、绅、商、贾多半在大花园的游廊过厅上吃茶看山茶花。善男信女们是到处在向塑像磕头礼拜，尤其要向诸葛孔明求一匹签，希望得他一点暗示，看看今年行事的运气还好吗，姑娘们的婚姻大事如何，奶奶们的肚子里是不是一个贵子。有许愿的，也有还愿的，几十个道士的一年生活费，全靠诸葛先生的神机妙算。大殿下面甬道两边，是打闹年锣鼓的队伍集合地方，几乎每天总有几十伙队伍，有成年人组成的，但多数是小哥们组成彼此斗着打，看谁的花样打得翻新，打得利落，小哥们的火气大，成年人的功夫再深也得让一手，不然就要打架，还得受听众的批评，说不懂规矩。娃儿们不管这些，总是一进山门，就向遍地里摆设的临时摊头跑去，吃了凉面，又吃豆花，应景的小春卷、炒花生、红甘蔗、牧马山的窖藏地瓜，吃了这样，又吃那样，还要掷骰子、转糖饼。有些娃儿玩一天，把挂挂钱使完了，还没进过二门。

　　本来是昭烈庙，志书上是这么说的，山门的匾额是这么题的，正殿上的塑像也是刘备、关羽、张飞，两庑上塑的，不用说全是蜀汉时代有名的文臣武将，但凡看过《三国演义》的人，看一眼都认识；一句话说完，设如你的游踪只到正殿，你真不懂得明明是纪念刘备的昭烈庙，怎么会叫作武侯祠？但是你一转过正殿，就知道了。后殿神龛内的庄严塑像是诸葛亮，花格殿门外面和楹柱上悬的联对所咏叹的是诸葛亮，殿内墙壁上嵌的若干块石碑当中，最为人所熟悉的，又有杜甫那首"丞相祠堂何处寻，锦官城外柏森森"的七言律诗，凭这首诗，就确定了这里不是昭烈庙而是诸葛亮的祠堂。话虽如此，但东边墙外一个大坟包仍然是刘备的坟墓惠陵，而诸葛亮的坟墓，到底还远在陕西沔县的定军山中。

武侯祠的庙宇和林盘，同北门外的照觉寺比起来，小多了，就连北门内的文殊院，也远远不如。可是它的结构布置，又另具一种风格：一进二门，笔端一条又宽又高的、用砖石砌起的甬道，配着崇宏的正殿，配着宽敞的两庑，配着甬道两边地坝内若干株大柏树，那气象就给人一种又潇洒又肃穆的感觉；转过正殿，几步石阶下去，通过一道不长的引廊，便是更雄伟更庄严的后殿；殿的两隅是飞檐流丹的钟鼓楼；引廊之西，隔一块院坝和几株大树，是一排一明两暗的船房，靠西的飞栏椅外，是一片不大不小、有暗沟与外面小溪相通的荷花池；绕池是游廊，是水榭，是不能登临的琴阁，是用作覆盖大石碑的小轩；隔池塘与船房正对的土墙上，有一道小门，过去可以通到惠陵的小寝殿，不必绕过道士的仓房再由正门进去。就这一片占地不多的去处，由于高高低低几步石阶，由于曲曲折折几道回栏，由于疏疏朗朗几丛花木和那高峻谨严的殿角檐牙掩映起来，不管你是何等样人，一到这里，都愿意在船房上摆设着的老式八仙方桌跟前坐下来，喝一碗道士卖给你的毛茶，而不愿再到南头的大花园去了。

但是楚用来到船房一看，巧得很，所有方桌都被人占了；还不像是吃一碗茶便走的普通游人，而是安了心来乘凉、来消闲的一般上了年纪的生意人和手艺人；多披着布汗衣，叼着叶子烟杆，有打纸牌的，有下象棋的，也有带着活路在那里做的。人不少，却不像一般茶铺那么闹嚷，摆龙门阵的人都轻言细语。

选自《李劼人全集》（第3卷·大波），四川文艺出版社2011年9月版，标题为编者所加

枕江楼

李劼人

　　他当然不能推辞，只好说两句应该说的抱歉话，便一同朝着文庙前街，再沿上莲池边，插向南门走去。

　　枕江楼是前年重修南门大桥——一般叫作万里桥时，才趁热闹开张的一家小饭铺。地点选得还好，恰处在大桥上流的岸边，临着锦江江水，砌了一道短短的石堤。堤上简简单单地修了一排仅蔽风雨的瓦顶平房。平房尽头处，也就在石堤尖端，盖了一间圆形草亭。石堤得亏比大桥低，向下流头望去，靠岸第二孔石拱桥洞恰似它的大门。大门外景致甚好：天竺寺的后围墙，墙外临河小路，路边的大黄桷树，树脚下的石碛，石碛上面的水波，那么远法，看来真像画面。只是近处岸边一座积得山样的垃圾堆，成天都有一些穷妇女、穷小孩蹲在上面刨渣滓，找东西，不免有点杀风景。毕竟因为地当桥洞，又在水流湍激之处，无论何时，好像总有一股凉风拂人，在天气热时，这地方的确是一个乘凉饮酒的雅座，而且上流头也是一大片鹅卵石坝，坝上河岸边一排斫折不死的老杨树，树下是个卖鱼虾的小码头，好吃嘴的客人每每亲自去买了鱼虾，烦厨房大师傅趁活做出来，非常好吃。这一切都合上了成都人的口味。于是它便从一个普通小饭铺摇身一变，变成一家馆厨派而兼家常味的、别具风格的中等南堂馆子。座头幽雅，又有天然景致，更兼价廉物美，首先来照顾它的是南门一带生意人，就不办会酒，也常来打平伙。其次的常客是学生们，到学生们做了常客，才悬上招牌，不知是哪位雅人给它取了这个切合实景而又带有诗意的名字：枕江楼。虽然这时还只有楼之名，而无楼之实。

枕江楼只有五个座头，寒冬数九还好，从初春赶青羊宫的日子起，它这里就生意兴隆。如其在下午两三点钟来，包你不能够随来随坐，人少也绝不能独霸一个座头，不让后客来镶一下的。

这天，顾天成三人来时，刚从大桥这头走进一间柴炭铺子的过道，再下几级石阶，踏上枕江楼的石堤，就听见全排平房里全是高声大嗓、搉拳闹酒、谈家常话、讲生意经的声气。从没有糊纸的菱形窗格中看过去，只见盘着发辫的头，精赤条条的背脊和膀膊，原来正逢上座时候。

吴凤梧站在石级上说："好生意！"

顾天相说："我的估计没错吧？依我说，还是到北新街的精记去，不然，就总府街的崧记也好。"

顾天成前天来吃过这里的醋溜五柳鱼和醉鲜虾，觉得精记、崧记都只有蒸菜、炖菜，没变化，光是吃饭倒方便，泡菜都不差。但这里……隔着木栏杆，看见厨房正在煠鱼，炉火好旺，岚炭火焰从耳锅边冒起来好几寸高。四五个人站在菜案边挤虾仁。另一个厨子从炉子上一个挺大砂罐里，热漉漉地舀了一中碗黄焖鸡，把旁边耳锅里刚焯好了的三塌菇盖上两汤杓，递给身旁一个堂倌道："亭子上的。"堂倌打从身边过时，啊！好香！顾天成决心不打退堂鼓。

"喂！找个座头，只有三个人，镶一镶都使得。"

选自《李劼人全集》（第3卷·大波），四川文艺出版社2011年9月版，标题为编者所加

端 阳

李劼人

端阳节是三大节气之一,万万不可胡乱过去。即如伍家之穷,也与其他穷人一样,在五月初二,就打起主意:把伍大嫂首饰中剩下的唯一银器,一根又长又厚又宽,铸着浮雕的张生跳粉墙的银簪子,拿去当了,包了四合糯米的粽子,买了十二个盐鸭蛋,十二个白鸡蛋。到初五一早起来,将一绺菖薄,一绺艾叶,竖立在门前;点燃香烛,敬了祖宗,一家人喜喜欢欢地磕了头,又互相拜了节,坐在桌上,各人吃了粽子、蛋、白煮的大蒜,又各喝了杯雄黄烧酒。伍太婆将酒脚子在安娃子额头上画了一个王字,两耳门上也涂抹了一些,说是可以避瘟。伍大嫂在好多日前,已抽空给他做了一个小艾虎和一件小小的香荷包;伍平又当天在药铺里要了一包奉送买主的衣香,装在香荷包里,统给他带在衣襟的钮门上。

一家人吃饱之后,无所事事,都穿着干净衣裳,坐在门前看天。

晶明的太阳,时时刻刻从淡薄的云片中射下,射在已有大半池的水面上,更觉得晶光照眼。池西水浅处,一团团新荷已经长伸出水面,半展开它那颜色鲜嫩的小伞。池边几株臃肿不中绳墨的老麻柳的密叶间,正放出一派催眠的懒蝉声音。

池南的城墙,带着它整齐的雉堞,画在天际云幕上,谁说不像一条锯子齿？

伍平把新梳的一条粗发辫，盘在新剃了发的顶际，捧着一根汗渍染黄的老竹子水烟袋，噬了两袋，忽然心里一动，想着江南馆今天的戏，必有一本杨素兰唱的"雄黄阵"。站起来，伸手向他老婆道："今天过节，拿几个茶钱，我好出去。"

今天过节，这题目多正大！伍大嫂居然不像平日，居然从挑花肚兜中，数了十几个钱给他。

伍平高高兴兴，披着蓝土布汗衣，走到街上，出门拜节的官轿，正络绎不绝地冲过去、冲过来。跟班们戴着红缨凉帽，穿着蓝麻布长衫，手上执着香牛皮护书，跟在轿子后面，得意洋洋地飞跑。

家里稍有一点钱的小孩们，都穿着各种颜色的接绸衫，湖绉套裤，云头鞋；捏着有字有画的摺扇；胸襟上各挂着许多香囊顽意。还有较小的孩子，背上背着一只绸子壳做的撮箕，中间绽着很精致的五毒。女孩们都梳着丫髻，簪着鲜红的石榴花，打扮得花花绿绿地坐在门前买零碎东西吃。

满街上差不多除了大喊"善人老爷，锅巴剩饭！"的讨口子外，就是穷人也都穿得干干净净，齐齐整整。

选自《李劼人全集》（第2卷·暴风雨前），四川文艺出版社2011年9月版，标题为编者所加

中 元

李劼人

阴历七月十四日是黄澜生家的中元祀祖烧袱子的一天。

中元祀祖，在当时的四川习俗中，是一件家庭大事，它的意义好像比清明、冬至的扫墓、送寒衣还重要。因为这原故，楚用已经三天未去学堂，一直留在黄家帮着撕钱纸，写袱子。

成都的钱纸，由于铁戳子打得很认真，不但钱印紧密，每一叠上的钱印还是打穿了的。要烧它，便得细心而耐烦地撕开。撕破了还不好，据说，烧化了是破钱，鬼不要。每每十斤一捆的钱纸，必须用相当多的人，撕相当多的时候。从前忌讳女人撕钱纸，说女人是阴人，与鬼同类，经手的钱纸，烧化仍是钱纸，变不成钱，骗不了鬼；甚至说女人身上不干净，经手的钱纸有秽气，即使烧化了成钱，鬼也嫌脏。

自从维新之后，越到近年，破除迷信、提倡女权的学说越得势。黄澜生对于烧钱纸骗鬼，已经有了怀疑，但他又说："不信鬼神可也。祭祀自己祖宗，是儒家慎终追远的道理，说不上迷信。今天烧钱纸，即是古人化帛，只能说是一种礼节。"既然只算一种礼节，他就不像从前那等考究：首先，在每次祭祀祖宗时候，便不一定要买上几捆钱纸来，使大家撕得头昏脑涨；其次，黄太太、婉姑、菊花、何嫂等人要来插手帮忙，他也能够尊重女权，再不像从前那样有所忌讳。

中元祭祀祖宗还另有一种礼节。那便是焚化的钱纸，不能用撕开来就烧的散钱纸，必须把钱纸撕开，又数出同等数目，叠成若干叠，每一叠还必须用纸铺里专卖的一种印有花纹格式的纸张包好，用糨糊粘好，这样，才叫一封袱子；而后还必须端肃容仪，用小楷字在袱纸封面上按格式填写清楚："敬献清故奉政大夫祖考□□公冥收，裔孙黄迥沐手具。"还有祖妣名下的，还有考与妣名下的，都要一封一封地写。比如敬献祖考名下袱子一百封，祖妣名下一百封，考与妣名下各八十封，那就得恭书三百六十封。再加上几个旁支亲属的男女，每年的袱子，总在四百封以上，小楷字数在一万字以上，这对不经常写字的人说来，真是一项不轻巧的工作。往年当然只有黄澜生一个人来做了，今年偏偏公事很紧，一天假也不能请。到七月十二日，楚用在学堂作了报告回来消夜，黄太太提议请楚用代笔，黄澜生很是高兴，为了敬事起见，还给他作了三个长揖，并且点上洋灯，流着汗，坐在书房内的书案前，先写了几张范纸，再三嘱咐不要写破笔字，不要写行草，怕的是祖宗有灵，要怪后代儿孙心不诚，意不敬。

祭祖宗在下午三点钟，烧袱子在擦黑时候，这也是成都的习俗。今年虽然罢了市，但是从七月十一日起，每条街，仍然有不少人家祭祖宗，烧袱子。各处寺庙里的和尚也仍然在做盂兰会。仅只没有唱戏。

黄家为了主人的方便，祭祖移到下午五点钟。上供的八盘菜肴，照例由女主人亲自下厨烹制。直到六点钟，三献三奠，男女主人盛妆黼黻，连振邦、婉姑都打扮齐整，叩头送神之后，大家换了便衣，方把菜肴撤到倒坐厅内，共享福余。

选自《李劼人全集》（第3卷·大波），四川文艺出版社2011年9月版，标题为编者所加

明媒正娶

李劼人

　　母亲于他送别朋友之后，看出他颇有点郁郁，生恐他生心飞走了，便与他父亲商量，给他一条绊脚索，将他拴住。一面也因人丁太不发了，要他及时多传几个种。遂在这年二月，不管他意见如何，竟自同叶硬姑太太打了亲家，把叶文婉硬变做自己的媳妇。

　　虽然是至亲开亲，而规矩仍半点不能错。依然由男家先请出孙二表嫂的堂兄孙大胡子——因为他原配健在，子女满堂，是个全福人——来做媒人，先向女家求了八字，交给算命先生合一合。由算命先生取银一两，出了张夫荣妻贵，大吉大利的凭证。然后看人，下定。女家却自动免去相郎一节。这是头年十月的事。大家便忙着准备。因为说通了，不能像平常婚嫁，下定后还要等三年五载，方始嫁娶之故。然而女家还是照规矩推托了三次：第一次是姑娘还小，第二次是妆奁办不及，第三次是母女难舍。

　　婚期择定了，请媒人报期。报期之后，商讨嫁妆，既是至亲，也就免去世俗所必有的争论吵骂。婚期前两天过礼，男家将新房腾出，女家置办的新木器先就送到，安好。而木匠师傅于安新床时，照规矩要说一段四言八句的喜话，也照规矩要得男家一个大喜封。过礼这一天，男家就有贺喜的客人，男女老少，到处都是。而大门门楣上已经扎上一道大红硬彩。凡有天光处，都搭上粉红布的天花幔子。四周屋檐下，全是大红绣五彩花的软彩。堂屋门前，两重堂幛，也是大红绣五彩花和盘金线的。由于男家不主张铺排，只用了三十二张抬盒，装着龙凤喜饼，点心盐茶，凤冠霞帔，花红果子，另外一担封泥老酒与生鸡生鹅。用全堂执事，加入郝家三代人的官衔牌，两个大管家戴着喜帽，穿着青缎马褂，抓地虎绿梁靴子，捧着装了十封名称各别的大红全柬的卤漆描金拜匣，押送到女家。女家妆奁不多，单、夹、皮、棉，四季衣服，四铺四盖，瓷器锡器，金珠首饰，连同桌上床上的小摆设，却也装够四十张抬盒，抬了回来，谓之回礼。

婚日头一晚，男家顶热闹了，谓之花宵。全院灯火齐明，先由父母穿着公服，敬了祖宗，再由新郎倌戴上女家制送的冬帽靴子，穿上父母赐给的崭新花衣，蓝宁绸开裰袍，红青缎大褂，敬了祖宗，拜了父母，家里人互相贺了喜后，新郎便直挺挺跪在当地猩猩红毡上，由送花红的亲友，亲来将金花簪在帽上，红绸斜结在肩胛边，口里说着有韵的颂词，而院坝内便燃放火炮一串。花红多的，一直要闹到二更以后，方才主客入席，吃夜消。

那夜，新郎就安睡在新床上。

迎娶吉时择在平明。密不通风的花轿早打来了，先由一对全福男女用红纸捻照了轿，而后新郎敬了祖人，发轿。于是鼓乐大震，仍像过礼一天，导锣虎威，旗帜伞扇，一直簇拥到女家。女家则照规矩要将大门闭着，待男家将门包送够，才重门洞启，将人夫放入。新娘亦必照规矩啼哭着坐在堂中椅上，待长亲上头，戴凤冠，穿霞帔——多半在头两天就开了脸的了。开脸者，由有经验的长亲，用丝线将脸上项上的汗毛，以及只留一线有如新月一样的眉毛以外的眉毛，一一绞拔干净，表示此后才是开辟了的妇人的脸。而授与男女所应该知道的性知识，也就在这个时候——而后由同胞的或同堂的弟兄抱持上轿，而后迎亲的男女客先走，而后新娘在轿内哭着，鼓乐在轿外奏着，一直抬到男家。照例先搁在门口，等厨子杀一只公鸡，将热血从花轿四周洒一遍，意思是退恶煞，而习俗就叫这为回车马。

此刻，新郎例必藏在新房中。花轿则捧放在堂上，抽去轿杠。全院之中，静寂无哗。堂屋正中连二大方桌上，明晃晃地点着一对龙凤彩烛。每一边各站立一个八九岁的男孩，又每一边各站立一个亲友中有文采的少年姑且降格而充任的礼生。

礼生便一递一声，打着调子，唱出"伏以"以下，自行新编的华丽颂词。"一请新贵人出洞房！……一请新娘子降彩兴！……"唱至三请，新郎才缓步走出，面向堂外站在左边，新娘则由两位全福女亲搀下花轿，也是面向堂外站在右边。礼生赞了"先拜天地"，阶下细乐齐鸣。一直奏到"后拜祖宗，夫妻交拜，童子秉烛，引入洞房。"

继着这一幕而来的是撒帐，也是一个重要节目。

当一对新人刚刚并排坐在新床床边之上，而撒帐的——大概也由亲戚中有文采的少年充当——随即捧着一个盛有五色花生、百合、榛子、枣子的漆盒，唱着："喜洋洋，笑洋洋，手捧喜果进洞房。一把撒新郎……"也是自行新编的颂词，不过中间可以杂一些文雅戏谑。总以必须惹得洞房内外旁观男女哈哈大笑为旨归。

其后，新郎从靴鞡中抽出红纸裹的筷子，将掩在新娘凤冠上的绣花红绸盖头挑起，搭在床檐上，设若郝又三与叶文婉还不相识的话，只有在这时节趁势一瞥，算是新郎始辨新娘妍媸的第一眼，而新郎之是否满意新娘，也在这一眼之下定之了。但新娘还仍低眉垂目不能看新郎哩。

郝又三吃了交杯茶，合卺酒，趁小孩们打闹着爬上新床去抢离娘粑与红蛋时，便溜了出来，躲到三叔房里，一个人抱着昏晕的头脑，正自诧异：这样便算有了一个老婆，岂非怪事？而今夜还要向着这位熟识的新人，去做丈夫应做的事，不是更奇怪吗？

一个代理父亲责任，来授他性知识的老长亲，恰寻了来。

这是一位有风趣的老人，脸上摆着欢乐笑容。一开口便道："男女居室，人之大伦。老侄台，我想你们光绪年间生的人，哪里会像我们从前那等蠢法，连门路都探不着？既然你令尊大人托着，没奈何，且向老侄台秽言一二，若说错了，不要怪我，我这平生不二色的教师，本来就瘟。……"

老长亲只管自谦，但他那朦胧的性知识之得以启发，而大彻大悟于男女性器官的部位，以及二五构精之所以然，却是全赖老长亲的一席之谈。老长亲说得兴会淋漓，而他也飞红着脸，听得很专心。不幸的，就是言谈未终，而贺客已陆续盈门。窗子外的洋琴台上，业已五音并奏，几个瞎子喧嚣着大唱起来。

新郎于每一个贺客之来，无论男女长幼，他总得去磕头。这已经够劳顿了，但还不行哩，客齐之后，还要来一个正经大拜。

所谓正经大拜者，如此：先由父母敬了祖宗。新娘已换穿了寻常公服，只头上仍戴着珍珠流苏，由伴娘搀出，与新郎并拜祖宗。照例是三跪九叩首的大礼。新娘因为缠脚之故，可以得人原谅，默许其一跪下去，就俯伏着不必动弹，而新郎则不能不站起来又跪下去，站起来又跪下去。

拜罢祖宗，又拜父母。照规矩，父母得坐在中间两把虎皮交椅上，静受新人大礼。不过当父母的，总不免要抬抬屁股，拱拱手，而后向着跪在红毡上的新人，致其照例的训词。

而后分着上下手，先拜自己家里人，次拜至亲，次拜远戚，再次拜朋友，连一个三岁小孩，都须拜到，并且动辄是一起一跪、不连叩的四礼，直至一般底下人来叩喜时，才罢。一次大拜，足足闹了三个钟头。郝又三感觉得腰肢都将近断了，两条腿好像缚了铅块似的，然而还不得休息，要安席了。正中三桌最为紧要，款待的是送亲的，吃酒的，当媒人的，当舅子的，虽然内里女客，由主妇举筷安杯，外边男客，由主人举筷安杯，但新郎却须随在父亲身后周旋，而洋琴台上也正奏打着极热闹的"将军令""大小宴"。

十三个冷荤碟子吃后，上到头一样大菜，新郎须逐席去致谢劝酒，又要作许多揖，作许多周旋；而狡猾的年轻客人，还一定要拉着灌酒，若不稍稍吃点，客人是可以发气的。

到第三道大菜，送亲的，吃酒的，以及当舅子的，照规矩得起身告辞。于是由新郎陪到堂屋里稍坐一下，新房里稍坐一下，男的则由主人带着新郎，恭送到轿厅，轿外一揖，轿内一揖，轿子临走，又是一揖。女的则在堂屋跟前上轿，由女主人应酬。

要走的客，都须这样跑进跑出，一个一个地恭送如仪。

一直到夜晚。新娘是穿着新衣，戴着珠冠，直挺挺坐在床跟前一张交椅上，也不说，也不笑，也不吃，也不喝，也不走，也不动；有客进来，伴娘打个招呼，站起来低头一福，照规矩是不准举眼乱看。虽然叶文婉是那样爽快的人，这里又是熟识地方，虽然郝香芸、香荃要时时来陪伴她，要故意同她说话取笑，虽然姨太太来问了她几次吃点什么，喝点什么，虽然春兰传达太太的话，叫她随便一点；但是规矩如此，你能错一点吗？自己的母亲是如此的教，送亲吃酒的女长亲是如此教，乃至临时雇用的伴娘也如此教。

而新郎则劳顿到骨髓都感觉了疲乏。

但是还要闹房哩。幸而父母十分体谅儿媳，事前早就分头托人向一般调皮少年说了多少好话，母亲又赶快去教了新媳妇一番应付方法，所以仅被闹了两个多钟头，而且也比较的文雅。跟着又吃夜消。

到此，新娘卸了妆，换了便服，才由大姑小姑同几个年轻女客陪伴着，在新房里吃了一点饮食。但是照规矩只能吃个半饱。

到此，新郎也才脱了公服靴子，换了便服，由父母带着，吃点饮食。自然也是不准吃饱，并不准喝酒。

街上已打三更了，三老爷督着底下人同临时雇用来帮忙的，将四处灯火灭了，人声尚未大静。留宿的男女客安排着听新房，都不肯睡，便点着洋灯打起纸牌来。

新郎累得差不多睁不开眼。母亲向他说："进新房去睡得了！"到他要走时，又特意在他耳边悄悄说道："今天是好日子，一定是圆房的。你表妹不好意思，须得将就下子，不准耍怪脾气啦！"

他进新房时，玻璃挂灯已灭，只柜桌上一盏缠着红纸花的锡灯盏，盛着满盏菜油，点的不是灯草，而是一根红头绳。新娘已经不见，有流苏的淡青湖绉罩子，低低垂着；踏脚凳上，端端正正摆了双才在流行的水绿缎子加红须的文明鞋。

他在房里走了几步，一个年轻伴娘悄悄递了件东西给他，并向他微微一笑道："姑少爷请安息了，明早再来叩喜。"

他茫然将她看着，她已溜了出去，把房门翻手带上了。

他把接在手上的东西一看，是一块洁白的绸手巾，心中已自恍然。再看一看罩子，纹风不动地垂着，而窗子外面却已听见一些轻微的鼻息声同脚步声。

老长亲淋漓尽致的言语又涌上脑际，心里微微有点跳，脸上也微微有点烧，寻思："一句话没有说，一眼没看清楚，就这样在众人窥视之下，去做男女居室的大事吗？文明呢？野蛮呢？……"

选自《李劼人全集》（第2卷·暴风雨前），四川文艺出版社2011年9月版，标题为编者所加

新式结婚

李劼人

  龙幺姑娘的花轿在左邻右舍、男女老少的好奇眼光之下，热热闹闹地、吹吹打打地、吆吆喝喝地，凭着八个头戴喜帽，身穿绿布短褂，前后心各绽一幅约摸冰盘大小、白洋布圆补子上有飞马图案的轿夫，四抬四扶，出了龙家大门。

  按照新郎周宏道同一伙维新朋友所拟定的、带有革命性的新式结婚礼单，原本没有坐花轿这一项。他们准备借一顶蓝呢四轿，用两匹红绸从轿顶交叉垂下，在轿的四角打上四朵大绣球，来代替那种外表只管花哨，其实密不通风、有如囚笼的旧式花轿的。但是龙老太太坚决不答应，她气忿忿说："我啥子都让步了。说是世道不好，怕招惹是非，叫不用抬盒过礼，就不过礼。又说，新式结婚，男的不穿袍褂，女的也就不再穿戴凤冠霞帔，我也依了。可是花轿一定要坐！全堂执事一定要用！老实话，我一个正经女儿出阁，连这点面子都不要了吗？"经大家研究之后，认为于大体无碍，才由大宾——这一天的新名词叫介绍人——田老兄出头，代表男家承诺了。只在全堂执事上略有修改。即是说，男女两家都没有做官的，官衔牌就不必再向亲友借用。既不用官衔牌，那么，肃静回避牌也可以不用。肃静回避牌不用，那么，开锣喝道当然也该淘汰。所谓全堂执事，经田老兄这样一修正，结果只剩下了两面飞凤旗，两面飞龙旗，花轿前一柄红日照，花轿后一把黑油掌扇；此外，还剩下一个必不可少的乐队。这乐队也只由五个身披破烂红布短衫的可怜乐工组成：两支唢呐，一面手鼓，一只七星盏，一具包包锣。就这样，也算遂了龙老太太的意，也才热热闹闹地、吹吹打打地、吆吆喝喝地把花轿拥出了龙家大门。

花轿大约已走有两条街之远，看热闹的邻居街坊也散尽了，龙老太太犹然流眼抹泪地站在红烛高烧、香烟缭绕的堂屋内，定睛望着业已关好的二门。她还是舍不得骤然离开身边的幺女啊！

黄太太和孙师奶奶本来应该随着花轿送亲前去的，因为新式礼单上没有这一项，她们遂暂时留在龙家，帮着女工贺嫂把幺姑娘的房间收拾干净，而后一同洗了手，重新扑了一次南粉，抿了一次头发，走到堂屋跟前来向龙老太太告别。

看见龙老太太满脸凄苦神色，黄太太心里感到有些难过，遂说道："妈，你一个人留在家里，不如还是同我们一道到幺妹家去，看看他们的新式礼，到底咋个搞的，你心里也宽舒一点呀！"

龙老太太沉着脸，只是摇头道："我说了不去，就不去。新式礼么？我早晓得，你向我哈哈腰，我跟你拉拉手，上下不分，成个啥子名堂！一个女儿家的终身大事，我从没见过这样不慎重的，连天地祖宗都不敬了，还理睬到我这个老娘子？我不相信一个人到东洋走了一趟，就连祖宗都不要了！我已说过，今天在他周家办喜事，好歹由他姓周的做主。可是三天回门，那便要由我做主啦。我当丈母娘的，倒不争他那几个狗头，磕也使得，哈哈腰也使得。我龙家的祖宗，却要受他新女婿三跪九叩首的大礼的。我是中国人，我不怕人家骂我腐败，若还像今天这样耍洋把戏，不问是谁，一齐不准进我龙家大门！我在祖宗神位跟前咒死他！……"她赶快住了口。深悔不该在幺女的这个大日子里头，说出了个不吉祥的字——死。

她的大女，孙师奶奶业已像炒豆子似的，向她吵了起来道："人家是新学家，不迷信，才不怕你咒，你爱咒，我赌你今天就咒！我倒说话在前，回门那天，你硬要这样耍怪脾气的话，我们都不来，让你孤家寡人关上大门去守老规矩！"

黄太太把孙师奶奶拉了一把道："你也是哟！……妈，你放心，三天回门，包你新女婿会跟你磕头的。……"

把龙老太太安顿好了后，两姊妹才坐着各人丈夫的三丁拐轿子，飞跑到南门二巷子周宏道所佃的新居来。

这所新居，是一家大公馆的别院，而且是从花园中间拦出，另外添修了几间房子。院子不大，却颇颇有些花木。正房三间，显然是一座大花厅改的。中间作为堂屋，非常宽敞，前后都是冰梅花格门。明一柱的宽阶檐，还带有"卍"不断矮栏杆。这时，堂屋内外，甚至连院子中间的一堆假石山上，都站满了人。田老兄的一种半沙半哑的声音，正从堂屋里传出。

黄太太忙向堂屋台阶步去。一面向孙师奶奶说道："来迟了一步。……"

孙雅堂同几个不认识的男客站在花格门边，便迎上前来说道："还不算很迟。介绍人才在演说。"

"澜生演说过了吗？"黄太太很好奇地问。

"他再三不肯，大约还不大搞得来。……你们两位请到后面去，女客都在后面。"

一阵欢笑声，又一阵巴掌声。原来田老兄已经说完了。黄太太只听清楚最后两句："克尽你们天职，努力制造新国民吧！"不由呸了一口，低低笑道："真是狗嘴里不长象牙！"

人声稍静，充当礼生的郝又三把一张梅红全柬举起来，看着念道："男宾致贺词！"

站在下面人丛中的葛寰中说道："怎么！又三，你看错了行吧？我记得下面是新郎演说哩。"

"没有错，是世伯记差了。新郎演说这一项，勾在后面，作为对来宾的答词去了。"

已经从堂屋当中摆设的礼案上方退走下来的田老兄，登时拍着两手道："就请葛太尊演一个说好娄！大家赞成吗？"

当然没有人肯出头说不赞成。

葛寰中今天却也特别，既没有戴纬帽，也没有穿补褂。穿的、戴的、佩的，就是当蜀通轮船到万县时，上岸去拜会陆知县的那一套。当下转身对着众人一拱道："诸公在此，区区怎好占先哩！"

比及大家都要他先说，他才迈步走到那张铺有白布、上面摆了一只满插鲜花的花瓶的长案上端站着，然后面对分站在长案下方的新郎新娘笑道："我不会像田伯行老兄那样引古证今、长篇大论。我还是老一套来个诗经集锦，祝贺你们二位。"说着话，已从马褂内襟袋里，摸出一张十样锦花笺，展开来，捧在手上，干咳了两声，方打起调子，朗朗念道："君子偕老，如鼓瑟琴；予唯音晓晓，而有遐心——上第一章。君子偕老，其命维新；吁嗟乎驺虞，宜尔子孙——上第二章。君子偕老，文定厥祥；继序其皇之，载弄之璋——上第三章。君子偕老，凤凰于飞；我从事独贤，不醉无归——上第四章。这四章，是祝贺新郎的。……"

男客中间已有几个人大声喊起好来。女宾中间，看得出，葛太太、葛小姐都异常高兴。葛太太两只眼睛，笑得眯成了缝，葛小姐两只眼睛却像晴夜天空中的陪月星似的光芒乍乍。

"……下面四章是祝贺新娘的。第一章：——之子于归，见此良人，鼓瑟鼓琴，则不我闻。第二章：——之子于归，宜其家室，无使君劳，靡有朝夕！……"

男客中间又发出哈哈笑声，还听见有人带着笑声说："这不是祝贺，是告诫。告诫新娘子莫要把新郎弄得早晨黑夜都疲劳不堪。"经过这一解释，女客中间好多人也捂着嘴笑了。

葛寰中挥着一只手道："鄙意并非如此，是诸公曲解了。下面两章，容兄弟念完好喽。"

下面两章是：之子于归，宜其家人，终温且惠，既安且宁。之子于归，以御宾客，庭燎有辉，其仪不忒。

念完后，葛寰中又向新郎新娘拱了拱手，才退了下来。

郝达三满脸是笑地迎着他道："老弟的书本还这么熟，佩服，佩服！"

葛寰中顺手把他拉到花格门外，附着他耳朵说道："老哥不要见笑，并不是我搞的。滥套四六我还来得两篇，五经，我早已一多半还给老师了。这东西，是昨天找傅樵村杀的枪*。"

"哦！难怪才那样地口齿轻薄啊！"

这时，堂屋里面，董修武正大讲其移风易俗，必自家庭革命开端的大道理。

郝达三尖起耳朵听了听，遂问葛寰中："这个姓董的，可就是同周宏道一起，被邵明叔聘回来教书的那人？"

葛寰中正从何喜手上接过一只切了尖的雪茄烟，一面就着何喜递过来的纸捻呷烟，一面点着头道："唔！……便是此人。……你看怎么样？……"

"大概也是一个暴烈分子吧？"

"大凡新从日本回来的，都带一点这种气习。"

---

* 代人作文，叫作杀枪，这是科举时代遗留下来的名词。——原编者注

"我看也不尽然。周宏道这个人，就颇纯谨。"

这时，堂屋里很热闹。大概男宾致词已经完了。

果然，只听见郝又三的声音又高唱起来："请女宾致词！"

葛寰中向堂屋里瞭望了一眼道："听！女宾要讲话了。"

郝达三瘦得只见骨头的脸颊上，挂出一种不大好看的笑意，说道："你们的新鲜玩意儿闹得真有趣！"

"老哥不以为然么？"

"我没有什么意思。只怕还不大找得出这种女演说家吧？"

"你不要目中无人。革命党中间就出过秋瑾，你该晓得？"

"那是早已开通的浙江，此地却是四塞之邦的成都……"

真的，当礼生唱了那句"请女宾致词"，堂屋内外一众男客都带着笑脸，伸起颈子，朝堂屋后半间女客丛中定睛瞅着，要看走出来的是哪一个。差不多有半袋叶子烟时候，只见女客们一多半都捂着嘴笑，有一些都凑着耳朵打吱喳。

新郎虽然笑容满面，似乎有点不耐烦的样子，摸摸领带，又摸摸挂在西服胸前的那朵大红绫子做的像生花。不住抬起他那双单层眼皮的眼睛在女客当中逡巡。

郝又三从长案档头回过身去，恰好看见黄太太正和孙师奶奶站在一起，两个人都含着笑在咬耳朵。他遂向他的老婆叶文婉递了个眼色，同时拿嘴朝黄太太那面一支。

叶文婉立刻就在她娘母——郝达三扶正的老婆——耳边咕噜了几句。两个人又回头找着葛太太，低低商量了一下。于是葛太太就开口说道："就请女冰媒演说好了！"

叶文婉立刻接了上来："很对！很对！黄太太最会说话的。"

郝达三太太也笑嘻嘻说道："况且是姐姐，咋个不该说呢？"

郝达三在堂屋外面听见了，眯起眼睛，悄悄向身边的葛寰中说道："想不到她们竟自点起名来。"

葛寰中把眉头一皱道："敝内真是多事，不应该这样方人！"

"听内人她们说来，这位太太一向就是健谈的，怎么说是方人？"

"嗯！你老哥却没有研究。平日健谈是一回事，登台演说又是一回事。黄澜生尚且推脱了……我看，要想法子解围才好。不然，事情要弄僵。"

这时，黄太太正在为难。大家越是嘻嘻哈哈，甚至拍起巴掌催促她，她心里越是发慌，脸上越是发烧；平日积了一肚皮的话，此刻半句都想不起来。到大家催得紧时，她不由冲口喊道："莫逼我！……我不会说话！"一开了口，她反而能用心思了，连忙接下去道："要说是至亲姐姐，该说话，我还有个大姐在这里，咋个要指名叫我出头？要说是女冰媒，该说话，田大嫂才是真正的女冰媒哩！何况年纪也比我大些，我咋好僭她？大家与其叫我说，不如请田大嫂说！……好不好就请田大嫂说几句？"她已经架了一个式子，如其大家再逼她，她真个要去把田老兄的那位只知道烧茶煮饭、生男育女的令正拉了出来。

刚好，葛寰中从手足无措的黄澜生身边挤出来，高声说道："请各位雅静，听我说一句！……"

登时就有一些人哗然笑道："好呀！好呀！葛大人要代表女宾说话了！"

"嘿嘿，我倒很想代表，只恨没有资格。……"

这一下，连一众女客都呵呵呵、咯咯咯地哄笑起来。

"……我可以介绍一位有资格，而且资格很够的代表。……我说，各位来宾，你们怎会忘记了一个人？这人，在今天这个场合里，真是太合拍了！……我们新郎周仁兄手订的新式结婚礼，据说是向日本摹仿而来。……何以你们竟自忘记了女宾中间正有一位日本女宾，要请女宾演说，怎么不请这位贵宾呢？……"

立刻全堂屋都是巴掌声。显而易见，黄太太拍得更为起劲。同时，还向葛寰中这面投出了一种感谢眼光。

立刻全堂屋的视线都集中在那个发髻高耸、脂粉满脸，说不出怎么好看，也说不出怎么不好看的、约摸二十七八岁的日本女人张细小露身上。

张细小露穿了一件时兴的、在成都尚不多见的翠蓝软缎旗袍。两片圆角高领，高得几乎把脸巴都掩了一半。通身滚了一道鹅黄缎边。比成都女满巴儿身上穿的，窄一些，长一些，袖口也小些。不但样式受看，并且把穿衣服的人也显窈窕了。脚上是一双高跟尖头乳色皮鞋。一望而知，这鞋不是东洋货，也是西洋货。

张细小露到底在本国受过女子学堂教育，当过幼儿园保姆，当过初等小学教习，有点口才；自从同丈夫张物理回到成都，曾经参加过两次高台讲演，每次，一篇幼儿教育为强国之本说，已经讲得溜熟。当下，看见大家拍手欢呼要她演说，她只是溜着眼皮地笑，一点也不害臊。及至张物理远远向她示了个意，方徐徐走到长案的上方，把握着的两手放在小腹地方，向新郎新娘鞠了一个九十度躬——新郎也毕恭且敬地还了一个九十度鞠躬。新娘却巍然不动，两目低垂，好像没有看见似的——又朝男宾这面和女宾那面，各鞠了一躬。而后才不忙不慢，以一种纯熟的中国话，又把她的幼儿教育为强国之本说，讲了十几分钟。到底连合现实，最后说了几句祝贺新娘成为一个贤妻良母的模范。

张细小露演说甫毕，巴掌声又像偏东雨一样响了起来。也显而易见，张物理的巴掌拍得更为起劲。

按照礼单所列，下面该新郎致答词了。

典礼结束，男女宾客依旧分开了。女客全部盘踞在三间正房内，款待女客的三桌海参席，在堂屋里安成一个品字形。

筵席是复义园承包的。为了包席，黄澜生还劳了很大的神。因为复义园开始不敢承包，说是海味蔬果还现成，唯有鸡鸭鱼肉不好买。要哩，必得到乡场上去设法。怕的是，城外不清静，到时关了城，拿不进来，怎么办？后来，由于黄澜生担了保，托人向营务处弄了一个准予通行的字样，又由孙雅堂在筹防局打了招呼，并且每席加银六钱，喜封赏号在外；这样，复义园托不过人情，才答应了。

大一点的男女孩子都跟着妈妈在堂屋里坐席，小一点的便由女仆丫头带着，在假山后面树荫底下吃中席。中席又名肉八碗，大抵红肉、烧白、膀、笋子、海带汤之类的菜肴，是专门用来款待底下人或次一等客人的。

男客在新添的一列厢房内起居，筵席也安在这里。虽然两桌，但每桌只坐了七个人，比女客少多了。

婚礼是前所未有的新式礼，坐席时候，也便没有那些繁文缛节，仅止由新郎恭让两位介绍人坐到两桌的首座。余客都不要新郎安座，新郎也颇洒脱，就不安座。而且不等举筷，便让客人宽章，说是吃得舒服些，自己首先脱去西服上衣，只在雪白衬衣上套了件半臂。

葛寰中脱去马褂，并把扣带也解了下来，交与何喜拿去收在轿衣箱里。举起酒杯——当然是那个时候时兴的允丰正仿绍酒了——向同桌的黄澜生说道：“澜生兄为我们新郎婚事，委实费了心，劳了神，又出了力。我们新郎今天是单枪匹马，照应不能周到。我以老友资格，权且代表他来敬三杯——请干！”

“哈哈，葛太尊，这代表敬酒的事，我以为不该是你。”田老兄在隔桌首座上笑说：“苟以疏不间亲而言，理应颠倒过来，叫黄澜翁来敬你才对啊！"

"今天此刻，澜生兄是大宾，我代表敬的，乃大宾而非襟兄，且等敬了这位大宾，当然还要敬老兄的。"

黄澜生已经高举酒杯道："我们对饮吧，不必俗套，闹什么你敬我，我敬你。"

其实还是在你敬我，我敬你。四热吃还未上席，将就十三巧小冷碟，便轰饮起来。

这时，也才听见堂屋里女客们又说又笑的声音，热闹极了。各自的女仆、丫头、小娃娃一定都挤进堂屋闹新娘子去了。

选自《李劼人全集》（第3卷·大波），四川文艺出版社2011年9月版，标题为编者所加